여자언덕

지은이 엔치 후미코(円地文子, ENCHI Fumiko, 1905~1986) 도쿄에서 출생하여 일본여자대학 부속 여자고등학교를 중퇴하였다. 일본의 대표적 국어학자인 우에다 카즈토시(上田万年)의 차녀로 태어나, 어려서부터 일본의 고전문학에 심취하였다. 처음에는 극작가로 출발하였으나, 나중에 『여자언덕(女坂)』(1957)의 성공으로 소설가로 명성을 떨치게 되었다. 『가난한 세월(ひもじい月日)』(1953)로 여류문학상을 수상하였고, 『여자언덕』으로 노마문학상을 수상하였다. 『빨강을 훔치는 자(朱を奪うもの)』(1969) 3부작으로 타니자키 준이치로상을 수상하였고, 『겐지이야기(源氏物語)』(1972~1973)의 현대어 번역가로도 잘 알려져 있다. 이러한 업적들을 평가받아 1979년에는 일본문화공로상을, 그리고 1985년에는 문화훈장을 받았다.

옮긴이 권미경(權美敬, Kwon Mi Kyong) 효성여자대학교 일어일문과를 졸업하였다. 카나자와대학(金沢大学)의 대학원에서 일어일문과 석사를 취득하고, 동 대학에서 문학박사를 취득하였다. 현재 육군 3사관학교 외래교수로 재임하고 있다. 주요논문으로 「김옥균과 명치정치소설」, 「『조선정벌』에 있어서의 『징비록』의 수용과 변형」, 「청일전쟁에 있어서의 모리오우가이의 조선」, 「『胡砂吹く風』 연구—『춘향전』과 『구운몽』의 수용과정」 등이 있으며, 역서로 『달을 향해 짖는다』가 있다.

여자언덕

초판 인쇄 2012년 8월 20일 **초판 발행** 2012년 8월 30일
지은이 엔치 후미코 **옮긴이** 권미경 **펴낸이** 공홍 **펴낸곳** 케포이북스
출판등록 제22-3210호 **주소** 서울시 서초구 서초동 1599-2 엘지에클라트 302호
전화 02-521-7840 **팩스** 02-6442-7840 **전자우편** kephoibooks@naver.com

값 13,000원

ⓒ 케포이북스, 2012
ISBN 978-89-94519-25-8 03830

이 책은 저작권법의 보호를 받는 저작물이므로 무단전재와 복제를 금하며, 이 책의 전부 또는 일부를 이용하려면 반드시 사전에 저작권자와 케포이북스의 동의를 받아야 합니다.

여자언덕

Women's Hill

엔치 후미코 지음 | 권미경 옮김

ONNA ZAKA
by ENCHI Fumiko

Copyright ⓒ 1957 by The Heirs of ENCHI Fumiko
All rights reserved
Originally published in Japan
Korean translation rights arranged with The Heirs of ENCHI Fumiko, Japan
through THE SAKAI AGENCY and BESTUN KOREA AGENCY
Korean translation rights ⓒ2012 Kephoibooks Publishing Co.

이 책의 한국어판 저작권은 일본의 사카이 에이전시와 베스툰 코리아 에이전시를 통해
일본 저작권자와 독점 계약한 케포이북스에 있습니다.
저작권법에 의해 한국 내에서 보호를 받는 저작물이므로
무단전재나 복제, 광전자 매체 수록 등을 금합니다.

『여자언덕』에 대하여

　엔치후미코(円地文子, 1905~1986)는 일본의 대표적 여류작가로서 일본여자대학 부속여고를 중퇴하고 극작가로 출발하였으나, 후에 『비참한 나날(ひもじい月日)』, 『여자언덕(女坂)』 등 다수의 작품을 발표하여 소설가로서의 명성을 다져갔다. 소설 이외에도 일본의 고전인 『源氏物語』의 현대어 역을 완성해 일본문학계에 큰 공헌을 하였다.
　명치초기 지방의 고급관리였던 시라카와 유키토모의 처인 토모는 남편의 첩을 구하기 위해 상경한다. 남편을 하늘로 여기는 구도덕을 믿고 살아온 토모는 처첩동거를 강요하는 남편의 전횡을 인내하며 마치 가면과도 같은 무표정으로 집안을 위해 전력을 다한다. 유키토모는 토모가 데려온 스가만이 아니라 유미, 세키, 그리고 며느리인 미야에게까지 손을 뻗쳐 토모를 고통의 나락으로 내몬다. 정토종 사상에 귀의해 나무아미타불을 외치며 멀어진 남편과 자식과의 허무한 관계를 달래던 토모가 늙고 병들어 죽어가는 임종석에서 마지막으로 남편에게 복수하듯이 "죽으면 저의 사체를 바다에 풍덩 던져주세요"라는 한마디를 던진다. 마지막 토모의 절규어린 복수에 당황해 하는 유키토모가 통쾌하고도 씁쓸하다.

『여자언덕』은 여자 주인공인 토모의 반생의 배후에 깔린 에도시대의 정서가 감도는 명치초기의 풍속과, 봉건적인 시라카와가(家)가 근대화의 조류 속에서 몰락해 가는 변동기의 일본사회의 모습 등을 세밀하게 그리고 있는 걸작이다. 작품 속에서는 명치초기의 봉건적인 시절에 여자로 살아가야 하는 슬픔과 모순이 고스란히 녹아 있어, 구도덕과 신도덕의 충돌, 이에(家)제도 속의 여자의 위치와 그 변화 등을 읽을 수 있다. 또 한편으로는 절대 권력인 남성에 의해 거세되어지고 유린된 여자들의 성문제를 들여다 볼 수도 있다. 그리고 거기에는 그 여자들끼리의 사랑, 우정 등의 다채로운 감정들이 꽃을 피우고 있어 소설의 내용이 한층 풍부하고 여운 깊게 남는다.

2012년 7월 2일 권미경

차례

『여자언덕』에 대하여
3

제1장
9

제2장
97

제3장
185

역자후기
243

여·자·언·덕

제
1
장

초여름 오후였다.

아사쿠사하나가와도의 스미다강을 뒤로한 쿠스미의 집에서는 모친 킹이 아침부터 정성들여 청소한 2층의 두 칸으로 이어진 방의 장식대에 정원의 흰 위령선 넝쿨 꽃을 꽂아, 이윽고 끝났다고 하는 듯이 한 손으로 허리를 두드리면서 어두운 계단을 내려 왔다. 현관 옆 작은 방의 살창문 아래서 하천에서 들어오는 밝은 빛에 비추어 바늘귀를 꽂아서 재봉질을 하고 있던 딸 토시는 하나다토우[1]를 가지고 방에 들어온 엄마에게 말을 건넸다.

"지금 옆방 시계가 3시를 울렸어요. 손님이 늦네요, 엄마."

"어머 벌써 그렇게 되었나? 어차피 우츠노미야에서 갈아타는 인

---

[1] 두꺼운 일본 종이에 감물, 옻 등을 칠해서 접어놓은 것.

력거라고 하니, 점심 지나서라고 해도 저녁 무렵이 될 거야."

킹은 거실 화로 앞에 앉아서 긴 담뱃대에 불을 붙였다.

"아침부터 열심히 일했으니 많이 지치시죠? 엄마."

토시는 살짝 웃으면서 흐트러진 은행잎 모양의 올림머리에 가는 바늘을 슬슬 긁으면서 쿠케다이[2]의 빨간 바늘꽂이에 바늘을 꽂았다. 그리고 무릎 위의 시가현 특산의 견직물인 재봉감을 살짝 상자 위에 옮겨, 한쪽 다리를 절며 엄마 곁으로 나왔다. 자신도 잠시 쉬려고 생각했던 것이다.

"매일 청소를 해도 금방 먼지가 쌓이네."

킹은 앞치마를 풀고 걷은 소매를 아래로 내리면서, 검은색 공단 깃의 먼지를 결벽스럽게 손으로 털어내며 말했다. 받침대에 서서 천장과 윗미닫이틀 사이의 구석구석까지 깨끗하게 먼지를 털어낸 것이, 딸에게 말은 하지 않지만 자랑스러웠던 것이다.

"시라카와 사모님은 무슨 일로 도쿄에 오시는 걸까요?"

토시는 청소에는 엄마만큼 흥미가 없는 듯 재봉 일에 시달린 눈 주위를 손가락 끝으로 비비며 말했다.

"너는, 무슨 일이라니……?"

킹은 의아하다는 듯이 눈썹을 찡그리고 딸을 보았다. 젊은 엄마

---

2 일본 옷 따위를 바느질 할 때 천을 팽팽히 당기기 위해 한쪽 끝을 매달아 두는 대.

와 성하지 않은 몸으로 혼기를 놓쳐버린 딸은, 지금은 모녀라고 하기 보다는 자매와 같은 느낌으로 얘기를 나누지만, 때때로 토시 쪽이 킹보다 어른스럽게 생각하기도 했다.
"도쿄 구경이라고 편지에 쓰여 있었잖아."
"그럴까요……?"
토시는 뭔가 아는 듯이 고개를 갸우뚱거렸다.
"그 사모님이 한가하게 도쿄 구경 때문에 오실까요……? 시라카와 씨는 대서기관인가 뭔가로 현청에서는 현령의 바로 아래라죠?"
"그렇지, 대단한 지위야."
킹은 화로에 담배 대를 콩콩 두드리면서 말했다.
"출세한 거야. 전에 도쿄부 근무로 이웃에 계셨을 때는 그렇게 되리라고는 생각도 못했는데……. 원래 그때부터 명석한 분이기는 했지만……."
"그러니까 엄마……"라며, 토시는 엄마의 어깨를 두드리듯 말했다.
"그렇게 바쁜 남편을 남겨두고 따님과 하인을 데리고 1, 2개월이나 걸려 도쿄 구경을 한다니, 뭔가 너무 여유로워서 이상해요. 여기에 친정집이 있는 것도 아니고……."
"하긴 그렇네. 사모님도 시라카와 씨와 마찬가지로 쿠마모토가 친정이네. 하지만, 너……"라며, 킹은 상상이 되지 않는 듯 딸의 얼굴을 빤히 쳐다보았다.

"설마, 이혼한다는 얘긴 아니겠지? 사모님이 보낸 편지에는 그런 뉘앙스가 전혀 없었어."

"그야 그렇겠죠"라며, 토시는 점이라도 치는 듯한 눈빛으로 난로 옆의 긴 판자에 턱을 괴고 있었다. 킹은 이제까지 이 다리가 불구인 딸의 예감이 이상하게도 적중했기 때문에, 때때로 제 자식이면서도 섬뜩할 때가 있었다. 무당의 공수라도 보는 듯한 눈으로 한참을 토시의 얼굴을 보고 있자, 토시는 괸 턱에서 손을 빼며 "도무지 모르겠네" 하고 고개를 흔들었다.

시라카와 토모가 9살이 되는 딸인 에츠코와 하녀 요시를 데리고, 쿠스미의 집 앞에 인력거에서 내린 것은 그로부터 한 시간쯤 지난 후였다. 우선 목욕을 하여 긴 여행의 먼지를 씻어낸 후, 토모는 후쿠시마의 특산품인 곶감, 칠기 등과 킹에게도 토시에게도 잘 어울릴만한 옷감을 선물로 쥐어주고 계단 아래의 거실로 왔다. 체크 모양의 검은 비단에 5개 가문의 문양이 새겨진 외투를 입고 옷맵시가 나는 단아한 어깨에 가슴을 조금 뒤로 젖혀 앉은 토모의 모습에는 4, 5년 보지 않은 사이에 관원의 아내다운 용태가 확연히 갖추어져 있다. 윤이 나고 노란빛이 도는 안색의 이마가 조금은 넓고 도톰하게 살집이 붙은 오뚝한 코를 중심으로 눈도 입도 완만한 간격으로 놓여 있어 신경질적인 인상은 어디에도 없었으나, 부은 눈두덩이의 아래에 눌린 듯이 가늘게 떠 있는 눈에는 정확히 그 눈을 덮어 여러 표정의 유출을 봉쇄하고 있는 듯한 일종의 안타까움이 있었다. 시라카와 부부가 도쿄에 있었을 무렵 2년 가까이 옆집에 살면서 친하게 지냈음에도 불구하고, 킹이 토모에게 어딘가 긴장되고 조심스러운 부분이 있는 것은 그 무거운 눈빛과 흐트러짐 없는 말투와 동작 때문인 것도 있었다. 그것은 잘난 체한다든가 심술 사납다든가하는 것과는 다른 것으로 비난할 수 있는 성질의 것은 아니지만, 에도에서 나고 자란 킹 입장에서 보자면 서글서글하지 않은 사람이라고나 할까? 그러나 젊을 때보다 남편의 지위가 높아진 지금은 토모의 그러한 딱딱함도 상당히 관록이 있어 멋있어 보인다고 킹은 생각했다. 에츠코는 아직 다 자라지 않은 머리를 둥글게 틀어 올리고 눈에 익숙지 않은 강 경치가 신기한 듯 창 쪽만 바라보고 있었다.

"많이 예뻐지셨습니다"라고 킹이 얘기했을 정도로 에츠코는 살색이 희고 콧대가 오똑한 아름다운 얼굴이었다.

"아버지를 많이 닮으셨어요."

토시도 말했다. 정말로 에츠코의 볼 살이 얇고 고상해 보이는 얼굴과 목이 긴 몸매는 토모보다도 시라카와를 많이 닮았다. 토모는 에츠코에게는 엄격한 어머니인 듯 "에츠"라고 한마디 낮은 목소리로 부르자 에츠코는 움찔해져서 엄마 쪽으로 와서 앉았다.

"잘 오셨습니다. 주인어른도 현령과 마찬가지의 위세라고 하시니까…… 사모님의 노고도 많으시겠어요."라며 킹은 재빠르게 차를 권하며 말했다.

"아뇨, 나는 직무에 관한 일은 전혀 모르니까……."

토모는 말수를 줄여 시라카와 유키토모 씨는 현에서는 영주와 같은 생활을 한다더라 하는 등의 킹이 들었던 위세 당당한 자랑거리 소문이야기는 눈곱만큼도 비추지 않았다. 번화가가 열렸다는 둥, 머리 모양이 잠시 보지 않은 사이에 달라졌다는 둥, 신토미좌의 연극은 어떤 쿄겐3을 상연하고 있는지 둥, 도쿄를 중심으로 하는 세상 이야기에 잠시 이야기꽃이 핀 후, 토모는 "나도 이번에는 천천히 놀다 오라는 허락이 떨어져서…… 그 안에는 조금은 볼일도 들어있지만……"이라고 말하며, 옆에 있는 에츠코의 머리의 빨간 비녀를 다시 고쳐주었다. 아무렇지도 않은 말투였기 때문에 킹은 조금도 신경을 쓰지 않았지만 토시는 역시 토모가 뭔가 중요한 일을 가지고 있다는 것을 느꼈다. 차분하고 안정적으로 행동하고 있는 토모의 신체에 뭔가 심상치 않은 돌덩이가 가라앉아 있는 듯이 보였다.

그 다음날, 외출을 싫어하는 토시가 어제 받은 선물의 보답으로

---

3 일본전통예능의 한 가지. 能樂의 막간에 상연하는 대사중심의 희극.

에츠코를 근처의 사찰로 안내하겠다고 권유하자 요시도 에츠코도 기뻐하며 따라 나섰다.

"돌아오는 길에 가게에서 에조우시[4]라도 사 드려라."

킹은 딸에게 말하며 문까지 배웅했다. 그리고 그 길로 2층에 올라가자 토모가 옆방에 앉아서 가지고 온 옷고리짝에서 옷들을 정리하고 있었다. 흰 구름이 흩어져 있는 하늘이 하천에 비쳐 보여 토모가 앉아 있는 객실도 희고 밝은 빛으로 넓어 보였다.

"이렇게도 빨리…… 부지런하십니다."

킹이 말하면서 마루에 앉자 토모는 느린 동작으로 기모노를 한 벌 한 벌 옷고리짝에 정리하면서 말했다.

"에츠코가 많이 자라서 이것도 가져갈래, 저것도 가져 갈래라고 하는 통에 여행을 하기도 번거롭게 되었어요. 그런데…… 저…… 아주머니 지금 바쁘세요?"

마침 무릎을 세우고 옷고리짝에 에츠코의 노란색 기모노를 넣으려는 참이었기에 토모의 얼굴은 보이지 않았다. 킹은 처음부터 세상 이야기나 하려고 올라온 참이었으나, 토모가 그런 말을 하니 왠지 어색한 기분이 들었다.

"아뇨, 사모님. 무슨 일이라도 있으세요?"

---

[4] 에도시대 항간의 사건 등을 간단한 그림을 넣어 설명한 인쇄물.

"아뇨. 바쁘시면 지금이 아니라도 상관없습니다만…… 에츠코도 마침 지금 없고, 잠깐 이쪽으로 와 주세요."

토모는 역시 느긋한 말투로 말하고 방의 구석 쪽으로 방석을 가지고 왔다.

"저 사실은 이번에 꼭 아주머니께 부탁드리고 싶은 게 있어요."

"어머, 뭡니까? 제가 할 수 있는 일이라면 뭐든지 하겠습니다만……."

킹은 시원스럽게 말했지만 토모의 예의바르게 무릎에 손을 얹고 눈을 내려 뜬 얼굴에서는 어떤 얘기를 끄집어낼 것인지 상상도 할 수 없었다. 토모의 완만히 긴 볼가에서부터 입언저리에 걸쳐 미소 짓고 있는 듯한 희미한 선이 그려졌다.

"이상한 이야기예요."

토모는 이마 옆머리에 손을 대며 말했다. 단정한 토모의 머리는 언제나 깨끗이 빗어 넘겨져 있었지만 토모는 한 가닥 머리카락의 흐트러짐도 참지 못하고 때때로 머리를 쓸어 올리는 버릇이 있었다. 뭔가 여자에 관한 이야기일 거라고 킹은 그때 알아차렸다. 킹은 유키토모는 도쿄에 있을 때도 여자관계가 복잡해 토모가 걱정했었던 것을 알고 있었기 때문에 그가 지금과 같은 지위가 되었으니 더더욱 그럴 수 있을 것이라 여겨졌다. 그러나 그러한 내막을 알고 있다는 듯이 끼어드는 것도 도시생활의 매너가 아니기 때문에 킹은 역시 알 수 없다는 표정을 하고 있었다.

"무슨 말씀이신지…… 부디 사양마시고 말씀해 주세요."

"예. 어차피 부탁드리지 않으면 안 되는 일이니……."

토모의 입언저리에는 역시 가면과도 같은 희미한 웃음기가 번져 있었다.

"저…… 사실은 일 거들어줄 어린애를 한명 데리고 가고 싶습니다만……. 나이는 열다섯에서 일곱, 여덟 정도. 가능하면 좋은 집안의 아이로…… 얼굴이 고운아이가 아니면 안 됩니다."

마지막 말을 뱉을 때, 입가의 미소가 선명했지만 두꺼운 눈꺼풀 아래의 눈은 그 미소와 어울리지 않는 진지한 빛을 발하고 있었다.

"아아, 그러시군요."

그렇게 대꾸한 본인의 말투가 너무나 경박하게 느껴져 킹은 시선을 아래로 떨궜다. 그 정도만 들어도 전 날 토시가 예감했던 일이 정확히 이해가 되었다. 수긍의 고개를 끄덕일 수도, 한숨을 내쉴 수도 없어 깊게 숨을 들이마시고 킹은 말했다.

"역시, 그런 신분이 되시면…… 또 그런 것이 필요하시겠군요."

"예. 역시나 그렇습니다. 주위에서 가만두질 않습니다."

그건 거짓말 이었다. 토모는 가슴속에 치밀어 오르는 분노를 있는 힘껏 누르며 말했다. 남편이 새 첩을 두려고 한 것은 이미 1년 전부터의 계획된 것이었다. 유키토모의 비위를 맞추고 있는 부하들은 토모가 술자리에 있을 때 몇 번이나 "사모님, 이정도의 저택에, 하녀가 모자라는군요"라든가, "대서기관님도 너무 바쁘셔요. 좀 다른 베개에서 편안히 주무실 수 있도록 해 주십시오" 하는 등의 주제 넘은 말들을 했다. 부하에게 만만히 보이는 것을 극도로 싫어하는 유키토모가 부하들이 아내에게 그런 말을 할 때만큼은 무례한 부하들을 나무라지도 않는 것을 보고 있으면 토모는 남편이 그들의 입을 빌려 자신에게 지시를 하고 있는 것이라고 여겨졌다. 토모는 여자 문제에 있어 방탕한 유키토모를 이미 잘 알고 있었다. 신혼 때와 같은 순수한 애정을 남편에게 갖고 있지는 않지만, 수완 좋고 남자다운 유키토모는 토모에게는 충분히 매력 있는 남편이었다.

호소카와 번의 하급무사의 집에 태어나 유신 전의 혼란한 질서 속에서 교육도 예능도 변변히 몸에 익히지 못하고 빨리 결혼해 버린 토모에게는 지금의 남편의 지위에 어울리는 교제를 하면서 가정을 이끌어 나가는 일이 그리 만만하지 않았다. 그렇지만 토모는 남편과 집을 소중히 생각하는 도덕으로 엄하게 자신을 옭아매고 누구에게도 비난 받지 않도록 철저히 집안을 관리하며 지내 왔다. 토모는 가득한 애정과 지혜로 남편을 중심으로 한 시라카와 가의 생활에 집중하고 있었던 것이다. 그런 만큼 토모는 나이가 들어 보였다. 토모는 미인은 아니지만 평범한 용모에 몸매도 좋은 편이었다. 특별히 늙어 보이는 것은 아니지만 천성이 강직한 성격은 항상 책임감을 강하게 짊어지고 있어서 중년 원숙기의 매력적인 육감 같은 것이 거의 없었다. 때문에 유키토모로서는 열 살 이상이나 어린 아내가 때로는 누나처럼 느껴져 놀라는 일도 있었다. 토모의 그런 두꺼운 표피 아래에는 뜨거운 피가 용광로처럼 강하게 타고 있는 것도 유키토모는 누구보다도 잘 알고 있었다. 유키토모는 그러한 토모의 자제된 정열에 질투를 느낄 때도 있었다.

그것은 확실히 자신들이 태어나고 자란 큐슈의 내리쬐는 뜨거운 여름 태양을 연상시켰다. 아직 야마가타에 근무하고 있었을 무렵, 여름밤에 어찌된 일인지 부부가 자는 모기장 안으로 작은 뱀이 들어온 적이 있었다. 문득 눈을 떴을 때, 유키토모는 유카타의 가슴부근에 차가운 물과 같은 느낌을 받았다. 이상하다고 느끼며 손을 대자 그 차가움이 스물스물 기기 시작했다. 유키토모가 소리를 지르며 화들짝 일어나자 토모도 놀라 일어났다. 베개 맡의 등을 당겨 보니 남편의 어깨에 검은 실 같은 게 축축이 빛나며 드리워져 있었다.

"뱀!"이라고 유키토모가 외친 것과 토모가 손을 뻗어 무의식중에 그 살아 있는 실 같은 것을 잡은 것은 동시였다. 토모는 유키토모와 뒤엉키듯이 마루로 나와 열려있던 덧문으로 정원에 그것을 집어던졌다. 토모의 몸은 떨리고 있었으나 잠옷 깃이 벌어져 드러난 가슴에도, 그 손에도 항상 토모가 숨겨 보여주지 않으려던 생생함이 씩씩하게 묻어나고 있었다. 유키토모는 "왜 버렸어? 죽이면 될 텐데"

라며 토모를 힐책했지만 토모의 정열을 느끼게 되었고 유키토모는 이미 그 무렵부터 토모를 애정의 대상으로 바라보기가 어려워졌다. 자신의 강인함보다 한 수 위의 강인함을 가진 토모가 거북하고 익숙해지지 않는 것이었다.

"첩이라고 하면 화가 나겠지만 당신에게도 하녀. 잘 가르쳐서 당신이 바깥일을 볼 때도 안심하고 집을 맡겨둘 수 있는 착한 젊은 여자가 집에 있는 것도 좋지 않겠는가? 그러니 나는 게이샤 같은 걸 집에 들여서 집안 분위기를 나쁘게 하고 싶지는 않아. 당신을 믿고 당신에게 일체를 맡기겠으니 젊은, 가능하다면 숫처녀가 좋아. 그런 사람을 당신 눈으로 골라와 주기 바란다. 비용은 여기 있다."

그렇게 말하며 유키토모는 토모가 놀랄 만큼 큰 액수의 돈을 내놓았다. 지금까지 다른 사람의 입을 통해 그런 말을 들었을 때는 모른 척 지내왔던 토모도 유키토모 본인으로부터 그런 얘기를 들었을 때는 더 이상 어쩔 수 가 없었다. 자신이 이 역할을 거절하면 남편은 필시 마음대로 자기가 고른 여자를 집으로 데려 올 것이었다. "당신의 선택에 맡긴다"라고 하는 말 속에는 유키토모가 집을 위해 토모의 입장을 배려한다는 신뢰가 포함되어 있는 것이었다. 그 기묘한 신뢰를 무겁게 가슴 속에 새기면서 토모는 도쿄 구경을 즐기고 있는 에츠코와 요시를 데리고 인력거에 흔들리며 쿠스미의 집 앞까지 온 것이다.

"잘 알겠습니다. 제가 잘 아는 화장품가게에 그런 주선을 잘하는 여자가 있으니 바로 부탁해 보겠습니다."

킹은 토모 마음속의 무거움을 적절히 배려하면서 사무적으로 이야기를 진행시켰다. 창고를 지키는 창고지기 분파의 집안에 태어나 구 막부시대의 큰 상인이나 무가의 가풍을 잘 알고 있던 킹에게는 남자가 출세하면 첩 하나 둘쯤 들이는 것은 당연했었다. 오히려 집이 번성해 가는 표시와 같은 것으로 사모님도 질투 반, 조금의 자랑스러움 반이 깃들어 있을 거라고 생각했다. 그래서 밤에 딸과 잠자리에 들었을 때 (아직 신경을 쓰듯이 목소리를 줄여, 힐끔힐끔 2층을 보면서) 그 얘기를 딸 토시에게 했을 때도, "가여우셔라" 하는 딸의 가라앉은 목소리에 오히려 깜짝 놀랐을 정도였다.

"그 사모님, 엄마는 한동안 보지 않은 사이에 관록이 쌓여 좋아 보인다고 하셨지만 제가 보기에는 고생의 관록처럼 보여요. 우리 집 문이 열리고 들어 왔을 때의 얼굴을 뵙고, 나는 '아······!' 하고 느꼈어요."

"복 있는 사람에게는 그만큼의 고통도 따르는 법이야"라고, 킹은 천연덕스럽게 말했다.

"하여간 근본이 좋은 착한 아가씨를 소개해 드려야지. 어르신은 숫처녀가 없으면 어린 게이샤라도······, 하여간 닳지 않은 여자라면 괜찮다고 말씀하셨다지만······."

모두가 조용히 잠들어 있는 큰절의 부엌과 같은 현청의 관사를 떠나, 스미다강의 넓은 물결의 경치가 눈앞에 펼쳐지고 노 젓는 뱃소리와 강 물결이 흔들리는 찰랑거림이 하루 종일 들려오는 이 집의 2층은 명랑하고 어린 에츠코의 마음에 너무나도 들었다. 요시가 일을 하고 있는 동안 에츠코는 뒷문에서 부두로 나가 발밑의 말뚝을 흔들고 있는 출렁이는 물결을 바라보거나 빠르게 노 저어 가는 화물선 선장의 힘찬 구령소리에 마음을 빼앗기고 있었다. 그때 창문 사이로 토시의 창백한 얼굴이 튀어나와 "아가씨, 조심하세요. 떨어지면 안돼요"라고 외쳤다. 오늘도 킹은 토모와 함께 외출했다.

"괜찮아요"라며 에츠코는 뒤돌아보며 웃었다. 나이보다 어른스러워 보이는 갸름한 얼굴에 빨간 리본을 맨 작은 머리가 귀여웠다.

"아가씨, 좋은 것 드릴 테니 어서 오세요."

"예" 하며 에츠코는 빨간 체크무늬 소매 자락을 흔들며 창 아래로 왔다. 킹이 창 아래의 좁은 땅을 부드럽게 일구어 정성을 다해 키우는 나팔꽃이 대여섯 자루의 가는 대나무 가지에 얽히며 줄기를 길게 뻗어내고 있다. 밖에서 보니 창 안의 토시의 얼굴도, 펼쳐진 바느질거리도 에츠코에게는 집 안에서 보던 것과 색다르게 여겨졌다. 토시는 창 사이로 야윈 손을 내밀어 손에 쥐고 있던 빨간 비단으로 만든 작은 원숭이 인형을 에츠코의 눈앞에서 흔들어댔다.

"예쁘다"라고 말하는 에츠코는 창틀에서 기쁜 듯이 실에 매달린 작은 원숭이를 보고 있었다. 그 얼굴이 너무나 천진난만하게 웃고 있어, 토시는 이 아이가 엄마가 없어도 그다지 쓸쓸해하지 않는구나라고 생각하며 혼자서 고개를 끄덕거렸다.

"어머니, 어디 가셨어요?"

원숭이 인형의 실을 흔들거리며 놀고 있는 에츠코에게 토시는 물었다.

"일"이라며 에츠코는 단호하게 얘기했다.

"아가씨도 어머니가 안계시면 쓸쓸하시죠?"

"네"라고 했지만 눈은 생기 있게 빛나며,

"그렇지만, 요시가 있으니까……."

"아아, 그렇네. 요시가 있네"라고, 토시는 고개를 끄덕여 보였다.

"고향에서도 어머닌 일이 많으세요?"

"네"라고 에츠코는 또 단호하게 말했다. "손님이 많으셔요……."

"힘들겠다. 아버지는 외출이 많으시고?"

"네, 낮에는 계속 현청에 계시고 밤에도 접대가 있거나 우리 집으로 손님이 오거나…… 나 아버지랑 하루 종일 만나지 못하는 날도 많아요……."

"그래요? 집에 하인은 몇 명이나 있는데요?"

"3명. 요시와 세키, 키미, 그리고 마부와 서생."

"와! 대단한 집안이네요. 그래서 어머니도 많이 바쁘실 거예요."

토시는 바느질을 멈추며 미소 지었다. 이제 곧 토모가 찾아서 데리고 올 여자가 생각이 나, 그것이 에츠코에게도 뭔가 변화를 일으킬지도 모른다고 생각했다.

토시와 에츠코가 이야기하고 있을 무렵, 토모와 킹은 야나기바시의 우즈키라고 하는 여관의 2층에서 남자 게이샤인 젱코를 상대로 이야기 하고 있었다. 토모를 주빈으로 해서 킹은 완전히 물러나 있었다. 젱코는 몰락무사인 만큼 세상 물정에 밝으면서도 천박함이 없는 야무진 남자로, 옛날부터 친분이 있는 킹과는 장사를 떠나 얘기를 나누었다.

"글쎄요. 말씀을 듣자하니 참 어렵군요. 조금 있으면 네, 다섯 명쯤 용모가 좋은 아이들이 올 테지만……."

조건에 맞는 사람을 구하기가 어려운 듯이 젱코는 은색의 가는 담뱃대를 손가락 끝으로 돌렸다. 마음속으로는 '세상 어디에 첩을 본처에게 찾아오라고 시키는 놈이 있는가? 시골사람은 이래서 싫어!'라고 혀를 차고 있었지만, 마주 앉아 있는 토모의 권위라고 할까? 애교라고 할까? 어디하나 흐트러짐 없는 모습에 조롱하거나 익살을 떨 수 없는 어색한 부분이 젱코의 피 속에 남아있는 전통적인 긍지와 어딘가 맞았다.

"저희들의 눈으로 봐서 좋다고 생각해도 주인어른의 취향이 있을 테니까요, 사모님."

술을 잘하는 킹은 가득 찬 술잔을 젱코에게 건네면서 토모 쪽을 봤다.

"아니, 나의 취향도 그다지 도움이 되지는 않습니다. 요즘 앞머리를 자르고 양산을 쓴 여학생 같은 부류는…… 아무래도……."

"안돼요. 호소이 씨. 그런 양공주 같은 사람을 데려오면…… 이곳의 게이샤라면 지금이라도 젱코 씨 취향의 괜찮은 여자도 많을 텐데……."

"그게…… 아무래도 나는 입이 험해서 젊은 여자 애들한테 인기가 없어서……."

그때 2층 계단을 콩콩 올라오는 발소리가 들리며 "안녕하세요"라고 하는 왁자지껄한 목소리의 누님뻘 되는 우두머리 늙은 게이샤가 네다섯 명의 어린 게이샤를 데리고 들어왔다.

"기다리셨다면서요?"

늙은 게이샤는 하녀에게서 샤미센[5]을 받아 줄을 맞추기 시작했다. 지방 관원의 부인이 도쿄 구경 온 기념으로 아름다운 어린 게이샤의 춤을 보고 싶다는 이야기를 사전에 들어, 낮 연회임에도 어린 게이샤들은 모란꽃처럼 곱게 차려 입고 있었다. 첫 곡이 끝나자 두

---

5 일본의 대표적인 현악기로 비단실을 꼰 세 줄의 현을 튕겨 연주한다.

사람씩 번갈아 게이샤들이 춤추기 시작했다. 춤추지 않는 게이샤는 토모의 옆에 와서 요리를 가까이 놓아 주거나 술을 따르거나 했다. 토모는 술은 좋아하지 않았지만 손이 심심해 잔을 입에 갖다 대면서 춤을 보기도 하고 옆에서 젱코와 킹에게 이야기하고 있는 게이샤들을 바라보기도 했다. 나이는 모두 열네다섯 쯤일까? 그중에 둘은 매화, 벚꽃이라고 부를 만큼 아름다웠지만 한명은 춤추고 있을 때 훤히 드러나는 손이 가냘프게 검은색 빛을 띠어 빈상이었고, 한명은 쭉 뻗은 콧대 옆으로 웃을 때 생기는 근육이 너무나도 홀쭉해 왜가리처럼 보였다. 저런 애가 집에 들어와 점점 커갈 거라고 생각하는 것만으로 토모는 소름이 끼쳐서 이런 선택을 자신에게 맡겨준 남편에게 감사하고 싶은 마음이 들었다. 어린 게이샤들이 돌아간 후 토모가 킹에게 그 이야기를 하자, 젱코가 듣고 "역시 사모님은 눈이 높으세요"라고 말했다.

킹은 일전부터 토모의 상대가 되어 여자 품평을 하고 있었지만 토모의 예리하고 날카로운 눈에는 감탄을 넘어서 무서움을 느낄 때도 있었다. 평소 교제에도 시끄럽게 남의 얘기를 한 적이 없고 의욕적이지 않은 토모가 지금과 같은 경우가 되니 여자끼리 눈이 미치지 않는 구석구석까지 폭넓은 비평을 해 킹을 놀라게 했다. 일전에 양품점의 오시게가 데리고 온 본점의 동생뻘 된다는 애도 눈코입이 반듯하고 말투도 예의발라 킹이었다면 바로 이야기의 매듭을 지었을법한데 토모는 고개를 갸웃거리며 "저 애는 열여섯이라고 했지만, 열여덟은 됐네요. 그리고 숫처녀도 아닐 거예요"라고 거북한 듯이 말했다. 설마하며 자세히 물어보니 형부인 직공과 그런 일이 있었음을 알게 되었다.

"사모님은 어떻게 그렇게 눈이 예리하세요?"

킹이 감탄하자, 토모는 괴로운 듯이 아래를 보면서 "나도 옛날에는 이렇지 않았는데……"라고 한탄하듯이 한숨을 내쉬었다. 유키토모의 여러 가지 일들을 겪는 사이에 토모에게는 진실을 간파하는 눈이 생겨난 듯했다. 인간의 집착이나 번뇌에 대해 깊게 생각하는 것을 싫어하는 킹도 함께 첩을 고르고 있는 사이에 딸인 토시가 말한 토모의 '고생의 관록'이란 것을 조금씩 알게 된 것 같았다.

토모가 밤에 책상 앞에 앉아 몇 장이고 아름다운 여자의 사진을 보고 있으니, 에츠코가 살짝 옆으로 와서 들여다보았다.

"예쁜 사람이네, 엄마. 누구예요?"

에츠코가 머리의 빨간 리본을 기울이며 묻자, 토모는 대답하지 않고 두 세장의 사진을 건네며 "에츠코, 누가 좋아?" 하고 물었다.

"글쎄……"라며 에츠코는 부채 모양으로 사진을 펼쳐 조금 들여다보더니 아이답게 "이 사람" 하며 가운데를 가리켰다. 흰 가방에 올림머리를 한 열네다섯의 소녀가 단정하게 손을 모아 쥔 상반신

사진이었다. 에츠코에게는 좁은 이마에 검은 구슬을 두개 놓은 듯한 큰 눈동자가 아름다워 보였다.

"그래……? 너도 이 사람이 좋으니……?"

토모는 깜짝 놀란 듯이 말하고 다시 한 번 그 사진을 들고 보았다.

"그 사람이 누구야? 엄마."

"누구라도 상관없어. 이제 곧 알게 될 거야"라고 토모는 조용히 말했다.

그 사진은 이삼일 전에 야나기바시의 젱코가 보내준 사진이었다. 토모는 선택이 어려워 킹의 집에 와서 이미 한 달 이상이나 지났지만 아직 유키토모에게 통지할 만한 상대는 찾을 수가 없었던 것이다. 토모는 어설픈 글씨로 몇 번인가 남편에게 편지를 보내 마음에 들지 않는 사람을 데리고 가는 일은 절대로 하지 않겠다고 양해를 구했다. 유키토모로부터는 그때마다 서두르지 않아도 좋으니 충분히 마음을 써 달라고 하는 답장이 왔었다. 그래도 장마가 끝나고 이미 오봉[6]을 앞두고 있게 되자 토모의 마음도 급해져 왔다. 남편만이 아니라 비워둔 집의 어수선한 모습이 신경이 쓰여 견딜 수 없었던 것이다. 거기에 젱코로부터 새 이야기가 있었다. 킹이 들은

---

6   한국의 추석명절과 비슷한 일본의 명절.

바에 의하면, 이 정도라면 시라카와 사모님의 마음에 드실게 분명하다는 것이었다.

코쿠쵸의 죽세공 집의 딸로 이름은 스가라고 했다. 나이는 열다섯으로 춤은 니시카와 토키와즈도[7] 어릴 때부터 배우고 있다. 무용교실 같은 곳엘 나가면 어릴 때부터 용모는 평판이 자자할 정도였다. 어머니도 오라버니도 주위로부터의 평판이 좋은 인품가였지만, 이 이삼 년간 가게에 나쁜 종업원이 있어서 파산하게 되었고 지금은 가게를 처분하든지, 딸을 게이샤로 팔든지 하는 지경까지 되어버렸다. 부모도 첩은 생각해 보지 않았지만 무용선생이 젱코와 아는 사이라 유키토모의 이야기를 듣고는 그런 집안이라면 오히려 지저분한 술집 같은데 들여보내는 것 보다 본인에게도 좋은 얘기일 거라고 우선 얘기해 보기로 한 것이다.

"그 아이라면 성격도 온순하고, 무엇보다 도쿄사람치고는 피부가 너무 희어서 목욕탕엘 가면 어린애들이 다가와서 만져볼 정도라니까……"라고 니시카와 무용선생은 말했다.

마침 이삼일 중에 월례회가 있어 그 스가라는 아이가 '매화의 봄'이라는 춤을 춘다고 하기에 토모와 킹은 젱코의 안내로 무용선생의 집으로 갔다. 무용발표를 보러 왔다는 핑계로 옆에서 스가를 보

---

7 일본 무용의 한 유파로 게이샤 등이 연회석에서 주로 추는 춤이다.

려는 것이었다. 이시야마치와 토이마치의 사이의 골목길에 무용선생의 집이 있었다. 입구는 좁았지만 2층에 무대가 있어 토모 일행이 올라갔을 때 무용선생이 샤미센을 치고 작은 아이가 '다섯째 아이'를 춤추고 있다. 젱코를 보더니 선생은 샤미센을 켠 채로 눈으로 인사를 하며 살짝 웃었다. 이를 까맣게 물들여 입안이 검게 보였고[8] 그것이 생생한 눈을 더욱 생기 있어 보이게 만들었다. 시간을 대충 계산해서 왔기 때문에 스가도 와있을 것이라고 여겨 세 사람은 넌지시 좁은 방에 올망졸망 서서 구경을 하고 있는 아이들에게 눈길을 주었다. 누구랄 것 없이 유카타 차림으로 빨간 색이 들어간 띠를 매고 있었지만 무대 옆에 앉아 무대에 정신이 팔려 보고 있는 이 뛰어나게 아름다운 용모의 아이가 바로 그 아이임을 알 수 있었다. 모두가 부채를 부치는 중에도 그 아이는 그리 더워하는 것 같지도 않아 반듯이 앉아 있었다. 열다섯 살 치고는 큰 몸집에 확실히 이목구비는 사진에서 본 그 얼굴이었으나, 머리카락이 무거울 정도로 많고 윤기 있는 검은색이라 백지장처럼 하얀 얼굴을 더욱 선명하게 만들었다. 그 때문에 눈썹과 눈이 한층 선명해 보였고 무대 화장이라도 한 듯 아름다웠다. 토모는 그 아름다움에 조금 놀란 듯

---

[8] '오하구로'라고 하여, 일본의 에도시대에는 기혼의 여성이 이를 검게 물들이는 풍습이 있었다.

스가의 얼굴을 바라보고 있었다. 아름답기만 할 뿐, 표정에서 보이는 정신의 빛나는 조각들은 찾을 수 없었다. 단지 흐려져 있지 않다는 느낌만은 분명했다. 친구와 얘기하고 있는 목소리 톤은 낮았고, 아래로 내려 뜬 눈으로 무언가를 얘기하고 나서는 조용히 상대방을 바라보며 이야기를 듣고 있는 모습이 자연스럽고 유순해보였다. '다섯째 아이'가 끝나자 무용선생은 샤미센을 조수에게 건네며 "다음은 스가" 하고 일어서서 토모 일행이 있는 곳으로 왔다. 아니나 다를까, 토모가 짐작했던 아이가 일어서서 소맷자락을 양손으로 쥔 채 허리를 조금 굽히고 무대 쪽으로 걸어갔다.

"저 아이입니다."

무용선생은 샤미센 소리가 들리기 시작하자, 바로 토모와 킹에게 싹싹하게 말을 건네 왔다.

"저 애라면 착해서 사모님이 데리고 있기에도 편할 거라고 생각합니다. 저렇게 화려한 얼굴인데 비해 기분은 항상 가라앉아 있어서 기억력은 좋지만 무용은 좀처럼 꽃이 피지 않는 편이지요."

본인도 남들 앞에서 춤을 추거나 하는 것은 그다지 좋아하지 않아서 부모의 바람으로 예능은 배웠지만 남자를 상대하는 직업을 갖는다고 해도 내성적인 성격 때문에 도저히 안 될 거라고 말했다는 둥, 이렇게 사람이 많은 도시는 사실은 자기와 맞지 않아 푸른 논밭과 강이 넓게 보이는 한적한 곳에 살고 싶어 한다는 둥, 스가의 춤을 보고 있는 동안 무용선생은 스가에 대해 찬찬히 얘기해 주었다. 스가의 부모가 자식 사랑이 극진해 무용선생에게서 스가가 후쿠시마로 가게 될 거라는 얘길 들었을 때도 '그런 먼 곳에……'라며 갑자기 울음을 터트렸다는 것, 만약 마음에 드셔서 데려가 주신다고 해도 사모님의 마음에 따라 딸의 앞날이 정해질 수도 있으니 제발 한번은 만나 여러 가지 말씀을 드리고 싶다는 것도 얘기했다. 킹과 젱코가 주로 상대가 되어 이야기를 하고, 토모는 스가의 춤추는 모습을 보고 있었는데 들리는 얘기 중에 스가 모친의 자애 깊은 마음과 모습이 상상되어 지금까지의 어떤 이야기보다도 더 가슴에 녹아들었다. 그런 모친의 딸이라면 나쁘게 닮아있지도 않을 것이고 후쿠시마에 데리고 가서 자신이 이것저것 가르칠 때도 순순히 받아들일 것이라고 생각했다. 스가의 춤을 보고 있어도 전문가가 아닌 토모로서는 잘 알 수는 없었지만 눈빛이나 손발의 움직임에 뭔가 위에서 누르는 듯한 무거움이 있어 아름다운데도 빛나질 않았다. 그것도 좋다고 토모는 생각했다. 자신의 집에 침입해 들어오는 여성에 대해 토모는 무의식적으로 선명하고 강한 사람을 꺼리고 있었다. 얼굴만 화려하게 예쁘고 마음은 차분하고 가라앉은 듯한 아이……. 그것은 토모에게는 이상에 가까운 '어둠의 여자' 타입이었던 것이다.

"괜찮을 것 같지 않습니까?"

돌아오는 길에 골목길을 벗어나자 바로 젱코가 말했다. 토모와 말할 때 젱코는 술자리에서 홍을 돋우는 그런 태도로는 말할 수가 없었다. 점잔을 빼고 있는 것이 아니고 하급무사 가문의 차남으로서의 어조가 자연스럽게 묻어나와 토모도 젱코를 호소이 씨라고 부르는 것이 자연스러웠다.

"저 앤 게이샤 타입이 아니에요. 저런 어두운 아이는 인기가 없어요."

"그럴까요? 저렇게 예쁜데도……"라고 킹이 물었다.

"얼굴만으로는 안돼요. 하지만 사모님, 저런 성격의 아이는 10년 정도만 있으면 적당히 속이 야물어지니까요. 그것만 조심하시면 됩니다."

"그건 그럴지도 모르겠군요."

토모는 날카로운 칼날에 손을 베인 것처럼 몸에 소름이 돋았다. 조금 전 스가의 춤을 보고 있을 때에도 그 전율이 때때로 토모를 덮쳐왔다. 무대 위에서 얼굴을 기울이거나 몸을 비틀거나 다양한 교태스러운 표정을 지어 주로 남녀의 정사를 표현하고 있는 스가의 모습에는 아직 다 자라지 않은, 반은 아이와 같은 천진스러운 육체가 엿보였다. 토모는 이 미숙한 아이가 자기 집에 데려가지면, 여자를 길들이는데 너무나 능숙한 남편의 손에서 어떤 식으로 길러

져 변해 갈 것인지를 생각하자 자신도 모르게 눈을 감고 숨을 죽였
다. 자신의 눈앞에 남편과 스가의 뒤엉킨 사지가 떠오르자 머리에
피가 솟구쳐 올라 토모는 악몽을 떨쳐내듯 눈을 번쩍 떴다. 눈앞에
큰 나비처럼 춤추고 있는 아이의 운명에 대해서는 안타까운 동정
이 밀려왔고 동시에 질투가 뜨거운 급류를 타고 전신을 휘감았다.

　마음에 드는 여자가 없었을 때는 그것을 찾는 초조함으로 공백
이었던 마음에, 돌연 금식이 끝난 것처럼 시장기가 몰려왔다. 남편
이 다른 여자의 남자가 된다는 것을 공공연히 인정하지 않으면 안
되는 고통이 자신의 몸을 불태우고 있었다. 이러한 고통을 아내에
게 안겨주고 아무렇지도 않게 지내는 남편이 지옥의 악마와도 같
이 느껴졌다. 남편을 하늘로 생각하는 것을 자신의 생활의 신조로
삼고 있는 토모에게 남편의 무리한 요구를 거절하는 것은 동시에
자신을 거절하는 것이었고, 그런 신조 이상으로 토모는 남편을 사
랑하고 있었다. 불러도 불러도 대답 없는 혼자만의 사랑에 진저리
를 치면서도 토모는 유키토모에게서 멀어지려는 생각은 꿈에서도
해보지 않았다. 유키토모의 지위와 재산, 에츠코와 친정집에 맡겨
둔 장남 미치마사의 장래, 그것들이 토모의 발목을 잡고 있는 것도
사실이었으나, 그 외에도 토모는 어떤 희생을 감수해서라도 자기
내부의 욕망과 정서의 깊은 심층부까지 남편이 알아주기를 바랐
다. 그것은 토모에게 있어서는 유키토모가 아니고는 누구도 해결

해 줄 수없는 바람이었다. 자신과 남편 사이에 또 한사람, 어린 처녀인 스가가 비집고 들어온다고 생각하니 토모는 지금까지도 한번도 자신의 내부의 소리를 들어주지 않았던 남편이 한층 더 멀어지는 듯했다.

토모는 남편에게 스가의 사진을 보내고 승낙의 답장을 받은 밤, 남편을 죽이는 꿈을 꾸고 자신의 비명소리에 놀라 잠에서 깼다. 꼭 쥔 주먹에 남편의 목을 누른 힘이 생생하게 남아 있어 토모는 잠자리에서 일어나 한참동안 가슴을 부둥켜안았다. 등잔불의 가는 빛에 옆에서 곤히 잠든 에츠코의 부드럽고 통통한 옆얼굴이 희미하게 비쳐 보인다. 이 아이는 일어나 있으면 어른스러워 보이지만 잠잘 때는 천진난만해 더욱 귀여워 보였다. 약하게 키워서는 안 된다고 항상 마음속으로 다짐하며 키웠기 때문에, 에츠코는 엄마보다도 하인이나 잘해주는 사람에게 의지를 하였고 오히려 다른 사람에게서 사랑받는 아이였다. 이 심야에 무서운 꿈에서 깨어난 토모가 식은땀을 비 오듯이 흘리며, 눈물을 머금고 이글거리는 사막에서의 유일한 오아시스를 바라보듯이 자신을 바라보고 있다는 것을 에츠코는 전혀 모르고 있었다.

스가가 모친과 함께 쿠스미의 집에 처음으로 인사를 왔을 때, 에츠코는 엄마와 킹에게서 함께 후쿠시마에 갈 사람이라고 듣고 그저 스가가 아름다워서 어린 마음에 많이 기뻐했었다.

"예쁘네, 일전에 사진에서 본 사람이네. 근데, 저 사람은 우리 집에서 뭐해?"라고 에츠코가 묻자 토모는 눈길을 살짝 피하며 "아버지 시중을 들 거야"라고 말했다.

"그럼, 세키와 똑같네."

"으응, 그래……."

더 이상을 물으면 엄마에게 혼이 날 것 같아 에츠코는 입을 다물었다. 토모가 강하게 입막음을 해 놓았기에 요시도 에츠코에게 스가의 일은 아무것도 말하지 않았다.

토모는 복잡한 감정을 가슴 속에 안고 스가의 모친과 대담해야 했다. 스가와는 닮지 않아 코가 낮고 볼이 둥글며 몸집이 작은 모친은 돈 때문에 딸을 떠나보내는 것을 너무나도 가슴아파하며 스가에게도 미안하게 생각하고 있는 듯, 토모를 유일한 기댈 곳으로 생각하고 딸의 몸이 약한 것과 아직 여자가 되지도 않았다는 것까지 솔직히 말했다.

"마음이 넓으시고 좋으신 사모님이셔서 저도 이제 안심했습니다. 스가가 앞으로 주인어른의 눈 밖에 나는 일이 생기더라도 사모님이 어떻게든 말씀을 잘 해주신다고 말씀하시니……."

토모를 면전에 두고 킹에게 진심으로 안심이 된다는 듯 말하고 있는 이 사람 좋은 스가의 엄마를 보면서, 정직한 토모는 역시 어떤 일이 있어도 스가를 불행하게 할 수는 없다고 다짐했다. 남편의 애정을 뺏어갈 여자의 장래 보호까지 생각해야 하는 모순된 운명의 자신을, 토모는 때때로 쓸쓸히 웃어 볼 때가 있었다. 그럴 때 토모는 자기에게 들러붙어 있는 이 굴레에서 잠시 벗어나 자신과 남편과 에츠코, 스가를 객관적인 시선으로 바라볼 수 있는 여유가 생겼다.

오봉이 지나고 이삼일 째 되는 아침, 토모 일행은 새로 스가까지 태운 4대의 인력거를 타고 쿠스미의 집에서 출발했다. 얇은 보랏빛 기모노에 하카타의 띠를 맨 스가는 이미 에츠코와 친해져 같은 인력거를 탔다. 큰 꽃과 작은 꽃이 피어난 것 같은 인력거를 전송하고 킹 모녀는 거실로 돌아 왔다.

"아가씨도 마음에 들어 하는 것 같고 잘 됐어."

킹이 두르고 있던 행주를 벗어 접으며 딸을 보자, 토시는 다리를 절며 낮은 창 쪽으로 가 일감을 펼치며 말했다.

"유키토모라는 사람도 나쁜 사람이네. 나는 사모님도 따님도 스가도 한 사람 한 사람 다 불쌍해서 눈물이 났어……."

토시는 손가락 끝으로 잠시 눈을 누르며 옷감 고정대를 무릎 사이에 놓았다.

파란 포도

　옛날에는 다이묘가 머물던 일급 여관 이었다. 지금도 우츠노미야 제일의 여관으로, 명망 있는 손님이 머무는 죠슈야의 2층의 마루 근처에 푸른색 발을 시원하게 걷어 올리고 바둑판에 대좌하고 있는 손님이 있었다. 상좌에 앉은 이는 이웃현인 후쿠시마의 현청에서 대서기관으로 있는 시라카와 유키토모, 상대는 수행해 온 오노였다. 유키토모는 번벌정부의 강력한 추진력으로 당시 도깨비현령이라고 하면 울던 아이도 울음을 그친다는 카와시마 미치아키의 심복으로, 요즘 빈발하는 자유민권운동의 탄압에도 카와시마 공세의 최선봉으로 활약하고 있었다.
　시원하게 뻗은 목에 물색 깃을 살짝 드러내 보이는 에치고산 마로 된 홑옷에 시원하게 품이 남을 정도로 마른 유키토모는 콧대가 오똑 선 갸름한 얼굴로, 평소에는 의식적으로 유화한 표정을 짓고 있지만 가끔씩 번뜩이는 듯한 강한 눈빛은 그의 편집광적인 성격을 단편적으로 보여 주었다. 그러나 얼핏 보기에는 도깨비현령의 심복이라고는 보이지 않는 청초한 풍채의 신사였다.
　"이제 도착하지 않았을까요?"
　한 면을 에워싼 검은 바둑돌을 긁어모으며 부하인 오노가 말했다. 유키토모는 은 담뱃대를 한 모금을 들이킨 다음, 천천히 금시계를 꺼내며 "이럭저럭 다섯 시니 이제 슬슬 도착하겠지. 마을 언저리까지는 마부가 나가 있으니, 틀림없을 거야"라며 혼잣말처럼 중얼거렸다. 침착해 보이려고 하고 있지만 많이 기다리고 있다는 증거로 "한판 더"라고 말하지 않는다. 오노는 바둑판을 한쪽으로 치우며 밑에 먼지는 없는지 살폈다. 유키토모의 결벽을 알고 있기 때문이었다. 유키토모는 토치기 현청과의 연락사무를 구실로 어제 여기로 출장을 온 것인데, 사실은 도쿄에 세 달이나 보내 둔 아내와 딸의 귀가를 여기에서 기다리고 있는 것이다. 오노는 함께 온 유키토모의 마부에게서 유키토모가 일부러 우츠노미야까지 온 목적이 아내와 딸의 마중뿐 만이 아님을 이미 들어서 알고 있었다.

"엄청나게 예쁩니다. 일부러 사모님을 도쿄까지 보내어 고르게 했다하니 우리 주인님도 별나셔요"라며, 마부는 질린 듯한 얼굴로 또 신기한 듯이 얘기했다.

"유키토모도 그렇게 놀 바에는 첩을 한두 명 집에 두는 편이 가정을 위해서는 좋을 거야"라고 카와시마 현령이 말했다는 둥, 후쿠시마의 아무개라는 게이샤가 유키토모의 첩이 된다는 둥의 소문 따위는 지금까지 자주 들어 왔지만 도쿄에 사모님이 직접 나가서서 그 눈으로 첩을 골라 데려 온다는 이야기에는 마부와 마찬가지로 소심한 오노도 깜짝 놀랐다. 도대체 그렇게 심지가 곧고 올바른 유키토모의 사모님이 넓은 도쿄를 어떻게 뒤져 첩이 될 여자를 찾아

낸 것일까? 출세한 남편을 두면 여자는 자신도 상상도 하지 못한 재능이 생겨나는 것일까? 마침 그때, 현관 쪽에서 인력거가 멈추는 기척이 나더니 손님을 맞이하는 남녀의 소리가 복도를 달리는 발소리와 함께 소란스럽게 울렸다.

"도착하셨군요."

오노는 허둥지둥 계단 쪽으로 달려갔다.

"이번에 데리고 온 스가입니다."

유키토모의 처인 토모가 그렇게 말하고 머리를 틀어 올린 앳된 아이를 데리고 온 것은 그로부터 한 시간 정도 후였다. 토모는 자기와 딸인 에츠코만 먼저 유키토모에게 인사를 시키고 나서 계단 아래에서 기다리게 한 스가를 에츠코와 함께 목욕을 하게 했다. 목욕을 마친 스가를 거울 앞에 앉히고 헝클어진 머리를 다시 만져 주었다. 목욕을 갓 마친 스가의 머리는 칠흑처럼 검게 빛나고 풍성해서 빗이 들어가기도 어려웠다. 물기 머금은 윤기에 대비되는 화장기 없는 맨얼굴은 비칠 듯한 투명한 빛을 뿜어냈기에 토모도 정신이 아득해 지는 느낌이었다. 자신의 눈으로 골라 부모에게 상당한 금액을 지불하고 데려 온 이 아이를 토모는 여자에 관해서는 눈이 높은 남편에게 꼭 '진흙 속의 진주!'라며 무릎을 치게 만들어야 했다. 그러기 위해서라도 아름다운 스가를 더욱 아름답게 치장해 주어야 했다. 토모는 옆에서 에츠코가 스가를 마치 큰 인형이라도 되는 듯 보며 "비녀, 예쁘네"라고 천진난만하게 떠드는 것을 복잡한 심경으로 지켜보았다.

"아직 부족한 점이 많습니다만, 잘 부탁드립니다."

스가는 어깨부분을 부풀린 보라색 비단옷을 입고 어깨를 움츠려 도쿄의 부모에게서 배운 대로의 인사말을 웅얼거렸다. 열다섯의 스가는 파산한 집안의 희생양이 되어 후쿠시마의 시라카와 집으로 일생을 고용살이 간다는 것과 주인어른의 시중을 든다는 것은 어렴풋이 들어 알았지만 그것이 어떤 일을 하는 것인지 전혀 알지를 못했다.

"주인어른을 잘 모셔라. 무슨 일이 있어도 절대 거역해서는 안 된다"라고 몇 번이고 다짐받던 엄마의 말이 떠올라 주인어른께 혼나는 것이 가장 두려웠던 것이다. 다행히 도쿄에서 이, 삼일 지내는 동안 아홉 살이 되는 따님인 에츠코와도 친해졌고 사모님도 시골 사람의 딱딱한 면은 있지만 심술궂은 사람은 아닐 듯해 안심했다. 남은 것은 중요한 주인어른 한 사람뿐인데 이 분은 현령의 대리를 하는 훌륭한 공무원으로 사모님보다 훨씬 나이가 많다고 하니 두려웠다. 큰소리로 혼나면 어떡할까? 도쿄라면 어떻게 해서라도 도망갈 수 있는 집이 있지만 몇 십리나 떨어진 후쿠시마에서는…… 이라고 생각하니, 스가의 불안함은 커지기만 했다.

"스가라고 하는가? 좋은 이름이군. 나이는?"

"열다섯입니다."

스가는 있는 힘껏 대답하고 긴장된 얼굴로 앉아 있다. 굵은 일자형 눈썹이 약간 기울어져, 선명한 눈꺼풀의 큰 눈을 놀란 듯이 동그랗게 뜨고 있는 것이 램프의 노란 광선에 무대화장을 한 것처럼 선명히 비쳤다. 유키토모는 젊었을 때 요시하라의 유곽에서 본 너무나도 아름다웠던 이마무라 시키라는 고급 유녀의 얼굴을 떠 올렸다.

"번화한 도쿄에서 시골로 와서 쓸쓸하겠다."

"아닙니다."

"연극은 좋아하는가?"

"네"라고 대답하고 그렇게 대답해서 되는 것인지 몰라 스가는 다시 몸을 움츠렸다.

"하하하, 그건 토모와 같구나. 후쿠시마에도 연극은 있다. 지금 아마 카미카타[9] 배우들의 토키쿠라를 상연하고 있을 테니 집에 도착하면 바로 보여주마."

유키토모는 기분이 좋았으나 스가에게는 부드러운 말 한마디도 위협하는 것처럼 강하게 울려왔다.

"오늘밤은 푹 자거라"라는 얘기를 듣고 에츠코와 함께 방을 나왔

---

[9] 교토지역을 가리킨다.

을 때 비로소 안심이 되어 몸의 긴장이 풀렸다.

"조금 음울한 성격입니다만……."

토모는 스가가 나간 뒷모습을 지켜보며 남편의 얼굴을 보았다. 희미한 눈썹 아래에서 유키토모의 눈동자가 검은 물결이 흔들리는 듯한 광채를 띠고 있었다. 그것은 유키토모가 마음에 드는 여자에게 보내는 눈길이었다. 그것은 토모가 젊었을 때 세상을 다 얻은 것처럼 토모를 기쁘게 만들었고, 또 그것은 몇 번이나 토모의 온몸이 구더기로 변해 버리는 듯한 무기력한 고통을 주며 다른 여자에게로 다가가는 남편을 그저 바라보게만 만들었다.

"착해 보여서 좋은데……. 저 애라면 에츠코의 놀이 상대도 되겠어."

남의 일처럼 말하는 유키토모는 스가의 소매 자락을 쥐듯이, 쓱 나가버린 허리 언저리의 철없는 느낌에 예리한 눈길을 보내고 있었다. 그것은 열넷의 나이에 시골집의 손님으로 유키토모의 어머니가 받아들였던 어릴 적 토모의 동작과 똑같아, 아직 여자로서의 성을 갖지 못한 소녀의 육체였다. 스가의 얼굴, 어깨선, 가슴이 여성스럽게 살이 올라 보였던 만큼 그 발견은 유키토모를 흥분시켰다. "너의 시중도 들어줄 여자가 좋으니, 가능하면 순진하고 닳지 않은 아이가 좋겠다"라고 주문했지만, 토모가 자기의 지시를 지켜 열심히 찾아 온 여자가 상상 이상으로 단단한 봉오리임에 유키토모는 오히려 머쓱해졌다.

"죽세공 집 딸이라며……?"

"예. 코쿠쵸의…… 이전에는 꽤 괜찮았다고 하던데 직원이 나쁜 짓을 해서 어려워졌다고 합니다……. 엄마와도 만나보았는데 참으로 정직하고 좋은 사람이었습니다."

거기까지 말하고 토모는 이 하녀를 찾아오라고 유키토모가 준 막대한 돈에 대한 이야기를 하려고 생각했다. 스가의 몸값과 준비금 등으로 500엔, 그 밖에 스가를 찾기 전에 어린 게이샤를 만나보거나, 주선인을 넣어 몇 명의 게이샤를 만나는데 든 비용을 제해도 아직 토모에게는 남편한테서 받은 금액의 반 이상이 남아있었다. 토모는 도착하자마자 그것을 유키토모에게 돌려줄 생각이었다. 지금도 그 생각으로 말을 꺼냈으나, 웬일인지 갑자기 목이 막히는 것처럼 말이 나오지 않았다. 토모는 당황해서 얼굴을 붉혔지만 유키토모는 전혀 눈치 채지 못한 듯 급하게 손바닥을 쳐 오노를 불렀다.

"오노! 조금 전의 마지막 판을 끝내버리자고……. 내일 일찍 나서야 하니 일 층에서 토모는 빨리 자도록 하고……."

바둑판을 방 가운데로 옮겨 온 오노의 힘 있는 짧은 등을 힘없이 지켜보며 토모는 방을 나섰다. 3개월이나 떨어져 있었던 만큼 매서운 눈빛이 새로운 매력을 느끼게 하는 남편이 자신을 원하지 않는 것이 이제 삼십을 갓 넘긴 토모의 심신을 이글이글 불태웠다. 애끓는 고통이 남편을 향한 사랑 때문인지 미움 때문인지 자신도 알 수 없었다. 한편 이 고통의 심연 속을 결코 빠져나가지 않으려는 집념이 토모의 얼굴을 가면과 같이 무표정하게 만들어 힘없이 비틀비틀 복도를 걷게 했다.

도쿄에서 자란 스가의 눈에는 후쿠시마의 거리는 사람도 많지 않고 번화가의 상점선반도 엉성히 진열되어 있어 활기가 없어 보였다. 시라카와의 관저는 현청에서 대여섯 블록쯤 떨어진 야나기코지라는 곳에 있었다. 큰 대문이 있는 옛날 무사들의 저택으로 절과 같은 높은 담장에 10조,[10] 12조의 넓은 연회실이 이어져 있다. 문을 열어젖혀 놓은 헛방 문, 건너편의 뒷 정원에는 감, 사과, 배, 포도 등의 과수원이 야채밭과 함께 푸르고 싱싱하게 우거져 있었다.

집으로 돌아와서 토모가 가장 놀란 것은 그 포도밭 앞에 남향의 빛을 받으며 툇마루격인 세 칸짜리 작은 방이 그윽한 노송나무의 향을 흩뿌리며 지어져 있던 것이다. 방은 복도를 건너 본체에서 건너가도록 만들어져 있었다.

"사모님이 출발하시고 바로 목수들이 와서……"라며 세키가 조심스레 말을 했다. 이 여자도 유키토모와 그런 사이라는 것을 이미 토모는 본인의 입으로 들은 바 있었다.

---

[10] 일본의 방의 크기를 재는 단위 다다미의 장수를 의미한다.

토모는 방에 들어가 보고 덮개를 씌운 새로운 뽕나무 경대와 옷장이 6조의 옆방에 갖추어져 있는 것에 놀랐다.

"이불도 새로……"라고 세키는 말하며 안타까운 눈빛으로 벽장문을 열어 보였다. 새싹이 돋아날 것처럼 푸른 당초무늬의 보자기를 깔고 가로 80자의 새 솜이 푹신히 들어간 새 침구가 붉은 염직의 방한용 덮개와 따뜻하게 겹쳐 상단과 하단의 2단으로 접혀 있었다.

"여기는 누구 방이야?"

따라온 에츠코가 유키토모를 쏙 닮은 희고 갸름한 얼굴을 갸웃거리며 물었다. 토모는 "아버지가 서재로 쓰려고 지은거야. 에츠는 저쪽으로 가거라"라고 밀치듯이 엄하게 말했다. 자신을 끝없이 목조여 오는 것에 딸마저 던져 둘 수는 없다는 토모의 필사적인 안간힘이 에츠코에게는 단지 엄마를 무서운 사람이라고 생각하게 했다. 에츠코는 엄마보다도 예쁜 스가 쪽이 다정하고 좋은 향기가 나는 듯, 신나게 스가를 향해 복도를 달려갔다.

"주인어른의 요는 오늘 밤부터 여기에 준비할까요?"

세키는 토모의 눈을 찌르듯이 응시하며 물었다.

"아……그래라."

"스가 것은 그 옆에 펼까요?"

"스가에게 자기 것은 본인이 펴라고 말할게."

토모는 의젓하게 대꾸하면서도 세키의 가슴속에도 자신과 똑같은 뜨거운 피가 불타고 있을 거라고 생각하니, 견딜 수 없이 수치스러워져 정원 쪽으로 얼굴을 돌렸다.

과수원 포도밭의 삐죽삐죽한 초록잎 아래에 스가와 에츠코가 서로 마주보고 서 있는 것이 보였다. 에츠코는 스가에게 매달려 손을 뻗어 머리 위의 파란 포도 한 송이를 따고 있다. 포도잎 사이로 비치는 태양빛이 스가의 흰 얼굴에 푸르게 반사되고 있었다.

"이렇게 파란데 먹을 수 있어요?"

"응, 맛있어. 서양포도야."

에츠코의 목소리가 맑았다. 스가는 포도송이를 비틀어 청옥같은 한 알을 입에 넣었다.

"맛있지? 그 나무 옆의 농림시험소에서 준거야."

"아, 진짜로…… . 이렇게 파란데 맛있는 건 처음이에요."

두 소녀는 포도를 뜯어 산호색 입술로 집어넣으며 즐겁게 웃고 있었다. 방안에서 가만히 앉아 있으면 큰 몸집으로 어른스러워 보이는 스가도 이렇게 보면 아직 철없는 에츠코의 놀이 상대일 뿐이었다. 해방된 듯이 웃고 있는 천진난만한 얼굴과 쭉쭉 뻗은 손발의 움직임을 보면서 등 뒤쪽에 있는 벽장 속의 이불과 잠옷이 토모의 가슴을 무겁게 내리누고 있었다.

죄를 짓고 있는 거다. 아직 인형이나 만지고 있고 싶을 나이의 아이를 24살 이상이나 차이가 나는 바람둥이 남자에게 맡긴다. 아이의 부모도 승인한 일이다. 첩으로 보내지 않더라도 스가의 신선한 몸을 팔지 않으면 일가를 유지해 갈 돈은 결코 얻을 수 없는 것이다. 여기에서 당하든지 아니면 다른 곳에서 당하든지의 차이로 스가의 무구한 육체는 눈부실 정도로 아름다워, 머지않아 범해질 운명에 놓여 있었다. 그래도 자신의 목전에서 죽인 닭고기는 너무 무참해 목구멍에 넘어가지 않듯이 토모는 스가를 사 온 것에 남편과 연대했다는 막연한 죄의식이 들었다. 이런 인신매매와도 같은 무자비한 짓을 자신은 왜 해야만 하는가?

스가의 막 내린 눈처럼 빛을 머금은 피부와 크고 검게 벌어진 채 아무런 의미 없이 상냥히 그늘져 보이는 촉촉한 눈동자를 보고 있으면 토모는 지금 막 도살당하려는 아름다운 짐승처럼 안쓰럽고 가여워서 견딜 수 없을 때가 있었다. 동시에 이 어린 아이가 언젠가는 남편을 매수해 온 집안을 망치는 용감한 괴물로 변할지도 모른다는 생각에 밉살스럽게만 보여질 때도 있어 혼란스러웠다.

후쿠시마에 돌아온 다음 날부터 시라카와 저택에는 '마루이'라고 하는 재단사가 거의 매일 산처럼 많은 짐을 지고 들어왔다. 그것은 대체로 유키토모가 퇴근하고 나서의 시간으로 10조의 방 가득히 펼쳐진 색색의 의상을 주인이 고르는 것이었다. 토모와 에츠코도 샀으나, 물론 스가의 기모노를 맞추는 게 목적이었다.

여름 겨울용의 가문의 문양이 새겨진 예복, 빨간색 띠, 그 외의 여름용 견직물, 명주로 짠 얇은 비단, 마직물, 바탕이 오글쪼글한 면, 속옷까지 신부의상을 준비하듯이 유키토모는 스가의 기모노를 넘칠 정도로 많이 샀다.

본인인 스가는 이제 막 도착해서 아무런 일도 하지 않았는데 손님처럼 환대를 받으며 게다가 기모노까지 많이 생기는 것이 기쁘기보다 이상한 느낌에 멍해 있었다. 하지만 유키토모가 어두운 물결 속을 달리는 강렬한 눈빛으로 "스가야. 그 보라색 비단 기모노를 어깨에 걸치고 얼룩무늬 띠를 매고 일어서 보렴"이라고 말할 때, 마른 볼 언저리가 화난 듯이 발갛게 상기되어 묘한 밝은 빛을 발하고 있었다.

스가는 주저주저하고 어쩔 줄을 몰라 하면서도 무용의상에 익숙한 도시 아이답게 가봉한 옷을 걸치고 허리띠를 매고 서니 코바야시 키요치카[11]의 색체가 강한 미인화처럼 아름다웠다.

앉아있던 마루이의 직원도 하녀들도 '예쁘다고' 탄성을 질렀지만 가장 기쁜 듯이 "예쁘다, 예쁘다"라며 스가 옆으로 달려간 것은 에츠코였다. 어린 학처럼 희고 약한 에츠코는 모란 봉오리 같은 스가 옆에 있으면 한층 품위 있어 보여 그것 또한 유키토모를 만족시켰다.

"에츠에게는 무지의 싸리 무늬가 좋아. 거기에 붉은 띠를 매는

---

[11] 에도시대의 유명한 판화가.

거야"라며 유키토모는 토모를 돌아보았다. 유키토모의 어조가 여느 때보다 흥분되어 있는 것과 스가가 머뭇거리지만 조금도 유키토모에게 창피해 하지 않는 것을 보고 토모는 유키토모가 아직 스가에게 손을 대지 않았다는 것을 직감했다. 유키토모도 스무 살 이상이나 차이가 나는 소녀를 손에 넣을 때는 게이샤와 하녀에게 손을 대는 것과는 사뭇 다른 방법을 취하지 않으면 안 되는 듯했다. 가난한 집안의 아이에게 고급 의상을 몇 벌이나 맞추어 주는 것도 스가의 마음을 부드럽게 끌어안는 한 수단일 것이다. 토모는 곁눈으로 보면서 옛날에 남편이 도쿄에서 시집에 남아있던 젊은 아내인 자기를 위해 비녀와 장식용 깃 등을 세세히 갖추어 사 주었던 것을 떠올렸다.

연극을 보여주겠다던 유키토모의 말도 거짓이 아니어서 후쿠시마에 딱 한곳 있는 치토세좌의 관람석에는 매일 토모, 에츠코, 스가, 그리고 두세 명의 하녀를 거느린 시라카와 가족의 얼굴이 보였다.
"저기가 요번에 대서기관 댁에 온 첩이래. 마치 하고이타[12]의 그림과 같은 얼굴이네"라고 배우들이 떠들어 댈 정도로 스가의 얼룩무늬 띠를 한 기모노 차림은 극장에서도 눈에 띠었다.

---

12 배드민턴과 비슷한 놀이기구로서 넓적한 판자로 한쪽 끝에는 그림이 그려져 있다.

"저런 첩에게 부귀영화를 시키고 국민의 자유로운 권리를 탄압하는 유키토모와 같은 놈을 국가의 도적이라고 하지 않는가?"

유키토모가 가끔 비밀집회를 급습하기도 하고, 중심인물을 체포하기도 했기에 숙적처럼 유키토모를 싫어하는 자유당의 인물들은 스가를 보면 주먹을 쥐고 이를 악물었다.

토모조차도 남편인 유키토모와 현령의 부인으로부터 천황의 명령으로 나라를 다스리는 공무원들에게 대항하며 자유다, 민권이다 운운하며 국민을 선동하는 무뢰한은 방화범, 강도와 마찬가지로 처벌해야 한다고 들어왔던 바, 그래야 하는 것이라고 여기고 있었다. 이치에 맞지 않는 일이라도 남편이 주장하는 일이면 어디까지나 따르지 않으면 안 된다고 배운 여자의 길과 마찬가지로 천황과 상사로부터 받은 무거운 도덕이 토모를 막연히 내리누르고 있었다. 봉건시대 말기에 큐슈의 시골에서 태어나 겨우 읽기쓰기를 배운 토모에게는 기성도덕 이외에 의지할 수 있는 게 없었다.

상연극은 매일 밤 달랐다. 어느 날 밤 관람석에 들어가자 에츠코가 "무서워 무서워!" 하며 외쳐댔다. 상연작은 '사곡괴담'이었다. 오이와의 변신과 전등 끄기가 있어서 무서운 것을 좋아하는 손님들에게 인기가 있었기 때문에 여름극장에서는 자주 상연되는 극이었다.

"괜찮아요, 아가씨. 무서운 게 나오면 함께 눈을 감아요."

스가는 평소에는 흠칫흠칫하며 주눅이 들어있는 아이면서 이번에는 무서워하지도 않고 에츠코와 무릎을 맞대고 열심히 무대를 보고 있다. 심지는 강한 아이라고 토모는 생각했다.

서막의 아사쿠사 관음사의 경내와 오이와의 아버지가 살해당하는 장면이 끝나고 드디어 오이와역의 클라이맥스인 이우에몬의 집에서의 머리 벗겨주기 장면까지 진행됐을 때 토모는 자기도 모르게 극에 빨려 들어가 무대를 정면으로 응시하고 있었다. 무대에서는 출산 후의 수척해진 아름다운 산모 오이와가 갓 낳은 아이를 안고 연두 빛 나는 모기장을 뒤로하고 앉아 있다. 오이와는 아이가 생기고 갑자기 냉랭해진 남편과 몸이 약해진 자신의 불행한 앞날을 한탄하며 엄마에게 받은 빗을 살아 있는 동안에 여동생에게 전하고 싶다는 애처로운 넋두리를 읊조리고 있었다. 남편인 이우에몬은 이미 이웃집 여자에게 반해 오이와를 버릴 결심을 하고 있었다. 이웃집에서는 이우에몬이 오이와에게 미련을 갖지 않도록 오이와의 미모를 추하게 하는 독약을 산후약이라고 속여 오이와에게 보냈고 정직한 오이와는 속은 줄도 모르고 그 약을 몇 번이나 감사히 받아 들이켰던 것이다.

토모는 그 장면을 보면서 억누르는 고통에 몇 번이고 눈을 꼭 감고 몸 안에서 치미는 피의 요동을 견뎠다. 정직하게 사람을 믿었다가 완전히 배신당한 오이와의 운명이 남과 같지 않게 느껴졌다. 그리고 또 하나, 이 극에서는 뜨겁게 사랑한 남녀의 사랑이 언젠가는 싸늘히 식어버리고 얼어버린 지옥이 너무나도 강렬하고 집요하게 잘 그려져 있었다. 이우에몬을 빼앗는 오우메를 스가에, 냉혹하고 여자에게 매력적인 이우에몬을 유키토모에, 무참히 배신당한 원혼으로 드디어 악령이 되어 가는 오이와를 자신에게 대조시켜 보는 것은 너무나 용이하고 실감나는 것 이었다. 토모는 오이와의 망령이 강한 집념으로 복수를 계속하는 괴이한 장면들을 홀린 듯이 바라보았다. "무서워, 무서워!!" 하며 농담처럼 작은 손을 볼에 갖다 대고 있던 에츠코는 어느샌가 스가의 무릎에 얼굴을 대고 잠들어 있었다. 토모는 축 늘어진 무거운 에츠코를 안고 마중 나온 인력거에 올라탔다.

여름 밤바람이 휘장 속으로 시원하게 불어왔다. 토모는 올림머리를 자신의 무릎에 대고 철없이 잠든 에츠코의 작은 병아리 같은 옆얼굴을 바라보았다. 친정집에 맡겨 둔 에츠코의 오빠인 미치마사의 얼굴도 떠올랐다. 오이와가 되어서는 안 된다. 토모는 오이와의 광기를 몇 배나 더 강하게 몸에 품고 있으니 만큼 더욱 더 기도하듯이 에츠코를 부둥켜안았다. 내가 광인이 되어 버리면 이 애들은 어떻게 될 것인가?

세키에게 그렇게 분명히 얘기는 했지만 토모는 혹시나 하고 매일 밤 여느 때와 같은 곳에 남편의 침구를 마련했다. 그것은 하녀들이 물러간 후 자신이 직접 펴고 아침에는 빨리 걷어버렸다. 침구는 매일 밤 주인 없이 차갑게 반듯이 토모의 옆자리에 펼쳐져 있다. 어느 날 밤 평소와 달리 늦게 돌아온 유키토모가 새 방으로 가지 않고 토모의 방으로 들어 왔다.

"모두 자게하고 술을 가져 와."

유키토모의 눈은 충혈되어 관자놀이가 파랗게 불거져 있다. 술을 싫어하는 유키토모가 이 시각에 술을 찾는 것도 이례적인 일이었다.

"토모"라고 부르더니 유키토모는 소매를 걷어 보였다. 왼쪽 상박부가 흰 천으로 감겨 있고 피가 배어나와 있었다. 술병을 든 토모는 놀라 몸이 경직되었다.

"어머! 어디에서……?"

"자유당의 비밀집회를 덮쳤다. 스무 명 정도를 체포했는데 남은 일당들이 뒤를 친 거다. 하하하 왼쪽이어서 다행이다."

유키토모의 목소리는 상기되었고 웃어서 볼이 씰룩거렸다. 버거운 상대였던 것이다. 죽지 않고 살아서 돌아온 게 다행이었다. 그리고 스가 쪽으로 가지 않고 이쪽으로 온 것이 술잔을 든 토모의 손을 약하게 떨게 하였다.

"무사하셔서 다행……"이라며 기어들어가는 목소리로 말한 채 경탄스러운 눈으로 유키토모를 보았다. 유키토모의 눈이 강렬하고 차가운 빛을 발하며 술잔을 쭉 들이키더니 오른쪽 손으로 토모를 낚아채듯이 난폭하게 가슴에 끌어안았다. 머리가 헝클어지고 가슴에 얼굴을 끌어 안겨 중심을 잃은 토모의 몸은 일순 공중에서 비틀거리며 무겁게 유키토모를 눌렀다. 토모 손에 든 술잔에서 흐른 술이 유키토모의 가슴으로 흘렀고, 발효하는 술 냄새 속에서 유키토모는 토모의 입술을 강하게 빨아 당겼다.

새벽녘에 유키토모는 새 방으로 건너갔다. 스가에 대해서 유키토모는 한마디도 하지 않았으나 아직 손대지 않은 어린 스가에게 피투성이의 난폭한 성욕을 드러내기를 꺼렸던 것이다. 토모는 혼자 요로 돌아와 입술을 깨물었다. 상처를 입은 채 성급히 자기에게로 달려온 남편에게 최대한의 정열을 쏟았던 만큼 자신의 어리석음을 업신여기며 조소하고 있을 남편의 얼굴이 물어뜯고 싶을 정도로 미웠다.

다음날 신문은 시라카와 유키토모 대서기관이 자유당 비밀집회를 습격하고 돌아가는 길에 수 명의 괴한에게 습격을 받아 자신도 가벼운 상처를 입었음에도 상대방을 권총으로 사살했다는 기사가 실려 있었다. 유키토모는 권총을 쏜 것을 토모에게 말하지 않았으나 몇 개월 만에 자신을 찾아 온 것이 사람을 죽인 후 심신의 흥분을 처리하기 위해서였다는 것을 알고 나니, 토모는 가슴이 옥조이는 듯 애달팠다.

현청에서도 마을에서도 그 소문으로 자자했지만 에츠코를 상대로 이야기를 하고 있는 스가의 눈에 두려움 보다는 천진한 감탄의 색이 흐르는 것을 토모는 놓치지 않았다. 두 사람은 마루에서 빨간 실뜨기 실을 예쁜 손가락으로 능숙하게 옮기면서 이야기를 나누고 있다.

"주인어른 정말 훌륭하셔요."

"왜?"

"어제 밤에 그렇게 위험한 일을 당하셨는데도 아무 말씀도 안하셔요. 아침에 얼굴을 씻으실 때 한쪽 손으로 수건을 물에 적시어서…… 이상하시기에 왜 그러신지 여쭤보았더니 어깨근육이 뭉쳤다고 웃으시면서 말씀하시고 상처 얘기는 한 마디도 않으셨어요."

"아프지 않으셨을까?"

"아프셨겠지요. 아침에 붕대를 새로 감아드릴 때 보니 이 정도로 큰 상처였어요."

스가는 선명한 눈썹을 찡그리고 실뜨기 실을 양 손가락사이로 7센치 정도로 줄여 보였다. 그런 큰 상처인 만큼 에츠코는 아버지가 죽지 않아서 다행이라고 생각했다. 스가는 그것만으로는 모자라는 듯 "남자다운 남자라는 것은 아픈 것과 괴로운 것을 사람에게 보이지 않는 것이라고…… 주인어른은 혼자서 참으시고…… 훌륭하세요"라고 말했다.

　토모는 방에서 바느질을 하면서 평소 말수가 적은 스가가 힘주어 하는 말에 어리고 순진한 동경심이 느껴지는 것을 안타깝고 답답한 마음으로 듣고 있다. 스가의 꿈꾸는 듯한 눈빛에도 완만히 부풀어 오른 몸짓에도 처음에 왔을 때의 딱딱한 부자연스러움은 없어지고 에츠코와 그다지 다르지 않은 평범한 소녀스러움이 넘치고 있었다. 유키토모는 이렇게 스가를 편하게 풀어지게 하는데 넉넉히 한 달 남짓의 시간을 들이고 있었다. 스가는 아직 숫처녀였다. 그러나 이제 멀지 않았다. 아버지처럼 응석을 받아주고 귀여워해 준 시라카와에게 막연한 의지감을 느끼게 된 스가는 지금 용감한 시라카와를 다시 발견하고 안개가 걷혀가는 듯한 기쁨에 융해되어 갔다. 사랑의 싹이 스가 안에서 움트기 시작하는 것이었다. 연한 초록빛의 단단한 모란 봉오리가 이슬을 맞아 연한 붉은 빛으로 물드는 아침 꽃잎처럼, 빛을 띠며 변해가는 스가가 토모를 격하게 동요시켰다. 그렇지만 아직 몸은 엮이지 않았다. 토모는 유키토모와 엮인 여자들이 자기에게 보내는 미묘한 감촉이 기분 나쁘게 몸에 느껴졌다. 스가로부터는 아직 그 느낌을 받지 못했다.

　언제 어떤 식으로 스가가 유키토모에게 범해질 것인지를 생각하니, 토모는 유키토모가 자기의 방에 왔던 이후로 더욱 잠을 이룰 수 없었다. 때때로 견딜 수가 없으면 일어나 앉아 에츠코의 숨소리를 확인하고 덧문을 열어 보았다. 가을이슬에 젖은 정원의 풀들에 달빛이 떠돌고 새로 만든 스가 방의 창에는 가는 램프 빛이 희미하게 비쳐 보였다. 그 빛이 새로 장만한 침구들과 새근새근 잠든 스가의 잠옷의 둥근 어깨를 비출 것을 생각하니, 토모는 자신이 그 빛 속에서 머리를 치켜들고 남편과 스가를 노려보고 있는 한 마리의 뱀처럼 여겨져 자신도 모르게 양손으로 가슴을 부둥켜안으며 눈을 꼭 감고 누구에게랄 것도 없이 "도와주세요, 도와주세요"라며 단말마의 비명을 질렀다. 토모는 엄청난 폭풍우가 몰아치는 바다의 위아래로 흔들리는 배 속에서 숨도 제대로 못 쉬며 이리저리 굴러다니는 꿈을 자주 꿨다.

어느 아침 스가가 두통이 있다며 일어나지 않았다. 학교에서 돌아온 에츠코가 종이접기를 가지고 방으로 가 보니 스가는 "아가씨"라고 하며 이불 속에서 애절하게 에츠코를 올려다보았다. 눈꺼풀이 물기를 머금은 듯 부어있었다.

"어머! 스가의 눈이 오늘은 한 겹이네."

에츠코는 무심히 말했지만 스가는 눈부신 듯이 손으로 눈을 가리고 얼굴을 붉혔다. 어젯밤의 예기치 않았던 사건을 에츠코에게 들킨 것 같아 부끄러웠다. 유키토모가 미운 것이 아니었다. 부모를 떠나온 이래 누군가에게 기댈 수 있는 달콤함에 굶주려 있던 스가는 유키토모에게서 그 달콤함을 느낄 수 있었다. 그렇지만 놀랄 일이었고 또 부끄러운 일이었다. 이론적으로 설명할 수 없는 만큼 더더욱 스가에게는 자기의 심신이 꽃피었다고는 생각되지 않았다. 그래서 망가졌다, 더럽혀졌다는 슬픔에 한없이 시들어 가고 있었다. "주인어른 뜻을 거역하지 않도록……"이라는 것은 이런 일이었구나라고 생각하니 부모마저 원망스러워졌다. 자신의 몸이 돈에 팔려왔다는 걸 실감한 애달픈 애처로움이 스가의 얼굴에 드러나기 시작했다.

그 우수가 가득 담긴 눈으로 올려다보니, 유키토모를 닮은 갸름하고 흰 에츠코의 얼굴이 하늘에 춤추듯 떠올라 맑고 아름답게 느껴졌다. 그것은 막연한 적의이기도 했으나 스가 자신은 느끼지 못했다. 에츠코에게 메달려 '학', '세 가지 보물', '약코'[13] 등을 색색의 종이로 접어주면서 스가는 어제까지의 자신이 에츠코와 함께 이렇게 철없는 손놀이를 즐기고 있었던 천진한 소녀였음을 먼 옛날의 일처럼 슬프게 기억했다.

스가를 자기의 여자로 만들고 나서 유키토모의 총애는 나날이 더해 갔다. 게이샤에게도 하녀에게도 누구에게 있어서도 여자문제라면 자신 있던 유키토모였지만 한쵸우 나가우에몬[14]이라고 험담

---

[13] 에도시대 무가의 하인이 팔을 벌린 모습의 종이인형.

을 들을 정도로 나이차이가 나는 숫처녀 스가에게 아버지처럼 사랑받는 기분은 유키토모를 새로 결혼이라도 한 듯이 다시 젊게 만들었고 하루하루가 빛나듯이 느껴졌다. 유키토모는 쉬는 날이면 측근의 부하나 요리집 여주인 등을 데리고 스가와 둘이서 메시자카의 온천으로 갔다. 거기에서 스가는 모두로부터 "사모님"이라고 불렸고 누가 보든지 거리낌 없이 유키토모에게 응석을 부렸다. 온천에서 돌아올 때마다 스가는 조금씩 피어나는 꽃잎 많은 큰 송이 모란처럼 색과 향을 더해가 처음의 가련하고 겁 많은 소녀와는 전혀 다른 사람이 되어 있었다. 스가에게 열중하게 된 이래 유키토모는 토모의 방으로는 발걸음도 하지 않게 되었고 토모 자신도 이제 더 이상 남몰래 남편의 이불을 펴놓고 기다릴 수 없었다. 바람둥이인 유키토모에게는 미치마사와 에츠코 외에는 더 이상 자식이 없을거라고 생각했지만 만약에 스가에게 아이라도 생긴다면 어찌 될 것인가? 토모는 전율했다. 스가를 데려 올 때까지 한 번, 두 번, 몇 번이나 상상하고 각오를 했건만 상상도 할 수 없는 깊은 골이 부부 사이에 파여 버렸다. 그 도랑은 앞으로도 매일매일 깊고 넓어질 것이다. 토모는 그 무렵 도쿄에서 돌아온 날 우츠노미야 여관에서 남편에게서 받아 남은 돈 얘기를 아무래도 꺼낼 수 없었던 이유를 희

---

14 죠루리(桂川連理柵)의 주인공.

미하게나마 알 수 있을 것 같았다. 상대가 어떻든 자신이 정직하지 않으면 견딜 수 없는 토모는 특히 금전에 관해 남편에게 무언가를 숨긴 적이 없었다. 세간의 남편들 몰래 다른 주머니를 찬다는 아내들을 토모는 부끄러운 여자들이라고 멸시하고 있었다. 그러한 여자들과 자신이 똑같아지려하고 있다고 생각하니 토모는 슬픔을 느끼는 동시에 가늘고 긴 철심이 몸속에 들어가 있는 것처럼 경직되어 물러설 수 없는 자신을 발견했다.

　냉정히 생각하면 지금 세상에는 시골에서 올라온 조강지처를 헌신짝처럼 돌려보내고 게이샤나 술집의 아름다운 여자를 당당히 첩으로 맞이한 지체 높은 양반들도 많다. 토모의 정직하고 검소한 강직성은 카와시마 현령과 그 부인도 평가하여 신용하고 있으니 유키토모도 설마 거기까지는 하지 않겠지만 요즘 스가에게 빠져 있는 행태를 보면 어떤 계략을 세워서든 자기를 쫓아내지 않는다고도 단정할 수 없었다. 유신 전의 집안의 법도로는 조강지처와 첩의 구별은 뛰어넘을 수 없는 계급이었지만 하급무사들이 활약해 중앙내각의 중심세력이 된 혁명 후의 현재는 '취해서 베는 미인의 무릎, 깨어서 쥐는 천하의 권력'이 청운의 꿈에 불타는 남자들의 이상이어서 남자의 기량에 의해 정해지는 처의 위치는 풀덩쿨처럼 가련한 것이었다.

　토모는 스가를 방약무인으로 총애하는 남편의 행동이 너무나 노골적일 때는 그 돈을 가지고 에츠코를 데리고 친정집인 먼 큐슈로 돌아가 버릴까라고 생각한 적도 몇 번인가 있었다. 그러나 이렇게 예쁘게 자란 에츠코의 앞날을 생각하니 그때마다 결심이 흔들렸다. 다행히 에츠코는 스가와도 사이가 좋고 아버지한테도 사랑받고 있었다. 자신만 인내하면 큐슈의 시골에서 가난하게 자라는 것보다 지위 높은 아버지의 딸로서 윤택하게 자라는 편이 행복할 것이다. 토모의 분별력은 격류를 타고 굽이쳐 보지만 언제나 결론은 거기에 도달했다. 유키토모를 위해서도 그게 좋은 거다. 아무리 능력이 있다고 해도 자신과 같이 바보처럼 우직하고 강직한 아내가 없다면 그는 필시 공직상에 있어서도 어딘가 돌이킬 수 없는 실수를 범할 것이다. 원만한 인격이 아닌 유키토모에게 적이 많은 것을 알고 있는 토모는 언젠가부터 한발 물러선 간격에서 남편을 판단할 수 있게 되었다. 그것은 이미 남편을 무조건 신뢰하고 따르는 아내가 아니라 냉정하게 한 사람의 인간을 비판하는 눈이 토모의 내면에 생겨나기 시작한 것이다. 토모는 학문을 배우지 못했기에 지적으로 인간을 이해하는 방법을 배우지는 못했으나 육체 내부에서 솟아나는 본능에 몸을 맡길 수도 없는 여자였다. 그래서 토모는 봉건시대의 여성도덕에 따라 이제까지 남편을 위해서, 그리고 집안을 위해 희생을 마다않는 정조의 여인을 자신의 모델로 삼고 외길을 강직하게 살아 왔다. 지금 토모의 마음속에는 한 점 의심 없이 믿어 온 그 도덕에 대한 불신감이 생겨난 것이다.

자신의 조강지처로서의 위치를 바꾸어 버릴지도 모르는 여성과 같은 집에서 매일매일 얼굴을 마주하고 아무렇지 않은 듯 얘기를 나눈다. 어떻게 이런 생활을 옳다고 믿을 것인가? 십수 년에 걸친 자신의 헌신과 작렬하는 정열을 편리한 아랫사람의 충성 정도로만 생각하는 안하무인의 거만한 남편을 어찌 존경하고 사랑할 수 있겠는가? 이 남편은 자신의 사랑의 대상이 아니고 이 생활도 추한 허위인 것이었다. 토모는 받들어야할 남편도 이끌어 가야할 가문도 무참히 무너지는 가운데, 작은 에츠코의 몸둥아리만을 꽉 움켜잡고 황량한 불모의 땅에 필사적으로 서 있었다. 쓰러지면 두 번 다시 일어설 수 없음을 토모는 잘 알고 있다. 세 장으로 겹쳐진 두꺼운 가문의 문양이 새겨진 기모노도 사람들의 입에 발린 아첨도 지금의 토모에게는 살아갈 힘이 되지 않았다. 몇 번이나 배신당하면서도 유키토모의 사랑을 질리지도 않고 믿어왔던 예전의 자신으로 돌아가고 싶었으나 격류처럼 흘러 멈추지 않는 힘은 토모를 깊은 한숨과 함께 먼 강 상류를 바라보게 할 뿐이었다.

토모는 다시 한 치의 흐트러짐도 보이지 않으려고 이전보다도 더욱 활기 있게 집안사람들을 대했다. 스가가 총애를 받아 위치가 약해지기는커녕, 스가가 아름다워질수록 거실에 앉아 고정된 채 움직이지 않는 토모의 어깨와 등에는 익숙한 하녀와 남자들조차도

움찔하게 하는 무거운 힘이 느껴졌다. 아무것도 말하지 않는 토모의 모습에는 속임과 거짓을 가려내는 엄격함이 있어 유키토모보다도 두렵게 느껴졌다.

　토모에게 고향의 어머니에게서 편지가 왔다. 토모는 알리지 않았으나 유키토모의 집안사람으로 현청에 근무하고 있는 자가 집에 머문 적이 있었는데, 그 자가 큐슈에 돌아가서 소문을 낸 것이다. 토모의 어머니는 젊은 첩과 한 집에서 살아야하는 토모의 심정이 안타까워 손에 익지 않은 편지를 서투른 글씨로 적어 보냈다. 유키토모처럼 출세한 사위는 친척 중에서도 아무도 없으니 토모는 그 행복에 감사해야 한다. 첩을 두는 것도 능력 있는 사람에게만 있을 수 있는 일이니 그럴 때 처는 더욱 삼가, 남편의 사랑을 붙들어두어야 한다. 미치마사와 에츠코가 있으니 분별없이 행동하지는 않으리라 믿고 있으나 질투로 네 몸은 물론 자식들까지 불행의 늪으로 미는 일은 없도록…… 등등, 어머니의 편지는 문자의 크기가 크고 작아 고르지 않았고 비백이 지고 번져 있어 읽기 어려웠지만 딸에게 가슴 가득한 이야기를 전하려는 듯 촘촘히 적혀있었다. 토모는 편지를 읽고 있자니 늙은 어머니의 한숨소리가 들리는 듯하여 어린아이처럼 눈물이 흘러내렸다. 이런 달콤한 눈물 맛 따위는 잊은 지 오래된 일상의 험난함이 다시 한 번 되살아났다. 감정은 제쳐두

고라도 어머니가 일러주신 말들은 모두 이미 토모가 몇 번이고 가슴에 되새겼던, 그리고 그것을 이제 부득이 훨훨 벗어버리려고 하는 구도덕의 잔재인 것이다. 어머니의 편지 중에서 토모의 마음속에 새롭게 새겨진 것은 마지막 4, 5행의 문구뿐이었다.

"어차피 인간만사는 번뇌의 지옥으로 괴로운 고통이 많아 인간의 얕은 지혜로는 알 수 없다. 자신도 알지 못하는 사이에 죄를 범하게 되니 단지 부처님의 성원을 믿고 아침저녁 나무아미타불을 잊지 말고 어떤 일도 여래불상에 의지해야 한다. 신심에 있어서는 나도 한번 만나서 자세히 얘기하고 싶구나. 사위의 허락이 있으면 언젠가 한번 다녀가기 바란다."

그 부분을 읽으며 토모는 오랫동안 잊고 있던 고향 집에서 아침마다 불단에 머리를 조아리며 어머니가 "나무아미타불"이라고 외치고 계시던 모습이 생생히 떠올랐다. 어린 토모가 무릎에 기대어 어머니를 올려보자, 어머니의 입술은 여느 때의 말을 하는 것과는 달리 무심히 "나무아미타불"이라고 중얼거렸다. 토모는 흉내를 내어 "나무아미타불"이라고 외쳐보았던 적이 있으나 그 이후로 몇 년이나 "나무아미타불"을 외쳐 본 적은 없었다. 부처님이라던가 아미타불님이라던가 하는 것이 아이들 눈속임의 거짓처럼 느껴졌던 것이다. 지금도 어머니의 편지 속에 "어떤 일도 여래불상에 의지해야 한다"라고 적혀 있지만 무엇을 어떻게 의지해야 하는지 답답했다.

신이라던가 부처님이라던가 하는 인간세계를 뚫어 보는 위대한 자가 있다면 자신처럼 열심히 진실하게 살아가려고 노력하는 자에게 보다 밝은 길을 열어 주어도 될 것이다. 그렇게 생각하며 토모는 역시 어머니가 바라고 계시는 귀향을 언젠가 때를 봐서 하기로 결심했다. 어머니가 글로 다할 수 없었던, 들려주고 싶었던 말을 반드시 듣지 않으면 안 된다고 생각한 것이다.

다음해 봄, 카와시마현령이 감시 총감으로 전근함에 따라 시라카와 유키토모도 가족을 데리고 도쿄 소토칸다의 경시청의 관사로 화려하게 상경했다. 그때 에츠코의 전학을 위해 호적등본을 뗀 토모는 그 얇은 종이에 눈길을 보내고 자신도 모르게 작은 비명소리를 질렀다. 등본에는 시라카와 유키토모, 토모 부부의 양녀로서 스가의 이름이 에츠코의 아래에 적혀져 있었던 것이다.

채비초彩婢抄

국화가 아름다운 쌀쌀한 오후였다.

쿠스미 킹은 라이문에서 산 붉은 매화모양의 전병 상자를 선물로 준비해 토키와바시 내의 경시청관사의 문을 잰걸음으로 달려갔다. 울타리 안에 있는 일등경시관 시라카와 유키토모의 저택으로 가는 것인데 오늘은 안부인사 외에 다른 용무도 있어 그게 잘 해결 될 것인지가 마음에 걸렸다.

작년에 신축한 유키토모의 관사는 경시총감 관사 다음가는 규모 라고 소문이 나 있었다. 마차를 돌릴 수 있는 중앙에 가지가 늘어진 단엽송을 심어, 그 맞은편에 넓은 현관이 보이고 금으로 된 집안문 양이 찍힌 인력거 두 대가 수레 대를 꽂은 채 대기하고 있다. 누가 외출하려는 참 인 것 같았다. 유키토모가 있을 시간이 아니어서, "사모님이실까……? 그렇다면 잘되있는데……"라고 킹은 생각했다.

오랜 출입으로 익숙해졌을 법한데도 유키토모의 아내인 토모와 마주하면 킹은 웬일인지 어색하고 몸이 굳어지는 듯한 압박을 받았다. 오늘은 3년 전에 자신의 소개로 이 저택에 들어 온 젊은 첩인 스가에게 친정어머니의 비밀 전언을 부탁받고 온 것이니 만큼 토모가 거실에 떡하니 앉아있으면 더 안절부절 못하게 될 것이었다.

안 현관에서 사람을 부르니 머리를 높이 틀어 올린 낯선 예쁜 아이가 정중히 머리를 숙이기에 킹도 엉겁결에 허둥지둥하며 낯익은 세키를 불러 달라고 청했다.

"지금 사모님과 따님이 자선회가 있으셔서 외국인 재단사가 와서 의상을 재고 있습니다. 쿠스미 씨도 가서서 보시지 않으시겠습니까?"라고 청함에 호기심 많은 킹은 세키 뒤를 따라 반짝반짝하게 닦인 복도를 총총걸음으로 걸어갔다.

"아주 날씬하고 예쁜 아이가 들어왔군요. 언제부터?"

"두 달 전부터요. 카부키 배우 중에 에이사부로를 꼭 닮았다는 소개로……."

세키는 돌아보며 의미심장하게 킹에게 눈짓을 했다. 킹도 두세 번 고개를 끄덕이며 역시 스가의 모친이 소문으로 듣고 걱정하고 있다는 것은 거짓말이 아니라고 생각했다.

"몇 살? 어디 처녀에요?"

킹은 아무렇지 않은 듯 묻는 목소리에 힘이 들어가 귀 볼이 빨갛게 달아오르는 것을 스스로도 나이 값 못한다고 생각했다.

"열여섯이래요. 스가 씨 보다 두 살 아래지만 키가 있으니까 비슷비슷해 보이지요. 코다 장군의의 직속 부하 딸이라던가……. 아무튼 꽤 귀품이 있어요."

"네에……"라며 킹은 호들갑스럽게 몸을 뒤로 젖히며 놀라는 척을 했다.

"그렇지만 지금은 단지……."

말 한마디 마다 눈을 동그랗게 뜨고 있으니 세키도 같은 박자로 머리를 끄덕이며 "아직…… 예…… 아직은……"이라고 맞장구를 쳤다.

"그렇지만 언젠가는 머지않아……."

거기까지 말하고 숨을 들이키더니 갑자기 날아오르듯이 킹의 야

왼 어깨에 손을 올리며 귀에 뜨거운 입김을 불어 넣으며 소곤소곤 속삭였다.

"사모님도 알고 계시나?"

"그렇겠죠……. 어머! 저를 찾나 봐요"

세키는 몸을 비틀듯이 어깨와 허리를 흔들며 폭넓게 복도를 달려갔다.

큰방 입구에 주황색의 작은 자수가 놓인 양복을 입고 경골의 콜셋으로 종이틀처럼 허리부분을 부풀린 토모가 서 있었다. 노란빛이 도는 매끄러운 피부로 눈꺼풀이 처진 고전적인 얼굴이 꽉 조인 깃 위에 거북한 듯이 올려져 있고, 조금은 큰 듯한 입술을 꼭 다물고 있는 것이 킹에게는 중국여자처럼 보였다. 토모의 시선은 방 중앙에 테두리가 장식된 큰 서양풍의 거울 앞에서 영국인 여자 재단사가 에츠코에게 양복을 입히는 모습을 향하고 있었다. 킹도 그 옆에 정좌하고 앉아 있는 스가의 옆에 앉았다.

열세 살치고는 키가 큰 에츠코도 기린처럼 목이 긴 갈색머리의 재봉사 앞에 서니 작은 사슴정도로 밖에 보이지 않았다. 감빛을 깊게 빨아 당긴 옅은 보라색 벨벳의 주름이 많이 잡힌 옷이 분홍빛 뺨에 입술이 붉고 콧대가 오똑한 얼굴과 잘 어울려 에츠코는 평소와는 전혀 다른 소공자처럼 늠름해 보였다.

"아가씨! 프린스 같으세요. 아름다워요. 아름다워요."

여재단사는 옷을 입힌 후 에츠코의 어깨를 양손으로 밀며 토모를 향해 넘칠 것 같은 미소를 보였다. 토모의 눈에도 일순 만족의 빛이 번지는 듯했으나 입언저리는 변함이 없었다. 엄마가 쳐다보고 있으면 편하지 않은 듯 에츠코는 힐끔힐끔 거울 속의 자신을 보면서 머뭇머뭇 거렸다.

"오늘 적십자의 자선회에 총감 사모님이 이 아이를 주인공으로 내라고 하는 분부이셔서 이렇게 익숙하지 않은 복장을 해서 이상합니다만……."

토모는 곤혹스러운 듯 했지만 당당했다. 귀부인들과 섞여 로쿠메이칸을 양장차림으로 휫젓고 다니는 요란함을 자신과 맞지 않는 불쾌한 일이라 여기고 있었지만 관원의 아내로서 겸비해야 하는 하나의 의무라고 생각하고 맞서는 것이었다.

"황후마마께서 행차하시기에 우리 집 아가씨가 차를 올리게 되어 있답니다"라며 스가가 벗어 놓은 에츠코의 기모노를 접으며 거들었다.

"어머 그런 일이……아가씨, 정신 똑바로 차리시고 실수하지 않으셔야 합니다. 아가씨가 아름다우셔서 뽑히신 것일테니까요."

"그런 게 아니에요. 그럼 갔다올께요. 저녁 무렵에는 돌아오니 천천히 계세요."

그렇게 말하고 토모는 긴 스커트자락을 어색하게 쥐고 에츠코를 동행해 현관 쪽으로 걸어 나갔다.

두 대의 인력거가 양장 차림의 모녀를 태우고 사라지는 것을 배웅한 후, 킹은 현관에서 세키와 한참을 이야기하고 나서 스가의 방으로 들어갔다. 산다화의 연붉은 꽃이 피어있는 뒷 정원을 향한 육조의 방이 스가의 방이었다. 세 가닥으로 묶은 머리를 올려 연분홍빛 댕기를 묶은 스가는 홍견의 침봉을 세운 나무대를 무릎에 펴고 유우젠의 띠를 부지런히 꿰매고 있다가 킹의 얼굴을 보자 기다리고 있었다는 듯이 바느질을 멈추고 화로 옆에 방석을 놓았다.

"그 후 어머니는 만나보셨습니까? 그 후 통 연락이 없어서……."

친정은 코쿠쵸우로 이 관사와는 지척인 거리지만 스가의 입장에서 자유롭게 왕래할 수 없었다. 사실상은 어떻든간에 스가는 호적상 시라카와 유키토모의 양녀로 되어 있어 표면상 친정과는 절연한 몸이었다. 형리출신의 혹렬한 성격의 유키토모는 자식만큼 나이차이가 나는 스가를 들여 자신만이 유일한 남자라고 믿게끔 사랑하고 가르치며 뒷전에서는 자유롭게 도망갈 수도 없게 스가의 신분에 족쇄를 채운 것이다. 유키토모의 총애에 익숙해진 스가가 그런 추악한 남자의 계략을 알 수는 없지만 친형제에 관한 이야기를 꺼내면 왠지 기분을 언짢아 해 입에 담을 수가 없었다. 자연히 신년과 8월 명절에 어머니가 부엌으로 간단한 인사를 하러 오는 것 이외에는 처음 올 때의 중개인이었던 킹을 통해서만 친정집의 소식을 들을 수 있을 뿐이었다.

"저번 달 말에 오셨어요. 하시바의 절에 왔다가 돌아가는 길이라고…… 건강하셨어요. 올해는 가을이 되어도 각기병이 도지지 않아 좋으시다고…….

"가게는 업종을 바꾼다고 하는 이야기, 잠깐 들었습니다만…….

"아…… 그건 업종변경 정도는 아닌 것 같아요. 단지 죽세품만이 아니라 나무 도시락 같은 다른 것도 도매점에서 받는다고…….

"괜찮을까요? 오빠는 사람이 너무 좋아서 항상 사기를 당하니…….

스가는 불안한 듯이 말했다. 구슬을 감싼 것 같은 깊은 눈꺼풀이 열리고 검고 촉촉한 눈동자가 깜빡이지도 않고 한 곳을 보고 있으니 아름다운 고양이처럼 음울한 가련함이 몸 전체에 번졌다. 마음 약한 킹은 그 음울함에서 빨리 도망치고 싶어 "괜찮을 거예요. 걱정 않으셔도……"라고 간단히 손을 흔들어 대답하고 담뱃대를 꺼내어 한 모금을 들이켰다.

"그것보다 어머니가 스가 씨 일을 걱정해서 찾아 왔어요."

"제 일요? 뭘까……?"

스가는 멍히 눈을 흐리며 모르겠다는 듯이 고개를 갸웃거렸다. 어른스러워 보여도 어머니의 마음을 추측하는 얼굴에는 아직 어린 무심함이 남아있었다.

"안되겠네. 떨어져 있는 어머니가 그렇게나 걱정을 하시는데, 본인이 이토록 태평하다니……."

킹의 집을 찾아 왔을 때 스가의 모친은 참으로 가슴 답답해하는 안색이었다. 저택에 와 사모님께 직접 여쭤볼까도 생각했지만 그것도 왠지 껄끄러운 일이라 킹에게 상황을 알아봐 주십사…… 라고 부탁을 하며 작은 볼에 항상 띠고 있는 애교 섞인 미소도 간간히 잊은 심각한 얼굴로 얘기를 시작했다.

시라카와 집에 출입하는 조경사한테서 나온 이야기라 한다. 그에 의하면 9월에 시라카와의 저택에 본가에서 시녀가 둘이 들어왔다. 사촌지간 이라던가 하는 사이로 소개를 한 것은 시라카와 부부와 같은 출신인 큐슈 사람으로 지금은 골동품상을 하고 있는 엔다라는 부부이다. 얼굴이 고운 하녀를…… 이라고, 유키토모가 직접 얘기한 것을 듣고 엔다의 안사람이 데리고 온 것인데 그 중 한명은 남게 되고 나머지 한명은 돌아갔다. 하인들이 조경사에게 말한 바로는 지금 하녀가 세 명이나 있고 주인어른의 시중은 스가가 맡고 있다. 집에서 연회가 있을 때는 신바시나 야나기바시에서 게이샤나 마담을 부르기도 하니 아무리 생각해도 사람을 늘릴 필요가 없다. 사모님은 그렇게 인내심이 강한 사람이니 물론 아무 말씀도 않으시고 따님은 놀이상대가 많아져 기뻐하고 있지만 그 사람이 단순한 하녀로 끝날 리가 없다. 반드시 머지않아 손을 대어 방에 앉힐 것이다. 그렇다면 스가는 어떻게 생각하고 있을까? 사모님이야 스가가 집에 있는 이상, 첩이 하나이든 둘이든 크게 다르지 않을지 모르지만 만약 주인어른이 스가에게 슬슬 싫증을 내서 또 새로운 사람을 집에 들여앉히려고 한다면 스가도 언제까지나 따님하고 한가롭게 놀고 있을 수만은 없다. 아무리 출세했다고 해도 경시청의 공무원인 주제에 신바시의 일류 게이샤를 화족의 자제와 경쟁하여 머리를 올려 줄 정도로 난봉꾼인 남자이니 스가와 같은 세상물정 모르는 어린 처녀를 구워먹든 삶아 먹든 자기 마음먹기대로라는 것이다.

끝부분의 이야기는 아무리 사람 좋은 스가의 어머니라도 치밀어 오르는 악의를 누를 수 없었다. 질투에 찬 그러한 독설들이 구설수에 올라 있는 시라카와 저택에서의 스가의 신분을 재차 확인시켜 주었기 때문에 스가의 모친은 애간장이 녹아드는 것 같았다.

그늘지고 또랑또랑 하지 않는 구석은 있어도 어릴 때부터 어리석은 아이는 아니었다. 뭘 배울 때도 이해가 빠르고 착하고 효심이 가득한 고운 아이였다. 부모만 잘 살았더라면 좋은 인연을 만났을 수도 있었을 것을 기울어진 가게를 지키겠다고 아직 여자도 되지 않았던 아이를 열다섯 살 여름에 후쿠시마에 있던 시라카와가로 내보낸 것이다. 무자비한 부모였다. 그래도 스가는 딸을 팔지 않으면 안

되었던 부모의 안타까움을 잘 이해하고 있는 듯 하여 직접 집에 올
수 는 없었지만 먹을 것과 돈 등을 사람에게 부탁해 보내왔었다.
　현령인 카와시마가 경시총감으로 승진해 상경해서도 유키토모
는 경시청의 수완가로 요시하라의 유곽에서 비밀리에 걷어 들이는
수입만 해도 엄청나다는 소문이었다. 그런 전성기의 관원집에서
딸과 마찬가지로 귀여움을 받으며 살고 있다는 소문을 들으면 어
머니도 안심할 수 있겠으나 조경사의 얘기를 들으니 사모님, 따님,
하녀, 서생, 손을 꼽아 보아도 주인어른 이외에는 모두 스가에는 침
을 들이대고 있는 적과 같아 가시덤불 속에 있는 딸이 끌어안고 싶
을 정도로 가련했다.
　만약에 새로운 첩이 생겨 그 여자 쪽으로 주인의 마음이 간다면
스가는 도대체 어떻게 되는 것일까? 하나밖에 없는 딸을 이런 지경
으로 밀어 넣었을 때, 어머니는 스가를 데리고 가는 토모에게 딸의
신상을 간절히 부탁했었다.
　"주인어른께서 스가가 싫어지게 된다면…… 그런 생각을 하면
저는 밤잠을 이룰 수가 없습니다."
　주름하나 없이 꼿꼿이 앉은 무릎에 손을 얹은 토모는 자식사랑
에 이성을 잃은 스가 모친의 뻔뻔스러운 말을 절실히, 크게 고개를
끄덕이며 들었다. 남편의 명으로 첩을 고르러 온 이상한 역할이지
만 토모는 딸을 팔아야 하는 부모의 절실한 감정을 느끼고 무거운

족쇄를 하나 더 가슴에 걸게 됐었다.
"안심해 주십시오. 남편의 마음이 어떻게 변하더라도 나는 꼭 스가를 지키겠습니다. 반듯한 딸을 얻어 가는 것입니다. 어머님, 저를 믿어 주세요."

스가 모친은 흐느적 흐느적 휘어지며 토모의 앞에 엎어졌다. 흐느끼는 목소리로 인사하는 것을 토모는 밀려오는 쓴 눈물을 참으며 이를 깨문 채 듣고 있었다. 스가의 모친은 그 장면을 기억하고 있었다. 그래서 다시 한 번 토모를 만나 그 때의 말을 확인받고 싶어 마음이 급해졌지만 막상 나가려하니 다시 기가 꺾여 킹한테 달려 온 것이었다.

"유미 씨 말씀이죠?"
다 듣고 나서 스가는 눈부신 듯이 눈을 깜빡이며 말했다.
"그 일이라면 특별히 사모님께 말씀드리지 않아도 되요. 걱정하지 말라고 어머니께 말씀드려 주세요."
"그렇습니까? 그렇겠죠……."
킹은 담뱃대의 입구를 볼에 대고 애매한 표정으로 고개를 끄덕였다.
"그럼 스가 씨가 보기에는 유미 씨는 그렇게 될 것 같지는 않은 거군요?"

"아뇨, 그게 아니라…….."

스가의 종이처럼 하얀 볼에 갑자기 웃음이 번진다. 그것은 무섭게도 천진한 웃음이었지만 킹은 뭔가 깃 언저리를 차가운 손으로 댄 것처럼 섬뜩했다.

"유미 씨에게는 벌써 손을 대셨어요. 바로 주인어른께서 고향에 연락하셔서 내 방에서 함께 지낼 거예요."

스가는 웃으며 아무렇지 않은 듯 얘기했지만 킹은 눈을 동그랗게 뜨고 볼에 댄 담뱃대를 잊고 있었다.

"아…… 그렇다면 엄마가 걱정하는 것도 당연하네."

"그렇지만 걱정할건 아무것도 없어요. 유미 씨는 서글서글한 남자같은 성격이어서 나하고 잘 맞아요."

"성격이 잘 맞는 건 다행이지만 주인어른의 마음이 유미에게로 간다면 스가 씨, 그건 곤란해요."

"괜찮아요."

스가는 또 천진한 웃음을 보였다. 왠지 어둠 속으로 빨려들어 가는 듯한 느낌이 없는 웃음이었다. 킹은 다시 한 번 소름이 돋는 듯한 전율을 등 뒤로 느끼며 스가를 바라보았다. 갑자기 유키토모가 어떤 식으로 스가를 길들이고 있는지, 숨겨진 막 속을 들여다보고 싶은 호기심이 킹의 내부에 솟구쳤다.

"괜찮다니…… 혹시 주인어른이 스가 씨에게 그런 것도 전부 애길 해주나요?"

"전부는 아니지만……."

스가는 거기까지 이야기 하더니 볼이 빨갛게 달아올라 부끄러워하는 얼굴이 되었다. 괜한 얘기를 했다고 곤란해 하는 모양이었다.

"아니, 스가 씨가 그렇게 말하는 것만으로는 어머니는 납득 못해요. 안심시켜 드리려면 안심할 수 있도록 말하지 않으면…… 결국 어머니는 사모님께 오게 되겠지요."

"그러시면 곤란……."

조바심나는 듯이 스가는 눈썹을 찡그리며 어깨를 살짝 떨었다. 마침 그때 지금까지 유우젠의 방석 위에서 웅크리고 있던 얼룩 점박이 고양이가 방울을 울리며 기어 나왔고 스가는 고양이를 안아 올려 무릎위에 놓았다. 그 부드러운 털을 쓰다듬으며 혼잣말처럼 킹의 눈을 보지 않고 천천히 말했다.

"주인어른은 저를 소중하게 여겨 주십니다. 나는 몸이 다른 사람들 보다 약해서 무리를 시키면 빨리 죽는다고…… 그래서 유미 씨가 그렇게 된 것입니다. 주인어른은 게이샤나 다른 여자들을 잘 알고 있어서 여자를 어떻게 하면 되는지 잘 알고 있습니다. 저는 처음부터 딸과 같은 마음으로 주인어른께 질투심 같은 것은 느낀 적이 없습니다. 역시 나이차가 많이 나는 탓일까요? 그렇지만 이 일은 사모님도 모르시는 일이니 아무에게도 말하지 말아 주세요."

스가는 말을 끝내자 어른스러운 얼굴이 되어 깊게 눈꺼풀을 덮었다. 그 얼굴에는 자신도 알지 못하는 허무가 무한히 펼쳐져 농염한 이목구비를 요염하게 보이게 했다.

킹이 납득하지 못한 얼굴로 돌아간 후 스가는 알 수 없는 슬픔에 휘감겨 잠시 작은 고양이의 목을 어루만지며 정원에 핀 산다화의 토끼 귀 같은 빨간 꽃잎을 보며 눈물을 머금었다. 어머니나 킹이 애가 탈 정도의 경쟁상대인 유미에게 질투를 느끼지 않는 것이 스스로도 쓸쓸했다. 도시에서 자랐어도 부모님이 엄격해서 남녀관계는 몰랐다. 무용연습에서는 항상 남자 역으로 미치유키[15]의 칸페이라던가, 히사마츠였었고, 오카루와 오소메가 교태를 부릴 때도 "야하게 색깔있게"라고 지도를 받아서인지 색이라던가 사랑이라던가 하는 말에는 항상 화려한 죠루리나 의상이 연상되었다.
후쿠시마의 시라카와의 집에 와서 음악도 색체도 없는 어둠 속에서 남자라는 게 어떤 것인지를 몸으로 먼저 알게 되어 버리고 나서도 스가에게는 직접 자기와 관계하는 유키토모 이외에 죠루리의 흐느끼는 대사가 끊임없이 들려 화려한 색채의 기모노와 긴 소매

---

[15] 죠루리, 가부키에서 특히 사랑하는 남녀가 도피나 정사를 위해 함께 여행하는 모습을 보여 주는 것이 많다.

가 안타깝게 엉킨 요염한 세계가 조금도 손상되지 않고 홀연히 빛나고 있었다. 그리고 그 환영이 현실의 유키토모를 조금도 거부하지 않는 것도 이상했다.

유키토모는 집에 있을 때도 단정하게 앉아 웃는 모습을 좀처럼 보이지 않는 남자였다. 술도 항상 두잔 세잔 정도로 취하는 일이 없었다. 토모에게 약한 모습을 보이지 않으려는 것만이 아니라 여자에게는 눈도 돌리지 않는다는 듯이 언제나 청결하고 품위 있어 보였다. 기모노차림이 여자보다도 까다로워 출입하는 재단사에게 자주 잔소리를 하고 주름 잡힌 버선은 신은 적이 없었다. 스가가 기모노를 갈아입히거나 면도를 하는 옆에서 거울을 들어 주거나 하는 등의 신변잡일을 돌보고 있으면 시라카와의 옷차림이 배우처럼 화려하고 젊어 보였다. 그것은 스가의 무거운 기분을 경쾌하게 만들어 몸을 가볍게 움직일 수 있게 해서 사모님의 일을 도와 드릴 때와는 사뭇 달랐다.

그렇다면 유키토모를 사랑하는 것이냐고 물어본다면 또 역시 그렇다고는 대답할 수 없는 게 스가의 심정이었다. 유키토모가 아무리 스가의 육체를 귀한 보물처럼 다룬다고 해도 도둑맞아 잡혀 온 듯한 느낌은 스가의 마음속 깊은 곳에 똬리를 틀고 있었고 자신도 모르는 사이에 스가의 아름다움을 흐린 날의 벚꽃처럼 그늘지게 했다.

스가는 고양이의 흰 배를 쓰다듬고 등을 쓰다듬었다. 그러다가 고양이의 작은 손톱에 손등을 긁히면서 고양이를 꽉 숨이 막힐 정도로 껴안아 비명을 지르게 했다. 그런 다음 "나도 너랑 마찬가지야"라며 한숨처럼 내뱉었다. 고양이가 아무리 발버둥 쳐도 인간의 상대가 아니라는 것을 스가는 알고 있었다. 단정하고 품위 있어 보이는 시라카와의 저택에 어떤 잔인하고 용서할 수 없는 영혼이 숨겨져 있는가도 스가는 어렴풋이 알고 있었다. 아직 후쿠시마에 있을 때의 일이었다.

시라카와의 집에 출입하는 젊은 부하로, 복도를 오가다 스가의 어깨와 손에 살짝 손을 대거나 빤히 쳐다보는 키가 작은 카제하야라는 남자가 있었다. 어느 날 연회석에서 말석에 앉아 있던 카제하야가 무슨 연유였었는지 스가가 끼고 있던 금 상감의 반지를 보여달라고 했다. 스가가 아무런 의미 없이 벗어 주었더니 카제하야가 그것을 주머니 속에 넣고 아무리 사정해도 돌려주지 않았다. 사람들이 있는 곳이라 큰소리도 낼 수 없어 그냥 두었지만 스가는 카제하야가 돌아간 후 이 일을 유키토모가 알게 되면 어떡하나 하고 두려워 견딜 수 없었다. 물론 유키토모에게 그 일을 있는 그대로 얘기하지는 않았지만 미숙한 스가의 몸이 이상하게 떨리는 것은 그 밤에 무슨 일이 있었음을 유키토모가 알게 했다. 어둠 속에서 차갑게 굳은 스가의 손가락을 하나하나 만져 보면서 "반지가 없네……"라고 묻자 스가는 소름이 쫙 돋아나며 피부가 모직물처럼 떨리기 시작했다.
 "누군가에게 줬어?"
 유키토모가 아버지처럼 소름 돋은 스가의 몸과 등을 어루만지자 스가는 몸을 웅크리고 흑흑 울기 시작했다. 그렇게 혼난 아이처럼 흐느끼면서 더듬더듬 카제하야에게 반지를 빼앗긴 일을 말했다. "바보같이…… 울 일도 아니네. 젊은 녀석들은 그런 장난을 잘 치는 법이야. 하지만 그런 일은 당치도 않은 소동이 될 수 있으니 다음부터는 조심해야 한다"라며 유키토모는 한 쪽 손으로 스가를 안고 한쪽 손의 잠옷 소매로 스가의 눈물을 닦으며 뺨에 붙어 있는 머리카락을 하나하나 걷어 올려 주었다.
 스가는 그 일이 그날 밤으로 끝난 일이라고 잊고 있었으나 수일 후 카제하야가 현청의 연회에서 히가시야마온천에 갔을 때, 술좌석에서 싸움이 벌어져 동료들의 집단구타로 허리를 삐었다고 들었을 때는 섬뜩했다. 같이 간 사람들 중에는 유키토모의 심복들이 몇 명 섞여 있었다고 했다. 스가는 그 이후에도 절름발이가 된 카제하야가 유키토모에게 와 몸을 굽혀서 황송해 하며 분부를 받는 것을 볼 때마다 자기가 매를 맞은 것처럼 아팠다. 카제하야는 이제 스가의 머리끝 조차도 보지 않으려는 듯이 눈길을 외면했다.
 주인어른은 무서운 분이다, 화나면 어떤 일을 할지 모른다는 것을 알고 나서는 아무리 사랑받으며 어리광을 받아줄 때도 스가의 마음속에는 다리를 절며 힘없이 걸어가는 카제하야의 모습이 달라붙어 떨어지지 않았다.

때때로 "내가 너를 너무 많이 혹사시키기도 하지만 그렇지 않더라도 네 몸으로 아이는 낳을 수 없을 것 같다"라며 내뱉는 유키토모의 말도 낙인처럼 스가의 심신에 깊게 찍혀 지워지지 않았다. 특별히 유키토모의 아이를 갖고 싶은 것은 아니지만 아이를 못 낳는 여자라고 각인 찍혀 버리는 것은 긴 여행 끝에 머물 곳이 없는 듯한, 도중에 날이 저물어 버리는 듯한 쓸쓸함으로 스가의 마음을 옥죄였다. 어차피 나는 아무리 사랑을 받아도 하인으로, 미래도 그 무엇도 없는 몸이다. 내가 이렇게 사는 것도 어머니 오빠가 조금이라도 편히 살 수 있다면…… 그것이 살아가는 낙인 것이다. 여기를 나가본들 내 몸이 예전의 몸으로 돌아가는 것도 아니고 그리고 사모님이 이 저택에 계신다면 같은 입장의 여자가 한사람 더 있다고 해서 그다지 다를 것은 없을 것이다. 그렇게 생각하게 된 후로 스가는 미소년 얼굴의 늘씬하고 가무잡잡한 피부색을 가진 유미의 유녀 풍으로 걸어 올린 올림머리가 친근하게 조차 느껴졌다.

그러던 어느 날, 유키토모에게 무슨 일을 당한 것인지 광 벽의 두꺼운 쌍미닫이문 그늘에서 가는 어깨를 들썩이며 유미가 울고 있는 것을 스가는 보았다.

"어떻게 된 거예요? 유미 씨!!"

어깨에 손을 얹고 뒤에서 물으니 유미는 이윽고 소매에 얼굴을 묻고 훌쩍이기 시작했다. 그 어깨가 떨릴 때마다 일종의 감각이 스가의 신체에 전해져 와, 스가는 말을 듣지 않고도 유미의 슬퍼하는 이유를 알 수 있었다.

"유미 씨 알아요, 알아요. 나도 꼭 같았어요"라고 말하면서 스가는 눈물을 흘렸다. 유미는 그 소리에 스가를 올려다보며 스가의 눈물을 가득 머금은 큰 눈동자를 보더니 갑자기 또 슬픔이 밀려온 듯 스가의 가슴에 얼굴을 묻고 격하게 울기 시작했다. 스가도 덩달아 울면서 유미의 가는 어깨를 어루만져 주었다. 가는 골격에 단단한 피부가 어린 대나무처럼 탄력 있는 몸이었다. 밀색의 조금은 거친 피부도 남자다워 스가는 기분이 좋았다.

"부모님께 꾸중들을 거예요. 이런 몸이 되어버려서······"라며 유미는 울었다. 스가는 유미가 슬퍼 우는 것이 자신이 그렇게 되었을 때의 슬픔과는 다른 탄력이 있어 이끌렸다. 질투보다도 유미와 친해지고 싶었다. 부둥켜안고 같은 운명의 한스러움을 같이 나누고 싶었다.

"유미 씨, 우리 사이좋게 지내요. 서로 힘이 되어 주어요. 저는 못난 사람이지만 자매라고 생각해 주세요."

"예, 그렇게 생각해 주세요. 스가 씨····· 흑흑."

유미는 스가의 무릎에 머리를 얹고 울었다.

유미는 그날 밤 스가의 방에 와서 자기의 출생과 가족이야기 등을 했다. 지금은 형부가 구청에 근무하는 가난한 집안이지만 예전에는 영주의 집사 격으로 어머니도 영주의 시중을 든 적이 있다고 했다. 엔다의 아내 소개로 예절교육을 받는다는 명목으로 시라카와가에 왔던 것인데 이렇게 되고 보니 소개할 때부터 중간에 든 사람도 그 속셈이었을지도 모른다. 유키토모는 스가와 마찬가지로 유미를 양녀로 들이겠다고 하고 있으나 완고한 아버지가 허락하실까? 딸 몸을 더럽혔다고 고함치며 달려오기라도 한다면 나는 갈 곳도 없는데…… 그런 걸 생각하면 지금이라도 당장 어딘가에 숨어 버리고 싶다고 유미는 말했다. 눈물로 범벅이 되어 흥분한 유미의 얼굴은 한층 눈썹에 힘이 들어가 미소년다운 담백한 아름다움을 띠었다. 스가는 유미가 슬퍼하면서도 무도한 유키토모를 조금도 원망하지 않음에 왠지 마음이 온화해지며 손을 내밀고픈 마음이 되었다.

그날의 자선회는 예상했던 것보다 성황이었던 듯, 토모와 에츠코는 저녁에 손님 자격으로 들렀던 유키토모가 산 과자와 화장품을 한 아름 안고 돌아왔다. 어색한 양장을 벗고 유우젠 덧옷을 걸친 에츠코는 스가의 방에 와서 오늘 로쿠메이칸에서 황후폐하께 차를 올렸던 때의 모습을 재잘대었다.
"아주 아름다우신 분이야. 저기…… 유미를 좀 닮았어."
에츠코는 그렇게 말하고 아차 싶었는지 어깨를 움츠리며 뒤를 보았다. 어머니가 계시면 "그런 쓸데없는 비유를……"이라며 혼났을 것임에 틀림없다. 토모가 엄격해서인지 에츠코는 스가와 다른 하녀들과 있을 때는 생기 있고 아이다워 보였다. 스가도 그런 천진하고 아이다운 에츠코가 좋았다. 자신은 엄마가 머리를 묶어 주고 새 비녀를 사주는 등 항상 자상했던 것을 기억하는 만큼, 아직 어린 에츠코가 양친이 모두 있으면서도 그 어느 쪽에도 아이다운 응석을 부리지도 못하고 긴장하고 있는 것이 스가는 늘 안쓰러웠다.
"아가씨는 유미 씨가 좋아요?"
"응, 아주 좋아."
"저보다도요?"
"아니, 그런 게 아니라…… 스가 쪽이…… 두 사람 다 좋아."
에츠코는 당황한 듯이 고개를 갸웃거리며 말했다. 스가는 에츠코의 순수하고 그늘 없는 성격이 귀여워 토라진 척 하면서 에츠코와 농담을 주고받을 때만은 아이로 되돌아 간 듯한 기분이 되었다.
그날 밤, 스가가 잠자리에 오라고 전하러 왔을 때 토모는 전신이 차갑게 식는 것 같았다. 유키토모가 로쿠메이칸에서 돌아오는 길에 "자선회 쇼핑주머니를 들고 먼저 돌아가도록……"이라고 명령

했을 때는 기분이 좋았었는데, 밤이 되어 돌아와 왠지 흥분해서 기분이 나빠 있던 것을 알고 있기 때문이었다. 감정의 기복이 심한 남편에게는 자주 있는 일이지만 눈을 치켜뜬 채 관자놀이 정맥이 파랗게 떨리고 손가락 마디도 굳어져 엄지손가락이 살무사 머리처럼 굽어져 있다. 그런 때 일수록 유키토모의 기분이 뒤틀려있음을 토모는 오랜 시간의 경험으로 알 수 있었다. 그리고 또 그런 때에 한해서 유키토모는 스가를 상대로 그 기분을 풀려고 하는 것이 아니라 토모를 불러 집안일이나 재산관리법 등에 대해 자세하게 추궁하는 버릇이 있었다. 토모도 한 달에 한 번이나 두 번은 첩이 없는 자리에서 남편과 상의해서 정해야 하는 일도 있기에 유키토모가 그런 기회를 만들어 주는 것은 좋았지만 그것이 꼭 유키토모가 밖에서 좋지 않은 일이 있었을 때로 화풀이 대상이 되는 것이 괴로웠다. 토모는 상사에게 회계검사를 받는 납입담당자와 같은 기분으로 이불을 두 개 나란히 펼쳐놓은 남편의 침실로 들어갔다. 오늘은 유독 유키토모의 기분이 언짢은 듯한데도 이쪽에서 꼭 얘기하지 않으면 안 되는 유미의 문제가 있어 한층 발걸음이 무거웠다.

  이삼일 전에 달필로 적은 유미 아버지의 편지가 토모 앞으로 도착해 있었다. 정중한 문안인사 뒤에 유미의 아버지는 딸에게 일어난 예기치 않은 변화를 절반은 토모의 책임으로 힐책하고 있었다. 처도 있고 첩도 있는 유키토모가 어째서 또 유미를 범하지 않으면 안 되는가. 아무리 주인이라고 하더라도 부모가 승인하지 않은 딸의 처녀성을 함부로 빼앗아도 되는가. 이제 원래의 몸으로는 되돌릴 수없는 이상 어떻게 보상해줄 것인가. 근일 출타해서 의향을 여쭤볼 생각이라는 문장으로, 어조는 공손하지만 힐문하는 기색이 역력했다. 그렇지만 유미의 아버지가 이렇게 될 것을 알고 있으면서, 또 내심 그렇게 되기를 바라고 시녀로 보낸 것도 토모는 엔다를 통해 들어 알고 있었다. 스가처럼 첩이 되면 매달 집으로 돈을 보내와 편하게 살수 있다고 기대하고 있을 아버지가 격식을 차려 한 점 흐트러짐 없는 편지를 보내는 것도 옛 무사출신의 노인다운 체면에서 기인한 것이겠지만 오로지 낮은 자세로 부탁했던 스가 모친의 무지한 정직함 쪽에 토모는 공감이 갔다. 훌륭한 문자와 문장의 행간에 감춰진 욕심이 오히려 천하게 느껴져 토모는 그 편지를 손에 든 채 입 언저리에 차가운 미소를 지었다.

 토모가 침실에 들어가자 유키토모는 잠옷으로 갈아입고 램프 옆의 자단나무 좌탁에 한쪽 팔을 괴고 관청의 서류에 빨간 표시를 하고 있었다. 험악한 얼굴로 돌아보며 "옷을 갈아입지 그래?"라고 말했다. 토모는 또 조용히 옆방으로 갔다. 띠를 푸는 듯 옷감이 서걱거리는 소리가 묘하게 선명했다. 유키토모는 빨간 펜을 놓고 그 무겁고 완만히 움직이는 소리에 귀를 기울이고 있었다. 그것은 20년 가까이 귀에 익은 토모의 육체와 목소리를 생생하게 느끼게 하는 겨울바다의 파도처럼 음울하고 단조로우며 또 강한 압력을 가지고 있다. 고향인 큐슈의 산천과 깊은 눈 속에 파묻힌 동북지방 근무처에서의 긴 생활들은 토모의 이 분위기와 함께 생겨나고 다시 사라지는 추억 깊은 풍경들이었다. 이 분위기는 토모의 그림자처럼 떨어질 듯 떨어지지 않으며 필시 일생 이 집에서 늙어 귀신처럼 죽어갈 것이다. 그렇게 생각하자 유키토모는 토모가 자신의 오만방자함에 순종하여 따라오는 근본이 애정이나 헌신 따위와는 거리가 먼 냉엄한 의지임이 막연히 느껴져, 증오에 가까운 강한 감정이 들었다. 스가와 유미를 사랑하는 것과는 전혀 다른, 아무리 밀쳐내도 무너지지 않는 성에 숨어 사는 적처럼 토모를 느끼게 된 것이다. 그러나 오늘 유키토모는 토모와 마주앉으니 평소에 둘러싼 갑옷을 벗어던지고 젊었던 날처럼 이마를 맞대고 이야기 나누고 싶을 정도로 마음이 약해져 있었다. 유키토모는 오늘 대낮에 유령을 본 것이다.

자선회가 끝난 후, 로쿠메이칸의 광장에서 개최된 무도회에 카와시마총감을 따라 참석은 했으나 서양음악과 무도에 흥미가 없던 유키토모는 소파에 기대어 웨이터가 가져오는 백포도주로 목을 적시고 있었다. 그때 누군가 어깨를 두드렸다. 뒤를 돌아보니 팔자수염의 눈빛이 날카로운 버버리코트 차림의 남자가 입가에 애교와 증오가 교차하는 쓴 웃음을 띠고 서 있었다.

"시라카와 유키토모! 후쿠시마에서는 신세졌네, 고마웠어……."

그것은 후쿠시마 현에서 카와시마 현령의 명을 받은 유키토모가 자유민권운동을 가혹하게 탄압했을 무렵, 포박당해 심한 취조를 받고 도쿄에서 재판을 받아 하옥된 후 병사했다고 전해지는 우미노 타카나카 문하의 하나시마라는 청년이었다. 그는 유키토모의 살을 뜯어 먹어도 분이 풀리지 않는다고 호언장담 했다고 한다. 그 무렵의 초라한 옷을 벗고 지금은 풍성한 머리를 중앙에서 가르고 서양풍의 향수를 풍기며 말쑥한 풍채로 변해 있었다. 유키토모는 깜짝 놀랐다. 하나시마는 쉽게 동요되지 않는 유키토모를 놀라게 한 것이 유쾌한 듯이 가슴을 뒤로 젖히고 큰소리로 웃어댔다.

"놀라지마, 내가 죽은 줄 알았겠지. 왜? 너희 같은 간신배를 두고 죽어서는 국민들이 불쌍해서…… 봐라. 이 샹들리에가 황홀히 빛나는 불야성을……. 이것은 이 정권의 단말마의 규환의 비명이다. 꺼지기 전의 양초가 마지막으로 밝게 빛을 발하며 불타는 것이다. 아무리 바둥거려도 헌법은 내 후년에는 발포된다. 그렇게 되면 어쩔 수 없이 국회개설이다. 의원은 국민이 선출하니 정부의 독단으로 명명할 수는 없다. 당신들의 시대가 끝나는 것이다. 토쿠가와의 봉건정치를 대신해 정권을 잡은 번벌정치의 전횡도 이제 그리 길지 않았다. 너 같은 정권의 앞잡이는 슬슬 끝날 때가 온 것이다. 권세를 믿고 자기의 이익에만 급급하는 너희들에게 민중의 끓어오르는 힘을 보여 줄 것이다, 하하하…….”

하나시마는 크게 소리 내어 웃으며 사라졌지만 유키토모는 벙어리가 된 것처럼 한참동안 말을 할 수 없었다. 자기답지 않은 허탈상태였다. 주위에 삼삼오오 무리지어 있던 자들은 하나시마가 너무나 유쾌하게 얘기했기 때문에 두 사람을 친한 친구사이라고 생각했는지도 모른다. 그렇다 해도 눈 속에서 호송되어 가던 중 밧줄이 너무 조여서 숨을 쉴 수가 없다고 비명을 지르던 초췌한 하나시마의 모습은 어디로 갔단 말인가? 광장을 보니 꽃무늬 장식등의 화려한 빛이 퍼지는 바다 위를 서양음악에 맞추어 손을 마주잡은 성장 차림의 남녀가 꽃다발이 흐르듯이 흘러갔다. 지금 막 여기를 떠나간 하나시마도 이미 보라색 야회복에 어깨를 훤히 드러낸 목이 긴 미인과 껴안고 즐거운 듯이 춤추고 있었다. 그것은 유키토모를 기묘하게 격리시키는 분위기였다.

"일이 년에 천하를 잡지 못하면 우리들의 막도 내린다. 그러나 나는 그때까지 살고 싶지는 않다"라고 카와시마 총감이 두꺼운 눈꺼풀을 찡그리며 말한 것도 바로 사 오일 전의 일이었다. 국민에게 자유로운 권리를 주장하는 이들을 강력히 억압해온 도깨비 총감도 파도처럼 밀려오는 새로운 시대 괴물에게는 대항할 수 없음을 자각한 것일까? 현의 도로를 내기위해 민가를 강제로 빼앗듯이 부수고 광산을 개발하기 위해 와타라세강 연안 일대에 일어난 오염피

해도 눈 감아 그것을 국가를 위한 충성이라고 믿고 있었던 카와시마의 강건한 성격마저도 이제 서서히 무너져 가고 있다는 것을 시라카와는 망연자실하여 바라볼 수밖에 없었다.

오늘 무도회에는 자유당 총재 이타가키 타이스케의 얼굴이 보였기에 하나시마는 아마 그와 함께 왔을 것이다. 국회가 개설되고 우미노와 하나시마가 의석을 얻어 권리를 행사할 날을 생각하면 자신들의 전횡시대는 과거로 사라지고 있음을 느끼지 않을 수가 없었다. 템뽀개혁[16]에 미즈노 에츠젠의 심복으로 권세를 휘두른 토리이 요우조의 말로나 이이다 이코우의 칼로 훗날 참수된 나가노지사의 운명이 서서히 자신에게 육박해 오는 것 같았다.

유키토모는 심약해진 마음을 토모에게 위로받고 싶었다. 그것은 금붕어나 작은 새처럼 애완하고 있는 스가와 유미와는 나눌 수 없는 마음으로, 자신보다 강하고 용감한 의지로 살아가는 토모만이 어루만지고 피를 빨아 당겨줄 수 있는 상처였다. 그러나 그것은 유키토모가 그려내는 어머니에 대한 환영이 토모에게 투영된 것일 뿐, 현실의 토모에게는 이제 남편의 내부에 있는 그런 미묘한 상처

---

[16] 1842년에서 44년 사이에 일어난 막부의 정치개혁. 근검절약을 표방하여 풍속을 시정하고 각종 전당포 등을 없애며 물가를 내리는 등의 개혁정치를 폈으나, 그 방법이 너무 과격하고 급격하여 실패했다. 미즈노 에츠젠, 토리이 요우조, 이이다 이코우, 나가노지사는 템뽀개혁에 참가했던 사람들이다.

를 감지할 수 있는 민감한 애정은 이미 재가 되어 식어버렸다. 유키토모의 언짢은 얼굴을 보면 단지 종기를 건드리지 않으려고 손을 조심하여 자신을 지킬 자세를 취했다. 토모는 스가 외에 또 다른 첩이 늘어나도 단지 유미의 성질이 이 집에서 어떤 식으로 변화해 갈 것인지가 걱정일 뿐 이제 더 이상 질투심 같은 것은 생기지도 않았다. 오늘 밤도 토모는 자신이 무리한 부탁 이야기라도 꺼내듯이 주저하는 어투로 조용히 유미의 집에서 온 편지얘기를 꺼냈다. 조금이라도 남편을 자극해서 이야기를 망쳐서는 안 된다고 조심했다.

"양친이 사족士族이어서 조금은 번거로운 일이 생기지도 않을까 걱정됩니다만……."

"그런 일은 없을 거야. 엔다의 이야기로는 함께 온 미츠라는 애가 첩이되면 어떡하나 내심 걱정하고 있었다니……. 그 모친은 토다 가의 내전에서 일했다고 하니 그런 일은 밝을 것이다. 결국은 체면과 돈이겠지."

유키토모는 남의 일처럼 말하며 날카로운 눈빛으로 토모를 봤다. 스가를 데려왔을 때보다 토모가 동요하지 않는 것이 꼴사나웠다.

"어느 정도?"

남편의 눈치를 살피며 토모는 조용히 말했다. 토모 자신 스스로도 유미가 처녀성을 잃은 것이 스가 때만큼 결벽하게 안타깝지 않아 냉정히 식어버린 자신의 마음이 타락한 듯하여 꺼림칙했다.

"스가 때와 같은 금액이면 되겠지. 물가는 지금이 오히려 내렸어."
유키토모는 자르듯이 냉담하게 말했다. 게다가 유미는 스가보다도 담백하고 굴곡이 얕은 여자라고 조소하고 싶었다. 토모 외에 스가를 사랑해 보고 스가 외에 유미를 사랑해 봐도 어찌 살아가는 세계가 변할 수 있겠는가? 시라카와는 황량히 팔짱을 끼고 검은 바람처럼 심신을 관통하는 고독에 몸을 떨었다.

여·자·언·덕

제
2
장

26일 밤의 달

"인력거가 왔다. 가마도…… 가마도……."

가문의 문양이 박힌 짧은 겉옷을 입고 문에 서있던 문지기가 큰 소리로 외치면서 정원수가 심어진 언덕길을 위세 좋게 달려오자 신부를 기다리고 있던 현관에서는 새떼가 날아오르듯이 웅성임이 일었다. 뒷방에서 젖을 물리고 있던 유모 마키도 그 소리에 몸을 일으켰다. 마키는 팔베개로 받쳐주었던 팔을 잠든 타카오의 작은 머리 아래로 살짝 빼어내고 펼쳐진 앞가슴을 여미면서 마루로 나왔다. 언젠가는 타카오에게 엄마라고 부르게 할 것이지만 혼례날 밤만큼은 적어도 어린 신부에게 갓난아기의 울음소리를 듣게 하고 싶지 않다는 조모 토모의 배려로 늘 곁에 데리고 있는 타카오를 오늘밤은 마키와 둘이 2층 뒷방으로 옮긴 것이었다. 2천평 정도의 완만히 경사져 지대가 조금 높은 곳에 지어진 2층에서 내려다보니 낮이라면 한눈에 들어오는 시나가와의 바다는 봄의 진한 저녁 안개로 흐려져 정원의 나무들도 검게 흐려 보였다. 그 속을 완만한 언덕의 양측에 띄엄띄엄 피어 흐드러진 벚꽃만이 큰 연보라빛 양산을 편듯이 어스레히 보였다. 중매인을 앞세운 신부의 가마는 지금 만개한 벚꽃 양산 아래의 완만한 경사를 따라 올라오는 참이었다. 휘장을 걸은 가마 위의 신부는 깊게 얼굴을 숙이고 있었다. 흰 모자위에 비녀를 꽂아 장식한 올림머리가 무겁게 흔들려 혼례복의 진홍색 작은 문양이 여기서도 선명히 보였다. 현관에 세운 초롱과 마중하는 이들이 손에 든 등불의 빛들이 어스름한 저녁에 살구색으로 흐려 보여, 한층 신부행렬을 환상적이고 아름답게 빛내고 있었다. 이런 꿈을 언젠가 꾼 적이 있는 것처럼 마키는 황홀히 바라보고 있었으나 생각해보니 좀 전의 황홀한 기분과는 달리 이 화려하게 차려입은 신부가 참으로 운이 나쁜 사람으로 여겨졌다.

　젊은 서방님이 저런 사람이라는 것은 전혀 모르실테지. 남편과 헤어져 혼자가 된 마키는 안쓰럽게 여겨졌다. 젊은 서방님인 미치마사의 전처가 산욕열로 죽은 후, 남겨진 타카오의 유모가 되어 벌써 일 년 남짓 되는 사이에 시라카와가의 예사롭지 않은 복잡한 가정사를 사람 좋은 마키도 대충은 알게 되었다.

시라카와 유키토모는 헌법발포 후 머지않아 관직을 떠났다. 오랜 시간 인정을 받아 온 카와시마 총감이 쉰 살을 갓 넘긴 젊은 나이에 돌연 뇌출혈로 세상을 떠난 것이 시라카와 은퇴의 직접적인 이유였다. 실제로 자아가 강한 유키토모가 자기의 의지를 굽혀 모실 상사는 카와시마 외에는 없었고 이미 여생을 살아갈 충분한 재산을 재직 중에 쌓아둔 시라카와에게 있어 카와시마가 죽은 후 또 다른 상사를 모실 마음은 없었다. 그 외에도 호소카와 번의 낮은 신분의 무사로서 한자교습소와 무예수행을 교양으로 삼아온 유키토모에게 있어, 서양에서 돌아온 영어와 서양법률에 해박한 젊은 관원들이 만드는 새롭고 강한 흐름을 자신의 힘으로는 도저히 대항할 수 없다는 것을 느끼고 있었다. 아랫사람에게 만만히 보이는 것은 그의 긍지가 도저히 납득할 수 없는 것이었고 게다가 이 상태에서 카와시마라는 방패도 없이 남겨지면 그 이상의 굴욕을 당해야 했다. 또 국회가 개설되어 국회의원 정치가 실시되면 언젠가 로쿠메이칸에서 만난 하나시마와 같은 청년이 젊은 정권의 대표로 등장해 올 것도 당연했다. 유키토모는 그의 앞날의 험난함을 피해 스스로 관직을 버린 것이었다. 시나가와의 고텐산 근처에 외국인이 거주했던 넓은 집을 산 것도 이제부터 여생을 이 집에서 누구에게도 간섭받지 않는 자기본위의 생활을 영위하려고 결정했기 때문에, 말하자면 이 저택은 유키토모의 성이고 그의 밖으로 향해져 있던 권세욕이 좌절된 묘지이기도 했다.
　유키토모는 집안에서는 봉건시대의 영주와 같은 전제군주로, 아내인 토모도 첩인 스가와 유미도 호사스럽고 까다롭고 강한 주인에게 복종하지 않으면 하루도 이 집에서 마음 편히 살수가 없었다. 에츠코는 재작년 서양에서 공부하고 온 법학사와 결혼했다.
　이 집에서 유키토모의 비위를 맞추지 않는 것은 장남인 미치마사 한 사람뿐 이었다. 미치마사는 조혼이었던 시라카와 부부가 고향에 있을 때 태어난 아이로, 그들이 도쿄로 나와 또 관원으로서 동북지방을 전전할 무렵부터 계속 쿠마모토의 조부모의 손에 자랐다. 도쿄에 자리를 잡게 되어 고향에서 데려 왔을 때는 이미 열다섯, 여섯이 되어 있었다. 유키토모는 미치마사에게 영어를 가르치고 그 무렵 막 생긴 도쿄전문학교에 입학시켜 교육을 받게 했다. 미치마사의 기억력은 남들에게 뒤지지 않았으나 남들과 전혀 친하게 지내지 못하는 비정상적인 성격으로 학원에서도 학교에서도 규탄받아 결국은 집에서 외톨이처럼 은거해야만 했다.
　자존심이 강한 유키토모는 이 아들을 안쓰러워하기 보다는 극단적으로 미워했다. 타인이어도 미치마사와 같이 야무지지 못한 상대는 경멸하는데 그 경멸할 대상이 자신의 피를 받은 아들인 것이 유키토모에게는 한층 견딜 수없는 수치인 것이었다.
　"남자라는 것은 독립할 때까지는 어엿한 한 사람으로 취급하지 않는다"라며 유키토모는 집안에서도 아들과 함께 식사하지 않았다. 미치마사는 결혼할 때까지 고향에서 올라와 이 집에 기숙하고 있던 조카와 둘이서 서생 방에서 생활했다.

토모에게 있어 그 일은 이중의 고통이었다. 스가와 유미가 반은 하녀와 같아도 공연히 남편의 방에서 함께 지내고 있는데 대를 이을 미치마사가 낡은 타다미가 깔린 서생 방에서 조카와 마주 앉아 서툰 젓가락질로 게걸스럽게 밥을 먹고 있는 것을 보면 자신의 눈을 감아 버리고 싶은 안타까움에 가슴이 메여 왔다. 그렇다고 해서 미치마사가 유키토모의 방에서 같이 식사를 하게 되면 유키토모의 눈빛은 칼날처럼 차가워져, 장군가면처럼 이마가 불룩하고 코가 큰 미치마사의 얼굴과 시끄럽게 밥 먹는 소리를 미워서 견딜 수 없다는 듯이 쏘아 보았다. 평소에도 감정의 기복이 심한 유키토모에게 신경을 쓰는 토모는 미치마사가 있으면 더욱 신경이 곤두서서 미치마사가 이상한 얘기를 꺼내 또 유키토모를 화나게 하는 것은 아닐까하는 걱정으로 제정신이 아니게 되버렸다. 미치마사가 보통 청년인데도 유키토모가 미워하는 것이라면 물론 토모도 미치마사를 감싸 모자간의 애정은 한층 깊어질 것이겠지만 미치마사의 말과 동작을 보고 있으면 엄마인 토모 자신도 유키토모와 마찬가지로 울화가 치미는 일이 많았다.

미치마사를 낳은 것은 자기이고 그 씨는 틀림없는 유키토모라고 생각하니, 미치마사의 내부에는 자신 이외의 생물에 대해 조금의 애정도 갖지 못하고 또 그러한 자신이 타인에게서도 사랑받지 못하도록 숙명 지어진 듯했다. 그것이 토모로서는 참을 수 없는 불합리이며 동시에 그 불합리를 버리지 못하는 안타까움에 휩싸이는 것이었다.

"왜 저런 아이가 태어난 것일까? 저 아이를 저런 인간으로 키운 것은 우리가 곁에 두고 키우지 않은 벌일까?"

토모는 지인이나 친척의 아이가 특별히 뛰어나지 않더라도 평범한 젊은이로 성장해 가는 것을 볼 때마다 미치마사와 비교해 자신을 반성해 보았지만 고향의 조부모에게서 유소년기를 보낸 것 외에는 미치마사를 특별한 성격으로 내몰 정도의 나쁜 환경을 엄마로서 만들지 않았다. 유키토모의 방자함이 아이들에게 영향을 미쳐서는 안 된다고 생각해 아버지에 대한 불평 한마디 미치마사와 에츠코에게 흘린 적이 없었다. 결국 미치마사의 내면이 영원히 성인이 되지 못하는 것은 자신이 미치마사를 낳은 어린나이, 열다섯이라고 하는 미성숙에 책임을 묻지 않을 수 없었다. 미치마사는 아직 다 자라지도 않은 엄마의 자궁 속에 잉태되어 성장하지 않는 정신을 가지고 태어난 것이다. 가엽다고 생각하면 이만큼 가여운 아이가 또 있을까? 세상의 모든 사람이 미치마사를 미워해도 그의 아버지이고 어머니인 유키토모와 토모만큼은 미치마사를 힘껏 안아

주고 사랑해줘야 하는 것이 도리이다. 그렇지만 현실은 어엿한 성인으로 성장한 몸에 아직 미성숙한 정신세계를 가진 아들인 것이다. 본인은 자각도 못한 채 마치 고아처럼 인생을 어슬렁어슬렁 방황하는 미치마사에게 엄마인 자신조차도 끝없는 사랑을 쏟을 수 없었다. 토모는 그것을 생각하면 자기 속에 집요하게 자리 잡아 정신박약아를 거부하는 완고함에 침이라도 뱉어 주고 싶었다.

적어도 미치마사를 결혼 시켜 아이를 낳아 보통 남자의 생활만은 영위시켜 주고 싶다는 토모의 바램이 유키토모에게도 암암리에 전해진 것인지 수년전에 겨우 미치마사는 처음의 아내를 맞이할 수 있었다. 그 후로는 새로 온 며느리에 대한 체면도 있어 미치마사는 비로소 표면적으로나마 시라카와의 젊은 서방님다운 대접을 받게 되었다.

마키는 그러한 대충의 사정을 오래전부터 있던 세키로부터 들어서 알고 있었다. 그렇지만 처음에는 아무리 인간이 모자란다고 해도 장남을 세우지 않는다는 것이 참으로 이상한 가풍이라고 생각하고 내심 조소했으나 한참을 생활하는 사이에 미치마사가 친부모에게서도 그렇게 미움을 받는 것도 무리가 아니라고 생각하게 되었다. 전제군주와 같은 유키토모도, 빈틈없는 토모도, 스가, 유미도, 모두 각각이 제멋대로인 점, 딱딱한 점, 여자다운 우울함 등은 있어도 어쨌든 시간이 지남에 따라 조금씩 익숙해졌다. 그러나 미치마사에게 한해서만은 오래있으면 있을수록 그가 없으면 얼마나 좋을까라고 느끼게 할 뿐이었다. 미치마사는 물건에 대한 욕심이 대단하고 식욕이 왕성해 아랫사람에게는 인색했다. 음식이 나오면 굶은 아이처럼 게걸스럽게 먹어대고 입을 열면 이상한 냄새가 나 불쾌함을 느끼게 했다. 미치마사가 거기에 있는 것만으로 주위의 분위기는 묘하게 추해졌다.

어린 타카오를 유키토모나 토모가 총애하는 것을 보면 미치마사는 화를 냈다. 기쁜 감정을 표현하지 않는 동물이 분노와 질투만큼은 무제한으로 축적해 있듯이 마키가 안고 있는 타카오를 보면 "홍, 이런 애한테 새 기모노를 사 입히고 갈아입힌들 뭘 알 것인가? 쓸데없는 낭비!"라며 서슬이 퍼런 눈을 치켜뜨고 바로 후려칠 것 같은 자세로 아이를 노려봤다. 마키는 그럴 때마다 자신도 미움을 받고 있는 듯이 두려워져 타카오의 엄마는 일찍 죽은 편이 행복했을 거라고 생각하기도 했다. 아무리 착한사람이라도, 아니 악인이라도 저런 사람을 남편으로 두고 행복할 사람은 없을 테니까…….

오늘 시집 온 미야는 마스카미 절 앞 전당포의 장녀였다. 토모는 미치마사 같은 사람의 아내는 자산이나 집안을 인품보다도 중시하는 장사꾼 집안이 아니면 아무래도 걸맞지 않는다고 생각하고 있었다. 그래서 처음 신부도 니혼바시의 포목점의 딸이었다. 미야의 친정에서는 중매인으로부터 시라카와가의 재산과 유키토모의 경력, 그리고 전처의 아이인 타카오는 조부모의 손으로 키워 미야는 일절 관여케 하지 않는다고 들은 만큼 부모도 호주인 오빠도 바로 마음이 동했다. 현재는 상속이 없어도 유키토모 사후에는 도쿄시내에 몇 곳에나 있는 토지와 집들의 막대한 세들이 미치마사의 소유가 되리라는 것에 호사스러운 미야의 모친은 후처라는 것도, 아이가 있다는 것도, 사위에게 직업이 없는 것도 모두 받아들인 것이다. 준비는 아무것도 필요 없다고 하는 시라카와가의 제안도 마음에 들었다. 그날 밤의 예복으로는 저당 잡은 빨간색 겉옷을 입혔으나 속에 입은 흰색과는 소매길이가 세 네 치나 차이가 났다. 외동딸인 에츠코를 시집보냈을 때 시댁에 가서 시어른께 비웃음을 당하지 않도록 반소매에서 속옷까지 하나하나 신경을 썼던 토모는 항상 잘 차려입고 싹싹하게 말을 잘하는 미야 엄마의 주먹구구식의 성격에 질려 이런 성격이니 미치마사와 같은 자의 후처로 딸을 보내는 것이라고, 새삼 미야가 불쌍히 여겨졌다.

"사모님."

신부의 옷 갈아입는 방으로 쓴 뒷방에서 새 신부를 돕고 있던 스가가 미야가 나간 후 접어 둔 흰옷의 긴 소매자락에 갈색얼룩이 번져 있는 것을 살짝 가리켰을 때는 토모도 눈썹을 찡그리고 "하녀들에게 말하지 마라. 너하고 유미가 정리해라. 우리들이 눈치챈 것을 미야가 알면 너무 가여우니……"라고 차분히 말하며 미야의 뒤를 따랐다. 스가는 얌전히 흰 예복을 다 접고 살짝 뒤를 돌아보니 유미가 미야가 벗어놓은 빨간 겉옷을 걸치고 거울 앞에 서 있어 깜짝 놀랐다.

"어머, 유미 씨 뭐하세요?"

키가 큰 유미는 갸름한 얼굴의 미소년같은 눈썹을 빤히 바라보며 거울 속에서 살짝 웃었다.

"내가 신부가 되면 이렇겠죠? 심하네…….긴 칼이라도 찰 것 같네……."

"'호리카와 밤 습격의 세이' 같네"라며 말수 적은 스가도 같이 농담을 하며 웃었다.

"빨리 벗으세요. 사모님이 보시면 혼나요."

"괜찮아요. 지금 축하인사로 신바시의 코즈네와 에이키치가 '학거북'을 춤추기 시작했으니……. 모두 정신이 팔려 있어요. 어머! 스가도 입어 보세요. 우리들 일생에 이런 혼례의상 입을 일은 없을 테니까……."

유미는 말하면서 재빨리 벗은 긴 예복을 스가의 어깨에 슬쩍 올려놓았다. 깜짝 놀라면서도 스가 역시 바로 벗으려고는 하지 않고 가만히 서서 주위를 둘러 보고나서 유미가 그랬듯이 거울 앞에 서 보았다.

"무거워라. 나는 품위가 없어서 역시 유미 씨처럼 어울리지는 않아요."

"아니, 예뻐요. 조금 전의 신부보다도 훨씬 기품이 있어서……"

"그럴까……?"라며 반드시 싫지만은 않은 듯 스가는 예복의 깃을 바짝 당겨 빨갛게 수놓은 의상에 그려진 종이 장식처럼 선명한 자신의 얼굴을 응시했다. 열다섯의 나이에 돈에 팔려 이 저택으로 처음 왔던 스가도, 시중을 들다가 첩이 된 유미도, 무구한 숫처녀의 몸이 유키토모에 의해 여자가 되고 어른이 되었기 때문에 세상을 모르는 만큼 사람들의 축복을 받아 법도에 맞추어 한 남자의 아내가 되는 혼례의식의 영광스러움에는 견딜 수 없는 선망이 몸 안에 응어리로 남았다.

"이 예복도 저당 잡은 것인가 봐. 보세요, 소매뒤쪽이 바래져 있어."

유미는 서 있는 스가의 긴 소매를 뒤집어 보이며 말했다.

"누군가 입은 옷이네. 전당포로 들어온 것은 아마 이것을 전에 입은 사람이 행복하지 않았던 것이겠지."

"새 사모님도……."

스가는 한숨을 쉬면서 무거운 예복을 어깨에서 내렸다. 이런 얘기를 경사스러운 날 하면 안 된다고 생각하면서 "스퐈, 스퐈"라며 자신을 개나 고양이처럼 업신여기며 부르는 미치마사에 대한 반감이 치밀어 오르는 것이었다. 유미도 바로 되받아서 "그럼요. 그 서방님한테 그것도 두 번째로 오는 거니까……. 기모노가 낡은 것 정도야 당연한 거죠. 나라면 싫어! 아무리 돈이 있어도 외동아들이라도 그런 바보 같은 멍청이와 부부가 되다니, 몸이 떨려"라고 하며 송충이라도 만진 듯 몸을 떨며 얼굴을 찡그렸다.

"주인어른도 사모님도 남들보다 훨씬 영리하신데 왜 저런 사람이 태어난 걸까요? 사모님이 열다섯 살에 낳은 아이라서 뭐든 모자라는 것이라고 언젠가 주인어른은 말씀하셨지만……. 시집가신 따님은 전혀 다르시네."

"주인어른이 여자에게 너무 못된 짓을 해서 남자아이에게 화가 미친 거라고 세키 씨가 말했어요."

"무서워요."

스가는 짙은 눈썹을 찡그리며 음울한 얼굴이 되었다. 세키의 그런 말들도 유미의 경우에는 간단히 듣고 넘길 수 있었으나 스가에게는 저주라던가 원한이라던가 하는 말이 유령처럼 달라붙어 한참동안을 잊혀지지 않았다. 무시무시한 말들을 꺼내놓고도 아무렇지 않은 듯한 유미를 보고 있으면 스가는 항상 어떤 일에라도 시원스럽게 흘러가지 않고 정체되는 자신의 심신이 막힌 도랑처럼 불결하게 느껴졌다.

혼례가 끝나고 이삼 일, 신부인 미야가 조용히 바람에 휘어진 꽃처럼 하얗게 시들어 있는 듯해 토모는 노심초사했다. 여자에 대해서 밝은 유키토모도 미치마사가 신혼침실에서 심한 말을 하거나 해 미야를 상심시킨 것은 아닌가 하고 걱정하는 듯했다. 여느 때라면 미치마사의 얼굴을 보면 노골적으로 불쾌한 듯 옆으로 외면해 버리는데 결혼 기념이라며 미치마사가 전에부터 갖고 싶어 하던 플라티나 체인이 달린 스위스제의 금시계를 주고 또 호기심 많은 미치마사가 좋아하는 양식을 일부러 먼 곳에서 주문배달 하기도 했다. 미치마사에게는 새 신부를 자상하게 사랑하는 법을 가르치기보다 물건이나 음식으로 그의 기분을 좋게 해주는 편이 좋아, 그러면 눈에 띄게 기분이 좋아져 유쾌까지는 아니더라도 말도 되지 않는 소리를 지껄여대 아내를 곤란하게는 하지 않으리라는 것을 유키토모는 알고 있었다. 예상대로 미치마사는 기분이 좋아져 그에 따라 우울해 있던 미야도 부드러운 볼에 파묻힐 듯이 눈을 가늘게 뜨고 화사한 웃음소리를 내게 되었다.

 미야는 사진을 찍으면 스가와 유미만큼 윤곽이 뚜렷한 미인형은 아니었으나 가냘픈 뼈대에 물고기 같은 부드러운 살이 부드럽게 에워싸고 있어 얼굴도 발도 손도 피부와 마찬가지로 몸 전체가 벚꽃 같은 연분홍빛을 띠었다. 아랫입술이 조금 튀어나와 벌어진 듯한 볼록함과 가는 눈꼬리로 웃으면 말할 수 없는 애교가 넘쳐 녹아 버릴 듯한 위태로운 아름다움이 있었다. 가냘픈 몸 때문인지 동작도 가볍고 경쾌해 콧소리가 조금 나는 도시 사투리의 부드러운 말투도 관원풍의 딱딱한 시라카와의 저택에서는 특이할 정도로 명랑하게 들렸다.

미야의 애교 섞인 여성스러움에 처음으로 반한 것이 토모였다. 선을 보고 돌아가는 길에 "어머님 외투가……"라며 친근하게 등 뒤로 돌아 뒤집혀진 깃을 바로 세워준 동작이 너무나도 정감어려 이런 며느리를 맞는다면 항상 조심스럽게 갑옷을 입은 듯 긴장하지 않으면 안 되는 자신의 심정도 조금은 부드럽게 녹을지도 모른다고 생각했다. 남자가 여자에게 반하는 순간의 느낌을 맛본 듯, 토모는 이 혼인이 이루어지길 열심히 기도했다.

작년에 결혼한 에츠코는 흠 하나 없는 구슬처럼 자랐다고는 생각했지만 왠지 차갑고 딱딱한 수정 같았고, 스가의 음습하게 젖어 있어 무겁게 가라앉은 괴이한 눈빛은 아름다운 고양이처럼 나이가 들수록 어쩐지 꺼림칙해졌다. 가장 느낌이 산뜻한 유미는 감정에 응어리가 없는 만큼 흰 복숭아처럼 꽃도 가지도 없이 쌀쌀맞아 토모의 감미로운 정서와는 맞지 않았다. 두 사람의 젊은 애첩에 둘러싸여 언젠가부터 유키토모와 육체로 맺어지는 일이 없게 된 토모의 마음속에는 친정어머니께 물려받은 정토신종淨土眞宗의 타력본원他力本願을 믿는 마음이 조금씩 생활에서도 싹트려하고 있었으나 이제 갓 40을 넘긴 건강한 심신에는 떨쳐내도 떨쳐내도 따뜻한 인간의 체온을 그리워하는 욕구가 솟구쳤다. 토모의 윤리로는 유키토모라는 남편이 있는 한, 다른 이성을 사랑의 대상으로 삼는 것은 스스로 죄라고 규정하고 있으니 토모는 굴절된 성욕을 무의식적으로 동성 안에서 찾고 있었던 것인지도 몰랐다. 토모의 여자를 보는 눈은 여성의 눈이 아니라 남자가 여자를 구할 때처럼 자신도 모르게 모나지 않은 끝없는 부드러움을 구하고 있었던 것이다. 미야는 우연히 토모가 찾고 있던 여자다운 여자의 취향에 맞아 떨어졌다.

  토모가 그런 미야를 미치마사의 후처로 탐을 낸 또 하나는 손자인 타카오 때문이었다. 토모가 그런 애정의 대상을 찾은 것은 태어나서 바로 어미를 잃은 타카오를 자신의 손으로 키워야 하는 불행과 조우한 이래로, 그것은 어린 손자에게 쏟아지는 사랑의 숙명이었다. 어미를 모른 채 볼에 미소를 머금은 아이의 천진난만한 얼굴은 무한한 안쓰러움과 함께 새로운 생명이 솟아나는 매력으로 강하게 토모를 휘감아 놓아주지 않았다. 토모는 자기의 자식이지만 미치마사를 사랑할 수 없는 자신을 한심스럽게 생각하고 있었으나 그 미치마사의 자식에게는 어찌도 이렇게 애착을 느끼는지 스스로도 알 수 없어하며 손자의 힘 있게 움직이는 손발을 물끄러미 바라볼 때가 있었다. 토모만이 아니라 미치마사와 에츠코가 자랄 때에는 아이의 울음소리를 시끄럽다고 토모를 멀리하던 유키토모도 타카오를 마키에게서 받아 안아 두 손으로 높이 올려 "타카오는 매처럼 높이 날아올라라, 올라라"라며 크게 웃기도 했다. 유키토모가 예뻐하니 스가도 유미도 "도련님, 도련님"이라며 귀여워해 타카오는 집안의 손에서 손으로 누구에게나 안겨 사랑받았다. 타카오가 거기에 있을 때만은 유키토모도 토모에게 옛날처럼 허물없이 이야기했고, 토모도 어색하지 않게 이야기를 나눌 수 있었다. 미치마사라는 불초의 자식을 통해 얻은 타카오가 명색만 부부인 시라카와 부부에게 두 사람의 핏줄임을 무언으로 나타내준 선물과 같아 귀하게 느껴졌다. 유키토모는 타카오를 귀하게 여겼기에 미치마사에게 둘째 셋째의 아이가 태어나도 타카오를 시라카와가의 장손으로 삼을 것을 이미 결심하여 이미 재산의 일부를 타카오의 명의로 해둘 정도였으니 조부모가 있는 한은 시라카와가에서의 타카오의 지위가 위태로워질 리는 없었다. 그래도 토모는 자신들이 갑자기 죽을 경우에 미치마사의 후처가 무서운 여자로 돌변할 것을 두려워했었다. 미야는 그 점에서도 합격이었다.

미야는 한 달도 지나지 않아 집안의 누구와도 친해져 스스럼없이 얘기를 나눌 수 있게 되었다. 애써서 그런 것이 아닌데도 미야가 있는 주위에는 달콤한 꽃향이 감돌아 유키토모도 토모도 젊은 여자들끼리의 질투를 느낄만한 스가와 유미까지도 부드러운 미소를 짓게 했다. 미야는 마키가 안고 있는 타카오를 들여다보며 "어머!

귀여워라. 좀 안아 볼게요"라고 하고는 가는 팔로 껴안아 타카오의 볼에 입을 맞추고 가늘게 뜬눈으로 웃었다. 타카오를 낳은 전처에 관해서는 조금도 신경 쓰지 않는 것이 유키토모와 토모를 안심시켰다. 집들이 빽빽이 들어선 복잡한 도시에서 이런 높고 탁 터인 곳으로 오니 기분이 상쾌해진다며 미야는 맑은 날에는 2층에서 시나가와의 바다를 바라보고 아이처럼 기뻐했다. 미야는 토키와즈[17]를 잘 한다고 하기에 어느 날 밤 역시 토키와즈에 딱 맞는 유미의 샤미센으로 '오엔로쿠조우'의 도정道程을 읊게 했다. 미야의 목소리는 탄력 있으면서 또 윤기가 있어 정사하는 남녀의 애절한 대사를 애잔하게 읊음에, 눈썹을 찡그리거나 흰 목을 내밀어 목메어 흐느끼니 미야가 어느새 주인공 오엔이 된 듯한 착각을 불러일으켰고 좌석의 일동은 요염하고 애틋한 마음에 휩쓸렸다. 끝나고 미야가 헝클어진 머리를 걷어올리며 땀에 젖은 이마를 손수건으로 닦고 있을 때 미치마사는 과음한 탓인지 위속의 모든 것을 타다미 위에 토해내고 옆방으로 실려 갔다. 미야는 얼굴을 찡그리며 어쩔 수 없이 일어서서 치우려 했지만, 유키토모가 하녀들에게 맡겨두라고 일러주어 기쁜 듯이 시아버지의 옆으로 가 앉았다.

"한잔 올리겠습니다. 못하는 토키와즈로 서방님을 토하게 했습

---

17 인형극인 죠루리의 한 유파.

니다"라고 말하며, 손바닥을 돌려 술병을 잡은 모습은 마치 어엿한 게이샤처럼 요염해 보여 옆에 앉은 토모를 놀라게 했다.

"아니야, 아니야. 나는 너의 죠루리로 숨이 멎는 듯한 기분이었어. 모두 숨을 죽이고 있었잖아. 어디 한잔 하자. 미야는 잘 마시는 것 같네."

유키토모는 자신의 술잔을 미야에게 건네며 가득하게 술을 따랐다. 술을 좋아하는 미야는 시집와서 잠시 조심했던 것을 시아버지가 권해 두 세잔을 연거푸 마시니 눈 주위가 붉어져 스가가 유미에게 눈짓을 했을 정도로 활짝 핀 벚꽃 같은 얼굴이 되었다.

유키토모는 어느 사이엔가 미야에게 눈독을 들였기 때문에 미야는 집에 있을 때나 외출할 때나, 미치마사와 함께가 아닐 때라면 그녀의 천성대로 밝고 쾌활한 나비처럼 즐겁게 행동하는 것을 알게 되었다. 남편인 미치마사가 옆에 있을 때, 토모와 스가 등이 젊은 부부를 둘만 두려고 하면 미야는 싫은 얼굴로 어느 사이엔가 남편에게서 도망쳐 유키토모 근처의 스가와 함께 있었다. 시험 삼아 한번 미치마사를 자신의 대리삼아 시멘트회사의 야유회에 보냈을 때, 유키토모는 토모에게 집을 맡기고 스가와 유미, 그리고 미야를 데리고 호리키리에 창포를 보러 갔다. 창포밭의 넓은 습지 에는 팔자형으로 굽어 폭 좁은 다리가 몇 개나 걸려있고, 습지 쪽은 일면이 진녹색인 창포잎들로 덮여있어 보라와 흰색의 선명한 꽃들이 초여름 바람에 살랑이고 있었다. 제비가 수면을 스칠 듯 흰 배를 보이며 날아다녔다. 머리를 올려 묶은 스가와 유미, 머리를 크고 둥글게 틀어 올리고 보라색 비단 외투를 걸친 미야, 이 세 명의 여인은 눈에 띠게 아름다워 지나가는 사람들의 눈길을 끌었다.

"창포 밭에 이렇게 예쁜 여자가 세 명이나 있으니 마치 풍속화 같네……"라며 넋을 잃고 바라보는 노인도 있었다. 세 명중에서는 미야가 가장 신이나 들떠있었고, 아래의 나무다리가 끼익끼익 울리자 "어머, 끊어질 것 같아. 무서워"라며 야단스럽게 소리를 지르며 스가와 유미의 손에 매달렸다. 유키토모는 뭍에 오를 때 가벼운 미야의 몸을 안듯이 들어 올리며 옛날 신바시의 창녀 중에 이렇게 유연하고 피부가 매끄러운 소녀가 있었던 것을 기억해 냈다.

"새아씨는 서방님이 안 계셔도 조금도 슬퍼하지 않으시네요. 오히려 어려지셔서 따님처럼 보이세요"라고 그날 밤 유키토모의 침실에서 스가는 넌지시 말해 보았다. 스가는 슬며시 눈치 채지 못하게 유키토모의 숨겨진 마음속의 내면을 탐색하는 기술을 10년간의 시중으로 익혔던 것이다. 유키토모가 스가 말 뒤의 은밀한 촉수를 느낀 것인지는 알 수 없지만 거기에는 답하지 않고 애매한 웃음으로 얼버무렸다.

"왜 웃으세요? 싫어요."

"아니, 너 때문이 아니라 미야 때문이야."

"새아씨가 왜요?"

"미야의 웃는 모습이 누군가와 닮았어."

"잘 모르겠는데요."

"춘화[18]에 나오는 여자야. 언젠가 너에게 보여 주었지."

"어머, 싫어라……"라며 스가는 얼굴을 붉혔다.

"저런 애는 미치마사같이 바보스러운 애가 남편으로 제격이긴 한데……."

뒷말을 흐리며 유키토모는 눈이 쌓인 듯이 차가운 스가의 어깨를 껴안았다. 스가는 유키토모의 얼버무린 말투에서 미야를 경멸하고 있다는 느낌을 알아차린 듯, 순순히 유키토모에게 기대었다.

토모의 걱정은 역시 기우가 아니었다.

예년보다 더운 여름이었던 탓인지, 아이일 때 늑막염을 앓은 적이 있어 여름을 많이 타는 미야는 흡사 병자처럼 야위어져 2층 거실에서 누워있는 날이 많았다. 그런데 드디어 선선한 바람이 불기 시작한 아침, 젊은 부부가 기거하던 2층에서 심상치 않은 큰 소리가 들리더니 바로 잠옷차림의 미야가 구르듯이 뛰어내려와 복도에

---

18 남녀의 성행위를 노골적으로 나타낸 그림.

서 토모와 마주쳤다.

"어머니" 하고 거친 숨을 몰아쉬며 외치더니 큰 소리로 울어버렸다. 2층에서는 미치마사가 발을 동동거리고 고함치는 소리가 실성한 사람처럼 들렸으나 누구도 올라가 보지 않았다. 몸을 떨며 훌쩍이고 있는 미야를 안듯이 해 구석진 방으로 데려가, 거의 사과하듯이 미야를 어루만지며 미치마사의 소동의 전말을 들었다.

처음에는 그냥 '안타깝다', '괴롭다', '저런 사람과는 함께 못 살아요'라며 울먹일 뿐이었으나 미야도 조금 흥분이 가라앉자 횡설수설하며 미치마사의 무정함을 비난하기 시작했다. 토모가 생각했던 것처럼 처음부터 왠지 원만하지 않았던 사이였기는 했지만, 여름을 심하게 타고 나서보니 한층 미치마사가 냉혹한 사람이란 것을 알았다고 했다. 미치마사는 미야가 지쳐있을 때도 아내의 건강은 전혀 신경을 쓰지 않고 매일 밤 잠자리를 요구했다. 거절하면 한층 집요해져 어쩔 수 없이 받아들였으나 이 이틀간은 달거리가 있기도 해서 거절했더니, 아무리 부탁해도 포기하려고 하지 않았다. 이윽고 어제 밤은 등을 돌리고 잠을 잤는데, 아침이 되자 기분이 험악해져 남편의 명령을 듣지 않는 여자는 법률로 처벌할 수 있다며 손에 잡히는 대로 물건을 집어던졌다. 이런 사람과 살면 자신은 일찍 죽을 것 같으니 오늘로서 친정으로 돌아가겠다고 했다. 히스테릭한 과장은 있어도 미치마사라면 있을 수 있는 얘기여서 토모는 미야의 이야기를 지당하다고 들으면서 자신들이 미치마사에게 얘기를 해서 두 번 다시 그런 일이 없도록 하겠으니, 어차피 연이 있어 시집 온 이 집을 나가는 일만은 하지 말아달라고 열심히 설득했다.

토모가 생각했던 미야는 마음이 따뜻하고 정에 약한 여자였는데, 오늘 미야는 사람이 변한 듯 새파랗게 질려 항상 유하게 웃고 있던 가는 눈꼬리도 치켜 올라가 건조하고 차가운 얼굴이 되었다. 토모는 유키토모 때문에 항상 참고 인내하는 자신의 심정까지 토로하며 여자가 지닌 숙명적인 불행에 미야의 공감을 구하려 했으나, 미야는 그런 음울하고 딱딱한 이야기에는 관심 없는 듯 건성으로 들으며 유쾌하지 않은 자신들의 부부 생활만을 토모의 책임인 것처럼 열을 띠고 이야기했다. 토모는 이야기를 할수록 미야가 자신을 시골의 늙은이로밖에 보지 않는다는 것을 알고 깊이 실망했다. 토모는 미야가 생김새처럼 사람의 생명을 윤택하게 하는 가슴 따뜻한 여자가 아님을 알아 갈수록, 무언가에 홀린 듯한 자신의 어리석음에 화가 났다. 미야에게 조금 더 생각해 보도록 이르고 그 방을 나오자, 토모는 또 이 일로 유키토모가 미치마사와 미야에게 화를 내며 그 분풀이를 자신에게 하지 않을까 안절부절 못했다. 유키토모는 미치마사가 뭔가 불쾌한 사건을 일으킬 때마다 미치마사가 마치 토모 한 사람의 자식인 것 같은 차가운 태도를 취하했다. 의외로 유키토모는 기분이 좋은 듯, 정원 억새풀의 새싹에 빨간 잠자리가 무리지어 날고 있는 것을 타카오에게 보여주고 있었다. 마키를 데리고 정원에 서 있었으나 토모를 보더니 안고 있던 타카오를 마키에게 건네고 마루로 돌아왔다.

"미치마사 녀석 드디어 일을 쳤군. 미야가 친정으로 가겠다고……."

토모가 얘기를 꺼내기도 전에 그렇게 말하고 쓴웃음을 지었다. 스가와 유미가 벌써 사건의 전말을 보고한 듯 했으나 토모는 역시 성실히 전말을 얘기했다. 유키토모는 고개를 끄덕이며 듣고 있다가, 이야기가 끝나자 온화한 어조로 미치마사를 나무라기보다는 부부싸움을 달래기 위해 반 달 정도 니이가타의 유전구경을 시켜주자고 했다. 마침 취직한 친척 중의 한사람이 내일 카시와자키로 간다고 하니, 거기에 딸려 보내 니이가타에서 사도에까지 구경도 시키고 화류계에 밝은 그 친척에게 여자를 다루는 법 등을 배우면 미치마사도 조금은 좋아질지도 모르고, 그 사이에 미야 쪽도 생각이 바뀔 것이라고 말했다. 새로운 곳 보기를 좋아하는 미치마사는 좋아할 것이었다. 토모는 남편의 계략이 너무나도 용의주도해 감탄했다. 그리고 유키토모가 평소에 생애의 암덩이처럼 싫어하는 미치마사에게도 역시 아내가 생기니 육친으로서 애착이 생기는 것인가 보다 하고 흐뭇하게 바라보았다.

미치마사가 여행을 떠나고 이삼일간 미야는 기분이 좋지 않다며 방안에 있었으나, 상대가 곁에 없으니 긴장이 풀렸는지 친정으로 돌아간다고는 하지 않았다.

"어때? 미야. 마키와 타카오를 데리고 일박으로 에노시마에 가려고 하는데……. 자네도 함께 가지 않겠나?"

살짝 문을 열고 들어온 유키토모는 화장기 없는 작은 얼굴을 베개에 묻은 미야의 옆에 앉아 힘있게 말을 걸었다. 미야는 그 힘있는 목소리에 힘을 얻은 듯 상반신을 일으켜 "에노시마! 어머! 기뻐라. 나는 거기의 조개장식품 가게가 너무 좋아요"라며 소녀처럼 가늘고 잘록한 허리에 띠를 두르며 말했다.

에노시마에서 돌아왔을 때 미야는 완전히 원기를 회복했다. 태생의 애교 넘치는 웃는 얼굴로 치고캐 연못에서 어부가 바다에 잠수해 능숙하게 전복이나 소라를 딴 이야기, 선물가게에서 가장 큰 소라고둥을 타카오가 갖고 싶어 해 작은 입에다 갖다 대고 부웅부웅 분 이야기 등을 재미있게 들려주었다. 토모의 방에 와서도 "일전엔 화가 많이 나서 죄송했습니다. 이제부터는 걱정시키지 않겠습니다"라며 정중히 사죄했다. 유키토모도 타카오를 얼르고 있다가 토모에게 "미야도 이젠 조금 안정이 되는 듯해. 미치마사 건도 우리가 처리하겠다고 말해두었어"라고 묻지도 않은 이야기를 꺼냈다. 열흘 정도 지나 미치마사가 돌아와도 미야는 전에 보다 애교있게 대하고 있는 듯 두 사람의 방에서 웃음소리가 새어나오는 일도 많아졌다. 그렇지만 토모에게는 처음에 귀엽고 정이 많은 여자로 보였던 만큼, 그날의 눈꼬리를 치켜 올리고 자신에게 대들던 미야의 앙칼진 얼굴이 천박하고 추하게 각인되어 언제까지고 사라지지 않고 뇌리에 남아있었다.

음력 7월 26일 밤은 심야에 가느다란 상현달이 동쪽 하늘에 오르는 것을 가장 먼저 본 사람에게 행운이 온다고 여겨져, 월출을 볼 수 있는 곳에는 많은 사람들이 모여 달을 기다리는 관습이 있다. 배 같은 달빛 속에 아미타불, 관음, 세치보살이 올라와 그 모습을 비춘다는 것이다. 시나가와 바다를 동쪽으로 낀 시라카와의 저택도 월출을 기다리기에는 좋은 장소였고, 유키토모는 그러한 때에 친척과 지인을 불러 모아 성대히 대접을 하고 내기를 하며 즐기는 것을 좋아해서 그날 밤도 남녀 십여 명의 손님이 2층의 열어젖힌 넓은 방에 모여 있었다. 화투를 치는 사람, 장기를 두는 사람, 술을 마시며 세상 이야기를 나누는 사람, 모두다 월출을 기다린다는 명목으로 이렇게 어느 누구의 눈치도 보지 않고 즐기고 있는 것이었다.

"이제 달님이 나올 시간인가?"

"아직 아직. 달이 뜨는 것은 1시 35분이라고 신문에 나왔어요."

"그 시각에 구름이 걸리지 않으면 좋을텐데……."

등등의 말들을 나누며 때때로 하늘을 올려다보고서는 다시 화투패를 탁탁 쳐대는 손님도 있었다.

토모는 안주를 더 달라고 말하려고 계단 아래로 내려왔다. 부엌으로 지나가던 중 자고 있을 타카오의 방을 살짝 들여다보니, 타카오가 잠들어 있는 이불 옆에서 마키가 웅크리고 앉아 스가와 유미를 상대로 뭔가 열심히 작은 소리로 떠들고 있었다. 토모의 얼굴을 보자 세 사람은 뚝 이야기를 멈추었으나, 각자의 얼굴에 숨길 수 없이 골계스러울 정도로 당황한 표정에 토모의 직감은 순간 전기에 감전된 듯 어떤 느낌을 받았다. 부엌일을 마치고 돌아오니, 2층 입구에 스가가 그림자처럼 서있었다.

"사모님……."

아픔을 억누르고 있는 듯한 힘없는 소리로 불렀다.

"왜? 무슨 일이야? 도대체 마키와 무슨 말을 나눈 거야?"

토모와 스가는 어느 쪽이 먼저랄 것도 없이 비틀거리듯이 인기척이 없는 툇마루로 나왔다. 활짝 연 2층 연회석의 불빛이 정원수를 더욱 짙푸르게 보이게 했고 일동의 웃음소리가 여기까지 손에 잡힐 듯이 들렸다. 가을 밤기운이 물처럼 피부를 적셨다.

"사모님, 저 정말 놀랐습니다. 새아씨라는 분……."

스가는 거기까지 말하자 숨이 끊어져 휘익하고 피리 같은 소리를 냈다. 눈앞이 깜깜해지는 것을 위태롭게 버티면서 토모는 떨고 있는 스가의 어깨를 양손으로 안았다.

"알고 있어. 그때 그 에노시마에서 무슨 일이라도 있었다는 거지……."

"예, 마키 씨가…… 마키 씨가…… 분명히……."

스가는 딱딱 이빨을 부딪치며 마키한테 조금 전에 들은 이야기를 시작했다. 그날 밤 미야는 파도 소리가 무섭다며 유키토모를 상대로 좋아하는 술을 많이 마셨다. 마키와 타카오가 자고 있는 옆에 이불을 펴고 잠옷으로 갈아입히지도 못할 정도로 만취한 것을 마키와 여관종업원이 겨우 잠자리에 눕혔다고 했다. 유키토모는 한 칸 건너 안쪽 방에서 혼자서 잤다. 오후부터 지쳐서 푹 자고 난 마키가 문득 눈을 떠보니, 아직 아침이 되지 않아 어두운데 바위를 갉는 파도소리가 폭풍처럼 섬뜩하게 들렸다. 가는 등잔 빛으로 옆을 보니 고주망태가 되어 있을 미야의 침상은 허물을 벗은 듯 비어있고, 밀려왔다가 밀려가는 파도소리 사이사이로 콧소리 섞인 미야의 웃음소리인지 울음소리인지 모를 음성이 요염하게 끊길 듯 끊길 듯 안쪽 방에서 들려왔다. 마키는 몇 번이나 꿈인가하고 자신의 귀를 꼬집어보았지만, 구석방의 정담은 나긋나긋하게 새벽녘까지 계속되었다.

"오늘도 새아씨는 감기 걸리셨다며 뒷방에 혼자서……."

스가는 또 숨을 죽였다. 유키토모가 조금 전에 좌석을 뜬 것은 거기로 몰래 가기 위해서였겠지. 토모는 지금 2층에서 손님을 상대로 바둑을 두고 있는 미치마사의 미끈하게 흰 얼굴에 고정되어 움직이지 않는 삼백안[19]을 떠올리고 소름이 쫙 돋았다. 미치마사가 만약에 이 일을 눈치챈다면 얼마나 무서운 일들이 일어날 것인가? 유키토모의 호색에 지금까지 몇 번이나 쓴 맛을 삼켜야 했지만, 토모는 아직 유키토모의 내면에 자기와 같은 도덕이 존재하고 있을 거라고 믿고 있었던 자신의 어리석음에 새삼 놀랐다. 유키토모는 아들의 아내라고 하는, 넘어서는 안 될 선을 태연히 넘어선 것이다. 유키토모에게 있어 여자는 모두 암컷에 지나지 않았던 것이다. 그렇게 생각하니, 미야는 스가보다도 유미보다도 훨씬 매력이 넘치는 젊은 암컷임에 틀림없다. 그렇다해도 토모는 유키토모가 스가와 유미를 예뻐하기 시작했던 무렵에 느꼈던 질투와는 전혀 다른 느낌의 끓는 듯한 분노에 휘청거리며 스가의 호소하는 목소리를 듣고 있었다. 그것은 이미 부부로서의 사랑도, 미움도 아니었다. 스가와 유미, 아니 미야까지 이쪽 편으로 해서 거대한 수컷, 유키토모에게 대항하려 하는 뜨거운 분노였다.

"떴다! 떴다······!"

"아, 저기에 달님이······."

[19] 삼백안: 검은 눈동자가 위로 치켜올라가 눈의 좌우와 아래에 흰 부분이 많은 눈.

웅성대는 소리와 함께 2층 마루 쪽에 발길이 분주했다. 토모도 바다 쪽을 바라보니, 희미한 빛이 해면을 뚫고, 눈썹을 거꾸로 세운 듯한 초승달이 솟아오르는 것이 보였다. 가는 금빛 반원 선상에 아미삼존阿弥三尊의 그림자가 비친다고 어릴 때부터 주위에서 말들을 하던 것을 토모는 기억했다. 삼존이 빛나는 그림자가 월광 속에서 사람들의 눈에 보이는 것은 거짓말일까? 아니, 그런 기적이 가끔씩은 있어도 괜찮을 거라고 토모는 생각했다. 이 세상이 너무 추하다. 너무 슬픈 것이다. 그러나 토모가 바라보는 달빛에는 부처님의 모습은 보이지 않고 흰 나비 두 마리가 엉켜 엷은 안개 속으로 나는 것처럼 보였다.

보라색 댕기

큰 집에 비해 불단이 초라하다고들 말한다. 그것은 시라카와 부부가 젊었을 때 공무원 생활로 지방을 떠도는 일이 많아, 근무처인 동북지방에서 죽은 어머니의 유골을 전근지마다 들고 이사를 했던 안정되지 못했던 생활의 유산인지도 모른다. 여하튼 그 작은 불단이 안치되어 있는 관음사의 옆문을 열면, 검게 칠한 금문양의 금고가 놓여져 있다. 토모는 집과 토지의 임대료 등, 사무와 계산의 일절을 이 구석진 불단에서 하고 있었다. 시바와 니혼바시, 그리고 시타야에 각각 천 평 내외의 땅이 있고 그 7할 정도는 세를 주고 있어, 임대료는 상당한 금액이었다. 그러나 또 그만큼 세를 받지 못하는 경우도 있어서 때로는 재판을 해야 하기에 그 관리가 그리 호락호락한 일은 아니었다. 각각 관리인을 두고는 있지만 관리인에게 맡겨두기만 해서는 반드시 문제가 생기곤 해서, 토모는 한 달에 한번은 직접 출타해 임대가옥 등의 현황에 대해 자세히 관리인에게 보고받았다. 지금 토모가 금고 앞의 좌탁을 사이에 두고 마주 앉아 있는 사람은 관리인이 아니고, 말하자면 토모의 비서와 같은 역할을 하는 이와모토 류지라는 남자였다. 토모의 배다른 언니의 아들로, 작년 쿠마모토에서 시라카와를 의지해 상경했다. 계산 업무도 어느 정도 가능하고 무엇보다도 인간이 성실하고 가식이 없는 것을 유키토모도, 토모도 신용하고 있어서 토모는 관리인으로는 해결되지 않는 번거로운 담판이나 재판 업무를 임시로 이와모토에게 시키고 있는 것이었다. 이와모토는 임대료를 일 년이나 체납하고서도 이사 비용을 요구하고 있는 임차인 앞으로 보내는 편지를 써서 그 복사본을 토모에게 건넸다. 토모는 이와모토의 땅딸막한 외모와는 걸맞지 않는 예쁘고 작은 글씨를 찬찬히 들여다봤다.

"정말 고마워. 요즘은 자네가 써 주니 얼마나 편한지 몰라. 이런 서면은 여자인 나로서는 어쩌지도 못하고, 숙부님(유키토모)은 이렇게 귀찮은 일은 일체 안하시니…….”

토모는 가볍게 웃으며 담뱃대를 들었다.

"가게는 어때? 손님은 좀 늘었나?"

"예, 그럭저럭…… 괜찮은 편입니다. 얼마 전에도 대장성의 업무과에서 서류함을 많이 주문하는 바람에 종업원 두 명과 제가 바빠서 법석을 떨며 겨우겨우 납입을 마쳤습니다."

좀처럼 사투리가 없어지지 않는 이와모토는 무거운 입을 가끔씩 떼어 이야기하는 동안 사람 좋은 미소가 얼굴에서 떠나질 않았다. 이와모토는 시라카와 부부의 주선으로 작년부터 시바의 타무라마을에 작은 가구를 만들어 파는 가게를 내었다. 손끝이 야물고 재주가 있어 시골에 있을 때부터 이웃의 혼수용 함과 가구를 만들었다고 했다. 그리 흔하지 않은 업종이니 벌이도 나쁘지는 않을 거라는 전망으로 자금을 대 주었다.

"그래? 그건 다행이네. 뭐니뭐니해도 장사는 이삼 년간 신용을 쌓아야 한다고 하니 착실히, 성실히 하게."

"예. 모두 숙모님 덕분이니, 은혜를 갚을 수 있도록 열심히 하겠습니다."

손을 무릎에 놓은 채 곰처럼 몇 번이고 머리를 숙이는 이와모토를 토모는 짧은 담뱃대를 입에 물고 빤히 쳐다보았다.

"자네도 이제 슬슬 결혼해야 할 텐데……"라며 혼잣말처럼 흘렸다.

"저 같은 사람에게 올 사람이 없습니다."

이와모토는 쑥스러운 듯이 몸을 머뭇거리며 웃었지만, 검은 빛의 얼굴이 빨개져 감정이 어설프게 배어 나왔다.

"그렇지 않아. 찾아보면 상대는 얼마든지 있을텐데……."

토모는 생각에 잠긴 듯 말을 끊었다. 토모가 이런저런 생각에 잠긴 듯 잠시 담배를 피우며 말이 없자, 이와모토는 어색한 듯 책상위의 서류를 반듯이 정리한 후, "숙모님 저는 가보겠습니다. 또 일이 있으시면……"이라고 말하고는 딱딱한 차렷 자세로 머리를 숙였다.

"아니, 괜찮아……. 오늘 바쁜가?"

"아닙니다, 그렇지도……."

"그렇다면 앉아 보게. 사실은 오늘 말한 신부감 얘긴데, 오늘은 자네와 얘기를 해보려고……."

책상을 뒤로 밀고 토모는 옆의 화로를 이와모토 쪽으로 조금 밀었다.

"불 좀 쬐게."

"예."

"사실은…… 우리끼리 이야기인데…… 자네 처 될 사람이 숫처녀가 아니면 싫은가?"

"예……?"

이와모토는 의아한 듯이 큰 눈을 끔벅이며 토모를 봤다.

"두 번째 여자는 마음에 들지 않는가?"

"두 번째라고 말씀하시면…… 한 번 결혼했던 사람?"

"응. 아니, 확실히 결혼했다고도 할 수 없지만……."

토모는 말을 멈추고 구리로 된 부손으로 화로의 재를 저었다. 이윽고 얼굴을 들고 말했다.

"사실은 유미 말이야."

"유미 씨……"라고 반복한 채, 이와모토는 멍해져서 초점 잃은 눈으로 멍하니 있었다. 아까도 이와모토가 현관에서 올라와 복도를 건널 때 유미는 스가와 마주보며 쇠로 된 큰 꽃병에 엽란을 꽂고 있었다.

"외출하셨습니까?" 하고 시라카와의 부재를 물으니, 유미는 가위 손잡이를 창창 울리며 "츠나마치의 새집에 타카오 도련님과 유모를 데리고 가서서…… 오늘밤은 아마 거기서 묶으실 거예요"라고 분명한 어조로 대답했다. 츠나마치라는 것은 장남인 미치마사 부부가 작년부터 따로 살고 있는 그 집이었다. 스가는 작은 소리로 뭐라고 말하고 머리를 숙였을 뿐 암녹색의 난초 잎에서 눈을 떼지 않았다. 애교는 없지만 유미 쪽이 시원시원하다. 이와모토는 스가는 왠지 언제나 노곤하고 무거워 보인다고 생각했으나, 지금 토모에게 생각지도 못한 말을 들으니 초점이 맞지 않는 머리에 갑자기 조금 전의 느낌이 떠올라 안절부절 못했다.

이와모토의 놀란 얼굴을 향해 토모는 다시 한번 유미의 태생과 성격, 시집을 보내도 되는 사정 등을 이야기 했다. 유미의 집은 토다라고 하는 작은 영주의 집사격의 집안이었으나, 유신 후 계속 가난한 생활 때문에 유미가 열여섯이 되었을 때 시라카와가로 일하러 오게 되었고, 드디어 시라카와의 손을 타게 되어서 전부터 있던 스가와 같은 첩이 되었을 때는 상당한 금액의 돈이 친정으로 전해졌다. 유키토모는 스가 때와 마찬가지로 유미를 시라카와의 양녀로 입적시켰다. 유키토모는 고운 처녀를 한 때의 꽃처럼 가지고 놀다가 버리는 짓 따위는 하지 않는다는 계약일지도 모르겠으나, 사실 양녀라는 이름의 여자가 첩이라는 것은 호적을 더럽히고 있는 것이고 또 한편으로는 스가와 유미가 유키토모 이외의 남자를 사랑하게 되었을 때 그 자유를 묶을 망을 미리 준비해둔 듯해서 토모는 잔혹하다고 여겼다.

요번 정월, 유미의 언니로 일찍 데릴사위인 남편과 사별해 미망인이 된 싱이 신년 인사를 왔을 때 사모님에게만 부탁드리고 싶은 게 있다며 유미를 그만 놓아달라고 했다. 싱에게는 아이가 없어 이대로라면 집의 혈통이 끊어져버린다는 것이었다. 유미도 이제 10년 가까이 모셨으니 주인님만 허락해 주신다면 집에 데리고 가 어디론가 시집보내서 거기에서 태어난 아이 중 한명을 자기의 아이로 키우고 싶다는 것이었다.

"원래라면 양자를 받아야겠지만, 도저히 그럴 형편도 안 되고 결국은 유미가 시집을 가서 아이를 낳는 편이……"라고 유미의 언니는 덧붙였다.

"본인은 그 일을 알고 있습니까?"라고 토모가 물으니, "예, 아마……"라고 애매하게 대답했지만, 토모는 유미가 언니에게 무슨 얘기를 했을 지가 대강 상상이 되었다.

그 다음 날 오후, 토모는 광에서 도구들을 꺼낸다며 스가를 불렀다. 거실에서는 유키토모가 글을 쓴다며 유미에게 먹을 갈게 하고 있었기에 스가는 자연스럽게 나올 수 있었다. 스가에게 지시해서 쟁반과 그릇 상자들을 선반에서 내렸을 때, 토모는 스가에게 유미에 대해 물었다. 원래라면 첩끼리 질투하고 미워할 터이지만 두 사람 다 유키토모와 부모자식 정도로 나이차가 나서인지 총애를 다투는 일은 한 번도 보인 적이 없었다. 자매처럼 사이가 좋은 것을 집안이 평온해 다행이라고도 여기면서도, 토모는 거세당한 듯한 두 젊은 여자를 이상하게 바라볼 때가 있다. 그런만큼 이번과 같은 경우에는 유키토모와 유미의 진심을 알기위해서는 직접 본인에게 듣기 보다는 스가를 통하는 편이 좋을 거라 여겼다. 스가는 쟁반상자를 앞에 두고 테두리를 두른 돗자리에 무릎을 댄 채 진한 눈썹을 아래로 내려 토모의 이야기를 듣고 있었으나 맥이 풀린 목소리로, "주인어른은 허락하실 거예요. '유미는 그만두고 다른 곳으로 몸을 정하는 게 좋아'라고 말씀하신 것은 주인어른이 먼저셨어요"라고 했다. 창문의 광선을 뒤로 받으며 스가의 그늘진 얼굴에는 큰 눈만이 음울하게 가라앉아 보였다. 토모는 스가를 추궁하고 있는 것 같았다.

"주인어른은 처음부터 유미를 너만큼은 생각하지 않으셨던 것 같더라만…… 최근 들어 특별한 일도 없었지?"

"특별히 저를 생각하시는 것도……."

스가는 나른한 듯 몸을 움직여 무릎을 문지르며 말했다.

"저 따위는…… 아니에요. 아무것도 아니에요. 하지만 유미 씨는 저렇게 시원시원한 성격이니 언제까지고 어둠의 여자로 있는 것이 싫증이 났을 거예요."

'어둠의 여자'라는 말을 할 때의 스가의 낮고 둔탁한 목소리에 납과 같은 무게가 실려, 토모의 가슴에 강하게 부딪혀 왔다. 토모는 그 말을 들을 때마다 유키토모의 명을 받아 소녀인 스가를 도쿄까지 찾으러 가, 후쿠시마에 데리고 왔을 때의 괴로운 기억을 떠올렸다. 그때의 가련한 희생이 현재의 누에고치처럼 차가운 스가로 변하게 한 것이리라. 그것은 남편의 탓만이 아닌 토모의 책임이라고도 여겨졌다.

"저희 어둠의 존재들은 원래부터 그런 존재입니다만, 그래서는 안 되는 사람이 너무도 태연히 그런 짓을 하고 있습니다. 세상 사람들은 우리 같은 처지의 사람들만 비난을 하고…… 너무 하는 것 같아요."

스가의 깊은 눈에서 큰 눈물방울 하나가 떨어졌다. 스가는 무릎에 떨어지는 눈물을 손가락으로 누르며 그대로 고개를 떨구었다.

"미야 때문이구먼. 내가 그 일로 얼마나 마음을 졸이고 있는지 스가는 알아줄 것이라 여겼네만……."

토모는 스가의 눈물을 원망하듯이, 스가의 손가락에 시선을 주며 한숨을 쉬었다. 스가는 유키토모가 며느리인 미야를 사랑하고 있는 것을 말하는 것이었다. 미야는 첫째 아이를 낳을 때까지는 이 저택에 같이 있었다. 만일 미치마사가 아내와 아버지의 관계를 알아 버린다면 어떤 소동이 일어날지 알 수 없어, 토모는 그 수년간 몸이 불타고 뼈가 깎이는 듯한 마음고생을 했다. 유키토모와는 이제 타인처럼 되어버린 자신으로서는 어찌할 방법도 없어 스가에게 "너희들이 조심해 줘라. 미야 문제만큼은 외부에 알려지면 안 되는 일이니, 너랑 유미가 어른의 마음이 미야에게로 가지 않도록…… 잘 부탁한다"라고 몇 번인가 말했지만, 그때마다 스가는 고개를 세차게 흔들며 "제가 어떻게 하겠습니까? 새아씨는 천성이 게이샤, 창녀라…… 어떻게 하면 주인어른 마음에 드실지, 어떻게 하면 주인어른을 홀릴 수 있을지만 생각하십니다. 나와 유미와는 비교가 안 됩니다"라고 원망스러운 듯이 말했다.

실제로 유키토모는 호색가이며 또 위험한 연애에 무한한 매력을 느끼는 듯해서 스가를 처음 손에 넣었을 때와 마찬가지의 정열을 미야에게 쏟아 부었다. 미야도 또 무능력하고 편집광적인 남편보다 여자를 잘 다루는 시아버지에게 사랑 받는 편이 훨씬 즐거웠기에 유키토모가 스가와 유미를 옆에 두고 미야에게 서먹하게 대하면 스가와 유미를 눈에 띄게 쌀쌀맞게 대했다. 유키토모도 이런 상황은 곤란하다고 여겨, 토모의 간접적인 의견을 물어 작년부터 젊은 부부의 주거지를 미타의 츠나마치로 옮겼고 자신이 가끔씩 거기로 출타하는 것이었다. 갈 때는 반드시 미치마사의 전처가 낳은 타카오와 유모 마키를 데리고 갔다. 미치마사는 그럴 때 아버지로부터 거액의 용돈의 받아 연극을 보러 가거나 일박하는 여행을 떠나거나 했다. 손자들을 데리고 유모와 집안 하녀들도 다른 곳으로 놀러 갔다. 그 다음은 유키토모와 미야는 단 둘이 되는 것이었다. 하녀들도 눈치를 채고 있지만 생각지도 못한 큰 용돈을 받기에 큰 어른이 오기를 기다리고 있는 형편이었고, 미치마사도 혼자서 좋아하는 일을 하고 있으면 아이처럼 기뻐해서 자신이 없을 동안의 아내와 아버지의 불륜관계 따위는 의심해 보지도 않았다. 이랬다, 저랬다라는 대충의 이야기는 유모인 마키가 스가와 유미에게 전해주어, 주로 스가의 입을 통해 토모의 귀로 전해졌다. 토모는 처음에는 스가가 빙빙 둘러서 전하는 얘기를 진정으로 마음 아파하며 상

대해주었지만, 스가는 토모가 한 말의 일부분만을 뚝 잘라 유키토모에게 고자질하는 듯해서 그 다음에는 반드시 유키토모가 토모에게 이유 없이 쌀쌀맞게 대하곤 했다. 그래서 요즘은 스가가 무슨 얘기를 일러바쳐도 진심으로 상대하지 않기로 마음먹었다.

  유미는 원래 스가만큼 예뻐하는 아이가 아니었으니, 미야가 생긴 요즘에 와서는 이미 육십에 가까운 유키토모에게 유미의 존재가 오히려 무거운 짐이었다. 유키토모는 넌지시 유미에게 여기를 나가서 건실한 사람의 아내가 되도록 권유하고 유미도 그럴 마음이 있다는 것을 스가의 우물거리는 말투로 대충 짐작할 수가 있었다. 유키토모와 유미 모두 그럴 의향이 있다면, 호적을 빼서 친정으로 돌려 보내는 데는 아무런 문제가 없었다. 10년 동안 장만해 준 의류와 장신구에 조금의 돈만 더해 주면 그것으로 끝날 이야기였다. 하지만 용의주도한 토모는 거기에서 또 생각에 잠겼다. 유미가 친정으로 돌아가 어딘가 다른 곳으로 시집을 간다 해도, 미야와 유키토모의 불륜관계를 새 남편에게 얘기하지는 않을까? 평범한 하녀였다면 몰라도 명색이 양녀라는 자격으로 오랜 시간 그 집에 머물렀던 여자의 입에서 나온 이야기가 세상에 알려진다면 시라카와의 집안으로서는 큰 타격일 것이다. 어차피 어딘가로 시집을 갈 거라면 자기 집안과 끊을래야 끊을 수 없는 관계가 있는 곳으로 유미를 시집보낼 수는 없을까? 이 사람일까? 저 사람일까? 궁리하고 있던 차에 토모는 지척에 있는 조카, 이와모토를 떠올렸다. 그렇다. 이와모토라면 다 받아줄 것이다. 유키토모의 첩이라는 것도 다 알고 있고, 시라카와 집에서는 첩이 재봉일과 요리 등을 하며 반은 하녀역할도 겸하고 있는 것도 알고 있고, 유미가 남자다운 데가 있어 시원시원한 성격인 것도 잘 알고 있을 것이다. 게다가 무엇보다도 늘씬하게 키가 크고 품위 있는 유미의 미모와 넘칠 만큼 가지고 있는 아름다운 의상과 장신구들로 보면, 이와모토가 지금 신분으로서는 얻을 수 없는 과분한 아내임에는 틀림없다. 십중팔구는 이와모토가 승낙할 것이라 예상하고 토모는 얘기를 꺼냈다. 물론 유미가 싫다하면 안 되는 얘기지만, 긴 시간 같은 집안에서 지켜본 유미의 단순한 성격을 토모는 잘 알고 있었다. 토모가 그럴싸하게 늘어놓는 혼담을 이와모토는 예상대로 기뻐하며 승낙했다. 쿠마모토의 낮은 녹봉의 무사가에 태어나, 영주가 싫증을 느낀 하녀를 측근이처로 물려받거나 영주의 으뜸 가신의 첩을 하급무사가 아내로 맞이하는 것을 일반적인 일로 들으며 자라난 이와모토에게는 명치 30년을 지난 그 무렵에도 은인이기도 한 숙부인 시라카와의 애첩을 아내로 얻는다는 것이 조금도 불명예스럽지 않았고 또 불결하게도 여겨지지 않았다. 유미의 친정에서도 시라카와 부인의 조카뻘 되는 이와모토에게 유미가 시집을 가면 양녀의 호적을 빼도 시라카와가와 새롭게 친척의 연이 맺어지는 것으로, 시라카와 부부가 유미의 장래까지 생각해 주는 것 같아 기뻐했다. 나이는 아버지만큼이나 차이가 나고 또 정부인 토모 외에 이전부터 있던 스가라는 애첩이 있기에 이 저택에서의 유미의 지위는 처음부터 하녀 비슷한 것이었지만, 겉으로 보기에 품위는 스가보다도 사모님다워 보였다. 그리고 자기비하를 하거나 주눅 들거나 하는 비굴함이 없어서, 숨겨진 여자로서의 그늘이 전혀 없었다. 이와모토와의 이야기도 유미는 간단히 받아들였다. 이와모토의 촌스러운 쿠마모토 사투리와 딱딱하고 고지식한 태도를 스가와 함께 자주 놀리며 웃었는데, 결혼하기로 정해지자 전혀 개의치 않다는 듯이 행동했다.

스가가 "유미 씨, 이와모토 씨랑 잘 살 수 있을까요……?"라고 유키토모에게 물으니, 유키토모는 희미하게 검버섯이 번진 볼에 응어리 없는 미소를 띠우며 "괜찮아. 유미라면 누구와도 잘 살거야"라고 잘라 말했다. "아무렇지도 않으신가 봐요?"라며 스가는 맥없이 음울한 눈으로 유키토모를 쳐다보았다.

"너도 시집가고 싶어진 거니? 나 같은 노인의 시중을 들고 있는 것도 이제 질렸겠지."

"원래 저는 자존심도 없으니까요……."

아무렇지 않은 듯 말하며 스가는 갑자기 가슴 속에서 치밀어 오르는 말을 입 밖으로 꺼낼 수 없는 초조함에 애태웠다.

"아무래도 저는 새아씨처럼은 못해요. 나는 그분처럼 남자를 속이는 기술을 배우지는 못했으니까요. 그런 재주가 없으니 그 거북한 사모님께 눌려 언제까지고 어둠의 여자로 늙어 가는 거겠죠." 응석 부리면서도 스가는 유키토모가 아버지 같기도 하고 남편 같기도 하여, 유키토모의 가슴을 찌르는 심한 말을 하는 것이 무서웠다. 예쁘고 밝은 얼굴로 철없이 웃어대며 비음 섞인 상냥한 목소리로 "아버님, 아버님" 하고 달콤하게 안겨드는 미야의 들뜬 몸매를 생각하니 스가는 질투 비슷한 것을 느꼈지만, 자기의 남편을 빼앗겼을 때의 질투심은 결코 이런 것이 아닐 거라는 생각이 들어 슬퍼졌다.

드디어 내일 유미가 친정으로 돌아가게 된 밤, 유키토모의 허락을 얻어 두 사람은 방에 베개를 나란히 하고 잤다. 목침 위에 올려진 새색시의 올림머리와 은행잎 모양으로 펼쳐진 올림머리의 양쪽이 마주보게 되었다. 두 사람은 어슴푸레한 램프 빛에 희미하게 비치는 서로의 얼굴을 다정하게 바라보며 이야기를 나누었다. 3월도 가까운 밤으로, 밖에는 이슬비가 소리도 없이 내려 밤기운은 습기로 가득했다.

"내일 밤은 유미가 이 집에 없다고 생각하니 쓸쓸해요"라고 스가가 가라앉은 목소리로 말했다. 유미에게 혼담이 있고부터 머지않아 유미가 이 집을 떠난다는 것을 알고는 있었지만, 정작 이별한다고 생각하니 유미가 날개 짓하며 날아가는 작은 새처럼 씩씩하게 느껴졌고 혼자 남겨지는 자신의 무기력함이 뼈에 사무쳤다.

"쓸쓸해 할 것 없어요. 여기는 사람이 많은걸…… 나야말로 작은 집에서 언니와 단둘이…… 분명 외로울 거예요."

유미는 위로할 작정으로 힘 있게 말했지만, 스가는 유미의 얼굴에 시선을 고정시키고 혼잣말처럼 중얼거렸다.

"틀려요, 그런 외로움이랑은…… 유미 씨가 가버리고 나 혼자 이런 어두운 곳에서 홀로 남아있다는 것…… 그걸 말하는 거예요. 유미 씨! 역시, 유미 씨는 나보다 똑똑해요."

"왜요? 전혀 똑똑하거나 한 게 아니예요"라고 말하며 유미는 조금 머리를 올렸다.

"이번에 그만두게 된 것도 반 이상은 주인어른이 젊을 때 자리를 정하는 게 좋다고 말씀하셔서 된 거예요. 그렇게 말씀하시면 나를 많이 생각해서인 것 같지만…… 있잖아요, 스가."

유미는 화살모양 옷의 가는 어깨를 외투 깃 사이로 꺼내어 한쪽 팔꿈치로 팔베개를 하며 스가쪽으로 얼굴을 들이댔다.

"주인어른이 나를 잡고 싶었으면 그런 말씀 하셨겠어요? 자기가 소중하게 여기는 것들이라면 옷과 장신구 같은 것들을 우리들도 그렇게 간단히 팔거나 다른 사람에게 주거나 못하겠죠. 남자도 마찬가지 일거라고 생각해요. 만약 스가 씨가 그만두게 해 주십시오, 라고 말씀드린다면 주인어른은 절대 허락하지 않으실 거예요. 그건 스가 씨를 정말로 귀여워하시니까……."

"그렇지 않아요. 지금 주인어른이 빠져 있는 것은 츠나마치의 아씨뿐이에요. 유미 씨도 잘 알고 있잖아요."

스가도 몸을 일으켜 다시 배를 깔고 엎드려있다. 미야라는 이름을 말할 때 스가의 목소리는 떨렸다.

"그건 그래요. 그렇지만 그 사람은 이 집 아들의 아내인 걸요. 아무리 좋다고 해도 당당하게 자신의 여자로 만들 수는 없어요. 주인어른도 점점 나이가 드시고 사모님은 마치 이 집의 지배인 같으신 걸……. 몸시중을 받을 수 있는 사람으로서도 결국 스가 씨만은 꼭 필요한 존재예요. 새아씨가 생겨 필요 없는 존재가 된 것은 나예요, 나! 가을 부채 같은 거죠, 규방의 원망……!"

유미는 우물거리는 소리로 토키와즈의 한 소절을 읊고 호호호 소리 내어 웃었다. 자조적이면서도 상쾌한 웃음소리였다. 그렇지만 스가는 여전히 힘없이 낮은 목소리로 "주인어른은 이미 노인이세요. 츠나마치에 다녀오시면 한참동안 기력 없어하셔요. 다랑어 즙을 드시기도 하시고 계란 노른자를 대여섯 개나 드시기도 하시고, 유미 씨가 없어지면 나는 당분간 그런 심부름만 늘 것 같아요. 일생 늙은 가축을 돌보는 시녀 생활이네…… 그걸 생각하면 확실히 결정을 짓고 나가는 유미 씨가 부러워요. 이와모토 씨랑 결혼하면 아기도 생길 거고, 그거야말로 천하 당당하게 세상 속을 걸을 수 있게 되는 거예요."

"그 대신 여기에 있는 것처럼 돈 고생 않고 살 수는 없어요. 스가 씨는 열다섯에 여기로 왔으니 나보다는 세상을 모를 것 같아요. 친정의 가난했던 시절을 생각하면 나 또한 여기를 나가는 것에 다리가 움츠러들어요. 나는 이렇게 단순한 성격이고 몸도 가는데 비해 건강한 편이라 어떻게든 해 나갈 수 있겠지만, 스가 씨는 도저히 무리예요. 항상 주인어른은 스가는 유리 같은 아이라고 말씀하셨어요. 스가 씨는 바깥바람에 쏘이면 바로 부서져 버릴 거예요."

"그렇게 되도 좋으니까 여기를 나가고 싶다는 마음이 들지 않는 것이 한심스러워요."

"그건 무리예요."

"그렇지만 유미 씨는 나가잖아요."

"내 경우는 달라요. 나는 나간다기 보다 버림받은 거예요. 이번에 결혼할 이와모토 씨도…… 성실한 사람이라고는 하지만 남들이 부러워할만한 상대도 아니잖아요."

"아니, 부러워요. 나는 죽도록 부러워요."

말하면서 스가는 목침을 껴안고 그 위에 얼굴을 묻었다. 평소에 답답할 정도로 빙 둘러 말을 하여 마음을 터놓고 얘기하지 않는 스가인 만큼, 그 동작은 유미를 깜짝 놀라게 했다. 스가는 몸속에서 끓어오르는 상념들을 어떻게 말로 표현할지를 알 수가 없다. 입 밖으로 내뱉으면 자신도 경악할 만한 저주의 말들이 실체 없는 탄식이 되어 터져 나올 것만 같았다. 그것들은 유미는 도저히 알 수 없을 것이었다. 자신의 생을 무겁게 내리누르고 있는 업과 같은 것이리라.

옛날 자신이 이 집에 팔려 올 때, 양친은 도대체 왜 게이샤로 팔아 주지 않았을까라고 스가는 원망했다. 게이샤가 되었더라면 세상풍파에는 시달렸을지라도 지금보다는 조금 더 탄력 있는 인간이 되었을 것이고, 남편이 있어도 기둥서방이 있어도 지금보다는 더 밝은 하늘 아래서 태양빛을 쏘이며, 자유롭게 웃고 울고 화낼 수 있었을 것이리라. 아버지만큼이나 차이가 나는 유키토모의 사랑을 받아 과분한 사치를 누려온 듯하지만, 방탕한 여자놀이의 극을 달리고 있는 남자이니 만큼 소녀인 스가를 여자로 꽃피워감에 있어서도 자신의 집에 두기에 편리한 여자로 만들었던 것이다. 유키토모가 자신의 궤도를 깔아두고, 스가는 그 궤도를 순순히 달려와 지금과 같은 무기력한 여자가 되어버린 것이다. 유키토모는 토모를 애정의 대상으로는 생각하지 않고 또 사실 두 사람 사이에 부부다운 따뜻함은 조금도 느껴지지 않지만, 부부의 애정에 의거하지 않고 이 집에서 아내로서의 위치를 지키고 있는 참을성 많은 토모의 의지력에, 스가는 매일매일 밤을 무거운 돌로 짓이겨지는 중압감을 느꼈다.

토모의 일상에는 이완된 여유로움이 조금도 느껴지지 않았다.

항상 대범하게 풀어진 것처럼 보이지만, 진지하고 엄격한 기백이 영혼에 자리 잡고 있었다. 육체의 끈이 끊어진 남편이 그 아내에 대해 어디까지 도리에 어긋난 짓을 할 수 있는지, 토모는 한마디도 불평을 하지 않은 채 전력으로 지켜보고 있었다. 유키토모가 총애하는 여자들에게 무언가 쓴 소리라도 하게 되면 그것이 바로 유키토모의 미묘한 반향을 불러일으킴을 알기에, 토모는 스가와 유미에 대해서는 아무런 얘기도 하지 않았다. 아무런 말도 하지 않는 만큼, 토모의 흐트러지지 않는 철저함이 스가의 눈에는 보이지 않는 강한 속박으로 느껴졌다. 그리고 또 그런 속박을 토모가 스가와 유미에게 느끼게 하는 것을 유키토모는 잘 알고 있었고, 그래서 또 만족하고 있었다.

스가는 사모님이 없어져 준다면…… 이라고 때때로 생각해 보지만, 아무리 자기가 부추겨본들 유키토모가 토모를 쫓아낼 거라고는 생각할 수 없었다. 토모는 유키토모의 성적 대상은 아닐지라도 가장 신뢰할 수 있는 지배인의 위치를 차지하고 있었다. 유키토모에게 있어 가장 편리하고 가장 충실한 지배인인 것이다. 만약 토모를 쫓아낸다고 해도 스가에게 집안을 관리할 능력이 있을 리 만무했고, 그런 번거롭고 엄청난 일로 고민하는 것보다는 토모의 무거운 압력 아래에서 무위한 나날을 보내는 편이 훨씬 더 편한 일이란 걸 스가는 잘 알고 있었다. 그렇지만 사모님이 잘못되어 돌연사하게 되는 경우가 생기면 이야기는 또 다르다. 우연이라도 그런 일이 생긴다면 자신의 머리 위를 누르고 있는 무거운 구름이 환하게 걷혀 얼마나 좋을까……? 스가는 그런 생각이 들 때마다 스스로가 혐오스러워져, 마음을 얽어매는 거미줄의 끈적임을 털어내듯 고개를 세차게 흔들다. 자신의 몸에 악마가 둥지를 튼 것처럼 느껴졌다. 그와 동시에 이런 환경만 아니었다면 자신은 결코 악마가 되지 않았을 것이라고도 생각했다. 행동으로도 말로도 나타내지 않아 무기력하게 보이는 스가의 내부에는 해결할 방법이 없는 상념들이 밤눈처럼 어둡고 차갑게 내려 쌓이고 있었다.

같은 처지인 유미의 마음에 그늘이 없는 것을 스가는 부럽게 또 한편 무언가 부족한 듯이 느끼고 있었으나, 마음의 응어리가 없는 유미는 스가가 전전긍긍하고 있는 지옥을 가볍게 빠져나와 넓은 하늘로 날아오른다. 스가는 유미가 이와모토와 결혼 하는 것이 부러운 것이 아니라, 이러한 윤회에서 자유롭게 벗어나는 유미가 부러운 것이었다. 하지만 그것을 이야기해도 유미가 이해하지 못할 것을 스가는 잘 알고 있었다.

"싫어요, 스가 씨. 그렇게 울면 나도 슬퍼져요."

유미가 어깨를 떨구었기에, 스가가 얼굴을 들어보니 바로 앞에 유미의 시원한 큰 눈에 눈물이 그렁하게 맺혀있다. 유미가 착각하고 있다고 생각하자 스가는 얼굴이 달아오를 듯 창피했다. 스가의 눈에도 유미와 헤어지는 슬픔이 눈물이 되어 흘러 내렸다.
"정말 생각해보면 스가 씨와 나는 큰 인연인 것 같아요. 이렇게 10년이나 첩이라는 신분으로 남편 한 사람을 모시고도 싸움 한번 하지 않고 사이좋게 지낼 수 있었다니, 신기한 일이에요. 분명 전생에는 자매였는지도 몰라요."
"그러게요……."
스가도 감개무량한 듯 말했다.
"연극을 봐도 책을 봐도 첩은 모두 나쁜 여자로, 조강지처를 괴롭히거나 집안을 어지럽히거나 하잖아요. 우리들은 그러지도 않고 꽤 착했어요."
"착한 첩이에요. 그래도 세상은 믿어주지 않겠지만……."
"세상 사람 따위 아무래도 괜찮아요. 스가와 내가 이렇게 10년이나 사이좋게 지낼 수 있던 것만으로도 두 사람 다 악인은 아니라는 증거잖아요."
"우리들은 주인어른과 있는 것도 싫어하지는 않지만…… 그렇지만 진짜로 비슷한 나이의 사람과 사랑하는 것과는 아무래도 다르겠죠?"
스가는 여기까지 이야기하고, 역시 유미가 이 집을 나가기로 정하기 전까지는 이런 얘기를 나누지 못해다는 걸 알았다. 그러면 앞으로 유미가 이와모토의 아내가 되어 다른 사람으로서 나를 찾아

오거나 이쪽에서 방문하면 지금까지와는 다른 이야기 상대가 될 수도 있겠다고 생각했다. 감정을 발산할 배출구가 없던 스가의 어두운 마음에 갑자기 밝은 창이 열리는 듯했다.

"유미 씨. 주인어른은 요즘 본인의 건강 이야기만 하셔요. 어떤 얘기인가 하면…… 자주 눈을 씻고 입 안을 물로 가셔내고…… 역시 건강한 듯하지만 나이를 드신 것 같아요. 머지않아 나도 사모님처럼 남남이 되어버릴 것 같아요."

"게다가 츠나마치가 그러니, 거기에 가시면 젊어보이게 하고 싶은 거겠죠. 정말로 서방님이라는 사람은 이상해요. 주인님이 거기에 가시면 돈을 많이 들려주어 밖으로 내보낸다지요? 보통 사람이라면 이상하게 생각할 텐데 꿈에도 그런 줄은 상상도 못한다네요. 참 안되긴 했지만 정상은 아니에요."

"그래도 애는 잘 만들어요."

"누구 아이인지 모르다니, 짐승 같아……."

유미는 내뱉듯이 말했지만, 그만큼 그 불륜에 상처를 입고 있는 것은 아니었다. 유미의 말로 상처를 입은 것은 스가였다.

"서방님의 아이라고…… 주인어른은 이미 씨가 없다고 사모님이 말씀하셨어요. 나도 그렇게 생각하고…… 나는 몸이 약하지만, 유미 씨는 이와모토 씨랑 결혼하면 바로 애기가 생길 거예요."

"그래, 그건 그럴지도 몰라요. 그렇지만 아이가 안 생긴다고 해도 하는 짓은 짐승과 마찬가지예요."

"그만해요"라며 스가가 말을 막았다.

"내 힘으로는 어찌할 수도 없는 일을 그렇게 확실히 말하지 마세요. 유미 씨는 여기서 나가는 사람이지만 나는 여기에 계속 있어야 하는 사람이잖아요. 너무 잔인해요."

스가는 검은 눈동자를 원망스러운 듯이 동그랗게 뜨고 유미의 손을 꼭 쥐었다.

친정에 돌아가서 2개월 정도 있다가 유미는 이와모토가 있는 타무라마치로 시집을 갔다. 장맛비가 밤새 내린 밤이었으나, 피로연에 초청을 받은 토모는 9시가 넘어서야 인력거로 돌아왔다. 유키토모는 왕진 온 의사를 상대로 바둑을 두고 있었다. 토모가 인사를 하자, 마디가 긴 손가락으로 바둑알을 든 채 돌아보며 "어땠어? 유미는 새 신부답게 꾸미고 있었어?"라고 말하고 바둑알을 놓았다. 이기고 있었던 듯 기분 좋아 보이는 목소리였다.

"예복에 꽃 비녀만 꽂은 깨끗하고 품위 있는 신부였어요"라며 토모가 옆에 있는 스가 쪽을 향해 말하자, 유키토모는 웃으며 고개를 끄덕였다. 스가는 토모의 말에 건성으로 대답하면서 유키토모의 관자놀이의 살이 빠져 확연히 노인처럼 보이는 옆얼굴에서 무언가의 변화를 읽으려고 넌지시 바라보고 있었으나, 먼 친척의 딸이 결혼한 이야기를 듣고 있는 듯 태평한 얼굴이었다.

이와모토는 그 후도 변함없이 시라카와 집의 임대토지와 가옥에 관한 일로 드나들었기 때문에, 그때마다 토모와 스가는 유미의 소식을 들었다. 이와모토는 부끄러운 듯이 손을 비비며 "덕분에 건강히 잘 있습니다"라고 목을 움츠리고 대답했다.

"유미 씨가 이와모토 씨와 함께 있으면 부처님과 미인신이 나란히 있는 것 같겠군요. 좋으시겠어요."

본가로 놀러 왔을 때 미야는 이와모토가 잘 산다는 소문을 듣고 깔깔대며 웃더니, 무슨 생각인지 유키토모에게 "아버님, 우리 한번 그 함 가게에 가 봐요. 스가 씨도 아직 간 적 없죠?"라며 스가 쪽을 곁눈질해 보았다. 스가도 유미 집에 한번 가보고 싶다고는 이전부터 생각해왔지만, 미야와 유키토모와 함께 시끄럽게 가기는 싫었기에 애매하게 대답을 흐렸다. 미야는 그 발상이 재미있어 죽겠는지 "아버님, 괜찮죠? 말나온 김에 오늘 가보면 어때요? 유미씨 집은 타무라마치이니 돌아오는 길에 긴자에 들러 텐쇼우도우에 가 머리 장신구를 보고 싶어요"라고 말하며 졸라댔다.

"유미 집이라…… 함들만 늘려 있고 하나도 볼 것도 없을텐데…… 장사방해를 해도 미안하고……."

"어머! 그러니까 잠깐만 들르면 되잖아요. 그 다음에 긴자에 가면……."

"긴자에 미야와 나가면 무서워서……."

유키토모는 웃으며 말했다. 젊은 게이샤가 단골손님에게 응석을 부리는 듯한 애교스러운 말투와 동작은 전혀 주위사람을 신경 쓰지도 않는 듯했다. 스가는 미야가 신이 나서 떠들어댈수록 점점 무겁고 어두운 기분이 되어갔다. 결국 그날 유키토모는 미야와 스가를 데리고 저택을 나섰다. 파랗게 높은 하늘에 솔개의 울음소리가 피리소리처럼 울리는 상쾌한 가을 낮의 오후였다. 타무라마치에서 신바시를 향해 가는 큰 도로에서 왼쪽으로 굽으면 옆쪽에 이와모토의 가게가 있었다. 새로 지은 건물의 깨끗한 판 사이로 검게 칠을 한 새로운 함들이 몇 개씩 놓여져 있었다. 어린 직원이 두 개의 합판 사이에 앉아 가늘게 자른 대나무를 조립하기도 하고, 종이를 바른 뒤에 그 앙금을 털어내기도 하며 바쁘게 움직였다. 이와모토는 주문을 받으러 나가 외출 중이었다. 보라색 댕기로 둥글게 말아올린 머리에 비단 체크무늬의 얇은 옷을 야무지게 당겨 입은 유미가 인력거에서 내린 세 사람을 가게 안으로 안내했다.

"아무튼 이 일은 직원과 반반으로 일을 나누어 해야 해요. 익숙지 않아서 피곤해요"라고 유미는 맑게 웃으며 화로 옆에 앉아 차를 따랐다.

"오늘은 무슨 일로……."

"미야가 자네 가게를 보고 싶다고 해서 나왔네. 젊은 사람과 같이 다니는 것이 노인에게는 점점 힘이 들어…… 장사가 잘 되는 것 같아 보여 무엇보다 다행이야."

"덕분에……"라고 말하며 유미는 가볍게 머리를 숙였다. 긴자에 가서 같이 식사를 하지 않겠냐고 유키토모가 청해 보았지만, 유미는 가게가 바쁘다는 것을 구실로 거절했다. 유키토모도 거절할 것을 알고 그냥 말해 본 것뿐이라 세 사람은 한시간 정도 있다가 유미의 배웅을 받으며 가게를 나섰다. 토바시를 향해 걷기 시작하자 바로 미야가, "유미 씨, 벌써 이거네"라며 허리띠 위를 손으로 부풀려 보였다.

"어머! 저는 전혀 몰랐는데요."

스가는 눈이 부신 듯 눈을 깜빡거렸다. 그러고 보니 그 집에 있는 동안 계속 유미가 넓은 앞치마를 벗지 않았던 것을 기억했다. 미야의 눈치 빠름이 음란한 육욕을 그대로 나타내는 듯 외설적으로 느껴졌고, 동시에 유미의 뱃속의 아이가 유키토모의 아이가 아닐까 하는 의혹이 일었다. 그것은 옆에 나란히 걷고 있는 미야가 임신했을 때도 느꼈던 의혹이었다. 스가는 그럴 리가 없다는 것을 알고 있으면서도, 그런 상상을 하니 욱신거리는 이를 뿌리 채 힘껏 뽑아내는 듯한 쾌감이 들었다. 미치마사와 또 한명의 남편인 이와모토를 모두 경멸하고 싶은 것이었다. 스가는 임신한 여자의 배를 갈라서 한껏 웃어대는 독부의 냉정하고 아름다운 미소를 상상했다. 유키토모는 여자들의 이야기를 흘려들으며 지팡이를 짚고 성큼성큼 걸어 나갔다. 앞에서 보면 완전히 나이가 든 듯한데도 걸음걸이만은 젊은이처럼 등이 쭉 펴져 있었다.

  다음 해 7월 보름날에 유미는 아기를 안고 시라카와의 집으로 왔다. 마침 그날 미야도 아이를 데리고 본가에 와 있었다. 미야가 낳은 카즈야는 타카오와 두 살 차이로, 유미의 장남 나오이치보다 만으로 한 살 위였다. 나오이치가 계란껍질 벗겨놓은 것처럼 희고 고운 얼굴인 것으로 보고, 미야는 눈을 가늘게 뜨고 어르면서 "정말 나오이치는 잘생겼네. 크면 필시 여자를 많이 울리겠어"라고 말했다. 그럴 때 미야의 녹을 듯이 부드러운 미소는 정말 천진난만해서, 항상 굳어 있는 토모마저도 이끌려들어 웃음 짓게 했다. 토모는 유모와 함께 주위를 뛰어다니고 있는 타카오에게 시선을 고정시키다가도, 미야와 유미가 제각각 안고 있는 남자아이들을 신기한 듯이 바라보았다. 타카오, 카즈야, 나오이치⋯⋯. 이 세 사람이 각자 어엿한 성인남자가 되는 것인가라고 생각하니, 토모는 새삼 경악했다. 그것은 평소에 타카오가 늠름한 청년이 된 모습을 상상하는 것과는 전혀 다른 으시시한 느낌이었다. 문 앞에서 웃고, 얼굴을 찡그리며, 무심히 뛰어다니는 작은 생물들이 언젠가 유키토모와 같은, 이와모토와 같은, 세상에 넘치는 남자들로 변해 가는 것이 무서웠다. 토모는 문득 모두들 아이를 안고 있는 무릎들 사이에서 텅빈 스가의 무릎을 보았다. 그 무릎은 공허하게 느껴져, 스가의 얼굴보다도 훨씬 스가의 고독을 잘 나타내고 있었다.

"유미가 시집을 가서 스가도 부러워하지는 않는가? 적당한 인연이 있으면 시집보내도 좋아."

이, 삼일 전에 타카오에게 연못의 잉어를 보여주고 있는데, 유키토모가 내뱉은 말이 토모의 가슴을 무겁게 누르고 있었다. 요즘 스가는 사람이 있을 때도 멍하니 하늘을 보고 있을 때가 많아졌다. 걸핏하면 방에 들어가 울고 있는 듯, 눈두덩이가 부어있는 날이 많았다. 유미가 시집 간 외로움과 미야가 유키토모의 사랑을 받아 신나 하는 것을 보는 괴로움, 이 두 가지의 이유일 것이라고 토모는 추측했다. 그렇게 말로 표현하지 않고 조금씩 가슴에 묻어두는 스가의 저항을 유키토모는 부담스러워 하는 걸까?

"그렇지만 스가는 유미와는 달라요. 그 앤 생리도 불규칙해서 다른데 시집가도 아이는 못 낳아요. 저로서도 당신의 시중은 일생 그 애가 들어주었으면 해요."

토모는 겨우 거기까지 이야기를 하고 손에 땀을 쥐었다. 말 속에 포함된 비난이 유키토모를 강하게 자극하지는 않을까하고 걱정했지만, 유키토모는 애매하게 끄덕였을 뿐 대답은 하지 않고 탁탁 물 위에서 손바닥을 치며 "잉어가 온다, 온다" 하고 타카오의 어깨를 두드렸다.

토모는 유키토모에게 이미 '버려도 좋은 여자'가 된 스가가 안쓰러워 견딜 수 없었다. 유미는 버림을 받아도 새 남편을 맞아 아이를 낳을 수 있는 여자이고, 미야는 아마 어떤 남자라도 싫증나지 않게 하며 사랑받을 수 있는 여자다. 스가는 월경도 하기 전에 유키토모의 첩이 되었고 아마 그것이 스가의 엄마가 되는 기능을 망가뜨렸을 것이다. 서른이 지나, 이제 미모도 시들기 시작한 스가는 지금 이 집을 나가 게이샤가 될 수도 없거니와, 결혼을 한다고 해도 저 약한 몸으로는 필시 유미처럼 순조롭게는 가지 않을 것이다. '어둠'의 생활을 청산하고 싶어 하면서도 이 집에서 늙어가는 자기와 함께 유키토모 한사람을 지키며 늙어 가야하는 것이 스가의 궁극의 운명이란 것을 생각하니, 토모는 암담해졌다. 토모가 그런 안타까운 마음을 스가에게 말해 본들, 스가는 토모가 자신의 입장만을 생각한 것이라고 여겨, 더 상심만 할 뿐일 것이다.
　"나를 이런 운명에 빠트린 것은 바로 당신 이예요."
　스가의 눈동자가 미움을 안고 호소하고 있는 것을 토모는 잘 알고 있었다. 스가가 토모를 원망하는 만큼 당사자인 유키토모를 원망하지 않음에 토모는 쓴 웃음을 지었다.
　지금 세 명의 남자아이를 보고 문득 느낀 것은 남자에 대한 기묘한 혐오였고, 그것은 또 아이를 안고 있지 않은 스가의 가벼운 무릎을 안심하고 바라보게 했다. "아이 같은 건 없는 게 좋아. 낳지 않는 편이 업을 쌓지 않는 것이야"라고, 토모는 스가에게 속삭여 주고 싶었다.

청매초靑梅抄

집이 있는 언덕을 뒤로 한 서쪽방향의 경사면 중앙부분에 잡초가 무성하게 자란 평지가 남아 있었다. 청일전쟁이 끝나고 바로 유키토모가 이 외국인 저택을 사들여 이사해 왔을 때, 과수가 저택 내에 있는 것은 풍요로워 보여 좋다며, 이 공터에 매실, 복숭아, 비파, 감 등의 묘목을 많이 심은 것이 십년 이상 지난 것이다. 지금은 모두 상당한 거목이 되어 초여름에서 가을에 걸쳐, 매년 늘어나는 손자들이 오르내리며 과일을 따먹기에 안성맞춤의 장소가 되었다. 시라카와는 호소카와번의 작은 녹봉의 하급무사가에서 태어났으며, 집이 거먕옻나무의 담당자였다. 이 나무는 번의 재정 일부를 담당하고 있던 거먕옻나무 초의 원료로서, 거먕옻나무 밭을 어릴 때부터 각별한 관심을 가지고 보아 왔다. 그래서인지 거먕옻나무만이 아니라 나무를 좋아하여, 특히 열매가 맺히는 나무는 부귀의 상징이라고 심신에 각인되어 있었다. 후쿠시마 현청에 근무하고 있었을 때에도 관저의 뒤편을 과수원으로 만들어, 현의 농민시험소에서 그 무렵 재배하기 시작한 서양종 벚꽃과 사과나무를 얻어와 심어서 큰 앵두와 빨간 사과가 익어가는 것을 즐겼다. 예순을 넘긴 지금도 도쿄시내에 200평이 넘는 저택을 구입해, 정원에서 익은 과일을 맛보는 것을 각별한 묘미로 여겼다. 나무 중에는 산매화나무가 가장 많았는데, 이것은 열매가 노랗게 익는 것을 기다리지 않고 떨어뜨려 항아리에 절여두었다. 매실장아찌는 매년 표를 매달아서 각 각의 항아리에 담아 친척들에게 보내곤 하는데, 그래도 오래된 것은 남겨두었다. 오래 절인 것일수록 초가 부드러워져 부드러운 산미를 띠어 오는데, 유키토모는 그것도 보약으로 생각해 한 알을 반드시 아침상에 올리게 하는 것을 잊지 않았다. 오랜만에 맑게 개인 오늘은 바로 그 매실을 따는 날이었다. 마침 토요일이어서 초등학생인 타카오와 놀러 온 배다른 동생 카즈야, 토모야가 스가와 하녀들과 어울려 나무를 흔들기도 하고, 장대를 휘두르기도 하며 푸른 잎 너머로 햇빛이 반짝반짝 흔들리는 사이를 뛰어다니고 있었다. 가장 큰 매실나무의 둘로 갈라진 가지에 서 있는 젊은 남자는 넓게 벌린 다리가 가늘게 보이고 얼굴은 나뭇잎에 가려 있었다.

"콘노 씨, 아직 있어요? 그 나무는 굉장히 많이 달렸네요."

감색 플란넬 체크모양의 가벼운 옷으로, 몸이 통통하게 살쪄 보이는 스가가 한들한들 흔들리는 가지를 올려다보며 말을 걸자, 잎 사이로 은테안경을 낀 마른 얼굴이 드러났다.

"아직 많아요. 두 세 상자는 딸 거예요."

그렇게 말하고 엷은 입술사이로 흰 이를 드러내며 웃었다.

"이제 대충 그만하죠. 이것만 해도 이미 세 되도 족히 넘을 거예요. 매년 매실장아찌만 늘어도 곤란할 거예요."

"콘노, 이제 내려와. 저쪽 잔디밭에 가서 공놀이 하자."

"이제 싫증났어요, 매실 줍기도……. 콘노 아저씨, 이제 내려오세요."

같은 손자라도 본가에서 조부모가 키우고 있는 장남 타카오와 따로 살고 있는 카즈야는 서생을 부르는 호칭부터가 달랐다. 콘노는 그 말을 듣고도 나무 위에서 내려오지 않고, "이제 조금만 더하면 되니 도련님들 먼저 가 계세요. 이걸 다 따지 않으면 할아버지께 꾸중 들어요"라며 아직 나뭇가지를 흔들고 있었다. 타카오와 아이들은 나뭇가지 아래에 모여서 시끄럽게 웅성거리더니

"그럼, 나중에 오세요."

"잔디밭에 있을테니……"라고 하며, 앞 다투어 경사면을 뛰어 올라갔다.

"이제 정말로 됐어요, 콘노 씨. 이제 내려와서 좀 쉬세요. 당신 오늘 학교시험이 있다고 하지 않았어요?"

"예, 하지만 여섯시부터니까……."

"하지만 시험 날은 조금 일찍 차분하게 공부해두지 않으면……."

"괜찮아요"라고 웃으며, 콘노는 나무 위에서 한발 한발 가지를 발판으로 삼아 내려오더니, 마지막 두 세 척 거리에서는 폴짝 아래로 뛰어 내렸다.

"오노부 씨와 오요시 씨는 부엌으로 이걸 가지고 가서 씻어 주세요."

스가가 말하자 하녀들은 무거운 듯이 소쿠리를 안고 앞으로 넘어질 듯이 경사를 올라갔다.

"나무 잎을 많이 흔들어서인지 파란 향이 가득해요."

스가는 그렇게 말하며 키 큰 빗자루를 들고 흩어진 매화나무 잎들을 쓸기 시작했다.

"사모님, 제가 하겠습니다."

"아니예요. 당신은 조금 쉬세요."

"당치도 않은 말씀. 사모님은 이삼 일 전에도 두통이 있다며 힘들어 하셨잖아요. 현기증이라도 나면 큰 일이예요."

빗자루를 스가의 손에서 뺏어들고 콘노는 쓱쓱 쓸기 시작했다. 스가는 콘노의 부지런한 빗질을 보고 있는 동안 빗질에 쓸려 풀냄새가 풍겨오는 지면을 응시하고 있다가, "안돼요, 콘노 씨. 다시 한 번 사모님이라 하시면……"이라고 침울한 눈빛이 되어 말했다.

"아!!" 입 속으로 외치며, 콘노는 빗질을 멈추고 말했다.

"정말 죄송해요. 그만 입버릇이 되어버려서…… 그렇지만 지금은 계시지도 않으니 어때요?"

"안 계신다고해도 바로 누군가가 일러바칠 거예요. 그러면 제가 힘들어지니……."

"허, 또 이 집에 사모님은 두 사람이 아니야라고 하시려나…… 누군가 마치 서태후 같다고 하더니만, 심술쟁이 할망구이구먼……."

"할망구라니…… 안돼요, 콘노 씨. 주인마님을……."

"주인은 남편 분 뿐이세요. 나는 그 할망구가 당신을 '스가, 스가' 하면서 하녀와 마찬가지로 부르는 것이 미워 죽겠어요. 사모님, 사모님이라고 하지만 그 사람, 지금은 주인어른과는 남남이나 마찬가지잖아요. 당신이야말로 진정한 사모님이 아니겠습니까?"

콘노가 틈을 주지 않고 떠들어 대는 것을 스가는 매실나무에 손을 얹은 채 게다를 휜 발가락으로 문지르며 듣고 있었다. 젊은 약학대생인 콘노의 입에서 나오는 말은 부어있는 이뿌리를 힘껏 잡아 뽑는 듯한 쾌감으로 스가의 마음을 흔들어 댔다.

"그런 말씀 하시는 게 아니에요. 사모님은 주인어른보다 훨씬 심지가 강하신 분이니까…… 저렇게 보이지만 주인어른도 높이 평가하고 계셔요. 당신도 사모님께 밉게 보이면 여기에 있을 수 없어요."

"누굴 바보로 아시나? 참……."

콘노는 화가 난 얼굴로 다 쓴 빗자루를 획 집어 던졌다.

"스가 씨가 너무 착한 거예요. 주인어른께 잘 말씀드려서 저 할망구를 눌러버리면 좋을 텐데……."

"그런 일 저는 못해요."

스가는 눈 밑이 검푸르게 그늘진 큰 눈을 어둡게 치켜뜨고 중얼거렸다.

콘노는 이, 삼일 전에 토모의 심부름으로 구청에 가서 토모에게 서류를 건네야 했으나, 토모가 부재였기에 스가에게 서류를 건넸다. 돌아온 후 토모는 복도를 걸어가는 콘노를 불러 세웠다.

"콘노 씨, 구청일은 끝냈습니까?"

"예, 서류를 가져 왔는데 안 계셔서 사모님에게 맡겨 두었습니다."

콘노는 평소에도 토모가 말을 걸면 왠지 몸이 굳어지는 버릇이 있어 그때도 어깨를 움찔거리며 더듬더듬 말했다.

"그래요? 스가에게 맡겨두었다고요?"

"예."

콘노가 지나가려고 하자 토모는 가벼운 기침을 하며 불러 세웠다.

"잠깐, 콘노 씨. 당신에게 주의를 하나 해 두겠는데…… 스가를 사모님이라 부르는 것은 이제 그만둬요. 이 집에서 사모님은 나 한 사람이니…… 호칭이 뒤죽박죽이 되면 집안의 기강이 흐트러지니까요."

토모의 말투는 부드러웠지만, 콘노는 머리를 둔기로 맞은 것처럼 당황했다. "예, 예" 하며 머리를 숙이고 몰래 토모를 살피니, 토모의 노란빛 도는 매끈한 볼은 언제나처럼 볼록하게 살이 쪄 있고 두꺼운 눈꺼풀은 살짝 부어있었다.

일년 정도 전에 약학교의 야학에 가는 시간과 학비를 대어주는 약속으로 시라카와가에 서생으로 들어왔을 당시에는, 콘노도 하녀들과 또 다른 사람들이 부르는 것처럼 스가를 '스가 씨'라고 불렀다. 그 호칭이 하녀들의 우두머리 격으로 들리듯이, 스가는 토지와 가옥의 임대 등의 관리로 외출이 많은 토모의 빈자리를 대신해 유키토모를 돌보거나 집안일을 지시하거나 해서 언제나 거실과 부엌을 나른하게 왔다 갔다 했다. 일이 없을 때는 거실 화로 앞에 앉아 긴 담뱃대로 담배를 피우거나 유키토모 곁에서 책과 신문을 읽어주거나 했다. 밤에는 물론 유키토모의 침실에 자신의 이불을 펴고 잤다. 그 외에도 시라카와 가에서 스가의 위치를 가장 선명하게 나타내고 있는 것은 식사 때의 밥상의 위치였다. 유키토모가 가장 상석으로, 토모, 타카오, 장남인 미치마사와 처인 미야가 와 있을 때는 또 그 순서로 한 사람 한 사람 앉은 앞에 옻칠로 장식된 상이 하나씩 놓여지고, 하녀들은 방 중앙에 밥통을 놓고 앉았다. 그때 스가의 상은 별도로 놓여 지지 않았다. 스가는 하녀들에게 등을 보이고 유키토모 상 맞은편에 앉아 유키토모의 밥을 푸거나 생선살을 발라주는 등의 시중을 들며, 자신의 반찬도 같은 상에 얹어 겸상으로 식사를 마쳤다. 노인인 유키토모가 젊은 스가를 앞에 앉히고 하나의 상으로 서로 수저를 움직이고 있는 것을 보면, 처로도 딸로도 보이지 않는 일종의 사이좋은 남녀관계가 거기에 묻어나서 보고 있는 사람은 한눈에 스가가 어떤 존재인지 수긍이 가는 것이었다.

콘노도 이 광경을 보고 "스가 씨"라고 하는 호칭 사이에 하녀들과 다른 사람들이 미묘한 느낌으로 이야기하는 뉘앙스를 알게 되었다. 콘노는 아홉 형제 중 셋째로 태어나 고등학교를 졸업하자마자 바로 치바의 약국에서 남의집살이를 했다. 약제사의 면허를 따려고 결심하고 도쿄로 나온 콘노는 그 후에도 두세 번 근무지를 바꾸었다. 콘노는 집안의 권력이 어디에 있는지, 어느 줄을 잡으면 어느 수족이 움직이는지를 경박하지만 민첩하게 알아내어, 복잡한 가족관계의 미묘한 틈 사이에 교묘하게 자신을 밀어 넣어 이용하는 방법을 잘 알고 있었다. 그래서 시간이 지나는 사이에 시라카와가의 절대 권력자는 유키토모인 점, 토모는 지배인과 같은 위치에 있어 남편과의 관계는 약하다는 점, 사실 상 유키토모의 사랑을 받고 있는 것은 스가와 손자 타카오인 점 등을 기민하게 알아차렸다.

타카오에게는 유키토모도, 토모도 사족을 못 쓰고 스가도 유키토모의 뜻을 받들어 유모처럼 돌보니, 우선 무슨 일에라도 "타카오, 타카오" 하며 비위를 맞춰두면 틀림없을 것이었다. 하지만 콘노 자신에게 있어서는 어쨌건 친척 하나 없는 젊은 남자다 보니, 터진 옷 하나라도 꿰매어줄 하녀들의 호감을 얻지 않으면 안 되는 형편이었고, 거기에 토모나 스가가 한 마디 해주는 게 가장 손쉬운 방법이었다. 토모의 조용하고 엄격한 거동은 짐작조차 할 수 없어 콘노에게는 아무리 시간이 지나도 친숙해지지 않는 어려운 존재였으나, 말수가 적은 스가의 우울해 보이는 동작에는 항상 큰 검은 그림자가 깔려 있어 이 집에서 스가의 채워지지 않는 마음들이 생생하게 비쳐 보였다.

"스가 씨도 여기를 나가서 다른 집 한 채를 받으시면 좋으실 텐데…… 그렇게 되면 첩이라도 자신의 집안에서는 태평하게 사모님으로 자유로우실 텐데……"라고 콘노는 타카오의 유모인 마키에게 슬쩍 말을 던져보았더니, 마키는 고개를 흔들며 "그 애한테는 무리야. 꽁하고 시무룩해서 속을 알 수 없는 부분은 있어도 어쨌든 15살에 남의집살이로 와서 20년 가까이 이 집에 붙어 있으니 주인어른을 조종할 능력 따위는 없어. 게다가 주인어른은 옛날부터 자기 마음대로인 분이라 자기 것이라 정한 여자를 밖에 두는 것을 싫어할 거야. 요즘은 나이도 나이인지라 더욱 그래. 아이도 없는 스가 씨도 앞날을 생각하면 불쌍한 사람이야"라고 설명해 주었다. 콘노가 스가를 '사모님'이라고 부르거나, '젊은 사모님'이라고 사람들에게 말하기 시작한 것은 그리고 나서 얼마 후였다.

처음에 슬쩍 말해봤을 때, 스가는 깜짝 놀란 듯 눈을 동그랗게 뜨고 말을 막으려는 것인지, 무의식적으로 입을 반쯤 벌렸지만 꿀꺽 침을 삼킨 뒤 그대로 흘려들었다. 그러나 그 순간의 경직된 스가의 얼굴을 스쳐지나간 번개와도 같은 환희의 빛을 콘노는 놓치지 않았다.

"콘노 씨, 주인어른이 당신의 감색 겉옷이 너무 색이 바래보이는 게 싫다고 하시니 이 감을 한필 샀어요. 오요시에게 재봉하게 할 테니 다 되면 입으세요."

스가는 유키토모의 명령으로 부득이하게 그렇게 하는 것 같은 시무룩한 얼굴로 직물을 콘노에게 보였다. 사실은 스가 쪽에서 유키토모에게 말을 꺼낸 것이었다.

"타카오 도련님은 콘노 씨랑 잘 놀아요. 그런데 그 사람 팔꿈치 부분의 색이 바래서 보기에도 안 좋아요. 일일이 서생의 옷차림까지 얘기 할 수도 없고……"라며 슬쩍 눈썹을 찡그리며 말하자, 유키토모는 "눈치도 없네. 그런 일은 네 소견이니, 적당히 말해주면 되잖아. 이 집 사람인줄 모두들 아는데 집안 평판만 나빠져"라며 질타했다.

콘노가 '사모님'이라고 부른다고 해서, 설마 하녀들이나 다른 사람들이 호칭을 바꿀 리는 없었다. 또 모두가 그렇게 바꾼다면 스가는 자신 쪽에서 그것을 막지 않으면 안 되는 것도 알고 있었다. 그런데도 콘노의 '사모님'이라고 부르는 소리는 말로 표현 할 수 없는 쾌감으로 스가의 귀를 간지럽혔다. 아무리 주인어른께 사랑을 받아도 조강지처와 한 지붕아래에 사는 생활 하에서 스가는 당당히 자신을 빛 속에 드러낼 수가 없었다. 언제나 토모의 그늘에 숨어, 무언가 탐난다는 듯이 고개를 움츠린 채 눈만 빤히 뜨고 있었다. 이 굶주리고 움츠려진 마음을 달랠 길 없음은 토모는 물론 유키토모조차도 알지 못했다. 콘노의 경박한 아부는 그러한 스가의 마음에 진드기처럼 달라붙어 있었다.

스가가 호의를 나타내기 시작하자 콘노는 스가 앞에서 토모의 험담을 노골적으로 하기 시작했다. 콘노가 토모에 대해 험담을 심하게 할수록 스가는 뒷걸음질 치며 토모를 변호했다. 변호할수록 자신이 마음착한, 첩답지 않은 첩으로 여겨져 즐거웠지만 줄다리기처럼 밀고 당기고 있는 사이에 콘노와의 사이가 점점 가까워지고 있는 것을 스가는 느끼지 못했다. 남자에 대한 여자의 유형이 인형역과 모친형의 두 타입으로 나뉘어진다는 분류법으로 말하자면, 아직 어린 나이에 서른 살이나 나이차가 나는 유키토모의 총애를 받아 온 스가는 당연히 인형역의 형으로, 콘노와 같은 열 살이나 연하의 남자를 사랑할 수는 없었다. 유키토모에게 익숙해진 눈에는 콘노는 남자로서의 위엄이 너무나 모자라, 불면 날아 갈 것 같았다. 아니, 그런 비교를 해 본적도 없을 정도로 스가는 콘노를 가볍게 여기고 있었다. 그러나 콘노는 토모에게 악의를 가지게 되고 나서부터는 스가가 콘노의 얼굴도 몸도 가늘고 빈약하게 느껴졌던 것과는 달리, 강한 느낌을 스가에게 불어 넣었다. 콘노는 스가가 치질을 앓고 있어 환절기에는 열이 나거나 통증이 심해진다는 것을 알고 있었다. 남에게 소문낼 수 없는 병이어서 더욱 혼자 괴로워하는 것을 알고서는, 약국의 친한 약제사에게 부탁해 귀한 한약을 달여 와서는 살짝 스가에게 내밀었다. 스가가 돈을 지불하려 하면 항상 휜 손바닥으로 돈을 밀치며 "괜찮아요, 괜찮아요. 그것보다 서태후가 알면 시끄러우니 아무 말씀 마시고 드세요" 하고, 달려갔다. 다른 이가 그렇게 했다면 스가는 자신이 유키토모라고 하는 보호자에게 사랑받지 못하고 있는 것처럼 느껴져 모욕적이었을 것이나, 콘노의 경우에는 그 약을 살짝 주전자에 부어 소중히 달여 마셨다.

"이상한 냄새가 나는 약이네. 중장탕이냐?"라며 유키토모가 놀리듯이 물을 때도, 스가는 천연덕스럽게 웃으며 "친정의 올케가 그 병에 좋다고 보내줬어요. 뭐라는 약이더라……"라고 대답했다. 그때의 한쪽 볼에 번지는 음탕한 옅은 미소에는 요괴스러운 요염함이 있어, 스가는 그 웃음으로 한껏 유키토모에게 복수를 하고 있는 것이었다.

미야는 미치마사와의 사이에 거의 매년과 같이 아이를 늘리고 있었는데, 그 다섯 아이 중에 유키토모의 씨가 섞여 있지 않다고는 누구도 장담 할수 없었다. 금치산자처럼 바보스러운 미치마사는 아버지와 처와의 관계를 전혀 모르고 있으나, 그 비밀을 보장해야 하는 이유만으로 이 수년간 일찍이 아버지에게 받은 적 없던 대우를 받고 있다. 지금 츠나마치의 저택은 유키토모에게 있어 아들의 집이 아니라 남들에게는 밝힐 수 없는 첩의 집인 것이었다.

미야가 임신해서 심한 입덧으로 드러누웠을 때부터 산후 회복기까지는 자신을 향해오는 유키토모의 애정이 눈에 띄게 농밀한 것을 스가는 이 수년간의 경험으로 알고 있으며, 또 그것을 쓴 웃음으로 받아들이고 있었다. 남자라는 것은 이런 거라고 무리하게 자신을 이해시켜 보지만, 언제까지고 끝없는 어둠을 더듬거리고 있는 안타까움이 스가의 마음을 조금씩 병들게 했다. 특별히 사랑하지도 않는 콘노를 강하게 밀쳐내는 용수철이 작동하지 않는 것도 그 때문이었다.

"어머!!"

파란 광선 안에 서 있던 스가는 갑자기 어깨를 움츠리며 바르작거리듯이 고개를 흔들었다.

"뭐예요?"

콘노는 스가의 목소리에 놀라 다가왔다.

"뭔가가……등에…… 아…… 싫어요, 움직이고 있어요. 콘노 씨, 봐 주세요."

"뭔데요. 벌레라도 들어간 건가요?"

"싫어요. 느낌이 이상해요. 근질근질해요."

"잠깐, 실례……"라며 콘노는 스가의 통통하게 살찐 흰 등에 손을 넣었다.

"어디예요? 여기인가?"

"아뇨. 조금 더 아래요. 콕콕 찔러요. 예, 그 쪽…….."

"뭐라고…… 송충이예요."

"아…… 싫어요."

스가는 정신없이 콘노의 손을 등에서 잡아당기더니, 몸을 떨었다. 콘노는 발아래로 던진 작은 송충이를 아무렇지도 않은 듯 게타로 밟아 뭉갰다.

"하하하…… 얼굴색이 하얗게 변했어요. 겁쟁이네. 송충이정도를 가지고……"

"하지만 싫어요. 속담에도 송충이처럼 미움을 받는다라는 말도 있잖아요."

스가는 아직 송충이가 목덜미를 기어 다니는 것처럼 양손을 들어 풍성한 올림머리의 귀밑머리를 쓸어 올렸다. 콘노에게는 스가의 병자같이 어두운 눈 밑의 아름다움보다, 조금 전 스친 물기를 촉촉히 머금은 하얀 피부에 착 달라붙는 듯한 차가움이 이상하게 요염해서 심신을 전율시켰다.

"아직 따가워요. 쏘인 건가?"

"한번 보여 주세요."

콘노는 다시 한 번 스가의 등 쪽으로 다가가려고 했지만, 스가는 옷매무새를 고치며 "괜찮아요. 저기에서 오요시에게 봐 달라고 해서 약을 바르겠어요"라며 총총 걸어갔다.

토모는 주택가의 서본원사의 별채 거실에 4, 50명의 동행과 함께 앉아, 단상의 강사의 설법을 한마디 한마디 몸에 빨아들이듯이 열심히 듣고 있었다. 강사는 교토에서 파견된 담당 학승으로, 짧게 머리를 자른 딱딱해 보이는 얼굴에 강한 근시안의 안경을 쓰고 검은 생견의 법의 위에 가는 약식가사를 두르고 있었다. 연제는 '이다이케 부인의 신앙'에 대해서였다. 이다이케부인은 부처가 정토신앙을 들려준 최초의 사람으로, 정토종의 가르침에서는 빠트릴 수 없는 인물이다. 불전에 의하면, 이다이케부인과 빈바샤라왕 사이에는 아이가 없었다. 부부는 아이를 가질 수 있도록 신불에 기원한 끝에, 그 예시로 득이 높은 한 수행자가 왕의 왕자로 환생할 것이 예정되어 있었다. 그러나 그것은 수행자 사후의 일임을 알게 되었다. 그 후 왕은 그 수행자의 죽음을 고대하고 있었지만, 몇 년이 지나도 죽을 것 같지가 않았다. 기다리다 지쳐버린 왕은 아들을 간절히 바라는 일념에 부인에게는 알리지도 않고 가신에게 명해 그 수행자를 살해했다. 그러자 기다렸다는 듯이 부인은 회임해 왕자를 낳았다. 빈바라야왕은 크게 기뻐해 그 왕자를 아자세태자라고 명하고 총애했지만, 아자세는 어릴 때부터 성질이 난폭하고 부왕을 적과 같이 미워하여, 성장함에 따라 그 난폭함을 휘둘렀고 결국은 부왕을 감옥에 유폐시키고 음식을 끊어 죽이려 하기에 이르렀다. 빈바샤라왕의 고생은 물론이거니와 자신이 낳은 자식이 아버지인 왕을 죽이려고 하는 무참한 행위를 눈앞에 바라보면서도 어떻게 할 수 없는 이다이케부인의 고통은 말로는 다 표현할 수가 없었다. 부인은 왕비이면서 또 강력한 폭군의 친모인 것이었다. 인간이 점하는 위치와 부에 있어서 모자람이 없지만, 그녀의 마음은 매일 끊임없는 고통에 불타고 자신의 배로 낳은 아이이면서도 조금도 자신과 닮지 않음을 하늘을 우러러 땅을 향해 원망했다. 식사를 금지당한 남편의 목숨을 지키려고 부인은 자신의 몸에 꿀을 발라 밤마다 남몰래 빈바라야왕이 갇혀 있는 움막감옥으로 들어갔고 어둠 속에서 병으로 쇠약해진 남편에게 자신의 피부를 핥게 해 목숨을 부지시켰다. 그러나 그것도 금방 들통이 나 그녀 자신도 궁궐 안에 감금되어 버렸다. 아들의 악행을 조금이라도 막아보려는 일체의 행동은 금지되어 그녀는 자신의 무력을 한탄할 수밖에 없었다. 그때 부인의 전전긍긍하는 심신은 그야말로 지옥에 빠진 느낌이었다. 모든 조화, 모든 이념이 산산조각으로 부서진 아비규환, 암흑무변의 세계였다. 이다이케부인은 보이지 않는 캄캄한 어둠 속에 일어나 앉아 무기력한 육체에 마지막 남은 힘으로 기도했다. 그녀는 빛을 구한 것이다. 절실하게…… 작렬하게…… 부인은 먼 곳에 있는 부처를 불렀다.

"부처님, 부처님. 이 무력한 생명에 힘을 주소서. 어째서 이런 추하고 비정상적인 인간세계에서 살아갈 노력을 하지 않으면 안 되는 것입니까?"

그러자 그 기도는 부처의 귀에 도달해, 부처는 수 백리를 넘어 이다이케부인의 감옥에 빛나는 우람한 그 모습을 나타내셨다. 그리고 죽을 만큼 괴로워하고 있는 부인에게 아자세의 출생의 비밀을 밝히고, 업보에 얽혀 꼼짝할 수 없는 심신이 강한 부인을 위해 아미타여래를 믿는 자에게 열리는 광명으로 찬란한 정토세계의 모습을 보여 주셨다. '관음양수경'이 그것인 것이다. 이다이케부인의 고뇌는 지혜와 권력으로는 해결할 수 없는 인간의 업이었다. 부인 자신이 아무리 총명하고 자비로운 분이라고 해도 남편의 업보로 인한 악의 영혼을 몸 안에 잉태해, 그 자식 때문에 고통을 받는 상황에서 벗어날 수가 없는 것이었다. 가장 간단한 것은 부인이 아자세와 같은 마음이 되어 버리는 것이지만, 부인이 아자세가 될 수는 없고 또 부인의 마음이 아자세가 될 수 없는 한, 부인은 정신의 지옥에서 영원히 해방될 수 없었다.

부인은 이때, 권위도 물질도 지혜도 모든 인간이 추구하고 있는 것들은 참으로 무력한 것들이라 느끼고, 그럼으로써 한층 지옥에서 벗어나고 싶다는 열망이 강렬해져 석가모니를 외쳤다. 즉 자신의 힘으로서는 신앙을 얻을 방법이 끊겨버린 범부의 대표로서, 석가모니에게 귀의하고 석가모니도 그 절대절명의 기도를 받아들여 타력본원의 가르침을 부인에게 내렸다. 교조 신란[20]의 탄이초[21]에 '선인 더욱 왕생을 기도한다. 하물며 악인이야……'라고 적혀있는 것은 이 의미를 잘 전하는 것으로, 인간은 자신이 올바르다고 생각해도 조금 눈을 크게 뜨고 보면 여러 인연으로 얽혀져 생각지도 못한 악을 한없이 행하고 있다는 것이다. 그것은 자신의 힘으로는 어찌할 수 없는 것이라, 밖에서 오는 빛, 아미타불에 의해서만 구제된다. 나무아미타불의 여섯 글자 안에 모든 게 포함되어 있다고 믿는 것이 우리 문도의 신앙인 것이라고 강사는 설법했다. 이 외에도 강사는 두 서너 개의 실례를 들어 구체적으로 이다이케부인의 타력 신앙을 증명하고 단을 내려갔다. 나란히 앉아 있는 부인들 중에는 강연 중에도 '나무아미타불 나무아미타불'이라고 외치는 소리가 끊임없이 들려왔다. 강사가 물러가자 각자의 앞에 날라져 온 과자를 조심스럽게 먹으면서 서로 가족의 안부 등을 이야기하기 시작했다. '영여교회令女敎會'라는 중류계급 이상의 부인들을 회원으로 하

---

20 정토종의 창시자.
21 『歎異抄』 신란의 어록.

는 신자들의 집회로, 월 한 번의 모임에는 반드시 윤번의 강사의 법화를 듣는 것이다. 드물게 딸이나 젊은 부인을 동반한 사람도 있으나, 대체로는 높은 계급의 중년에서 노년에 걸친 부인들이 많아, 가끔 출석하는 본원사의 지체 높은 젊은 아가씨가 학처럼 긴 목을 세우고 단좌하고 있는 모습이 눈에 띄는 정도였다. 토모는 친한 실업가의 부인들 두세 명과 세상 이야기를 조금 나누고 나서 오래된 직물 가방을 들고 모두보다 먼저 자리를 떴다. 그리고 코덴바쵸의 임대료 인상 건으로 관리인의 집에 들렸다.

본당 앞에서 두 손을 맞대고 깊게 절한 다음 넓은 경내를 빠져나와 신토미쵸 쪽으로 걷기 시작하면서, 토모는 지금 들은 이다이케 부인의 신앙에 대해 생각했다. 토모가 정토신앙을 가까이 하게 된 것은 죽은 어머니의 말씀 때문이었다. 어머니는 이미 십 몇 년 전에 쿠마모토의 오빠 집에서 죽었지만, 죽기 이삼 년 전에 한번 만나고 싶다고 해서 아직 어렸던 스가를 데리고 멀리 큐슈까지 갔었다. 스가가 첩으로 왔다는 걸 듣고 어머니가 걱정하고 계셨기에, 첩이라고 해도 무서운 여자가 아니라 이렇게 유순한 색시 같은 아이라고 직접 보여드려 안심시켜드리고 싶었던 것이다. 모친은 토모의 계획대로 스가를 보고 예상 이상으로 안심한 듯 했으나 그래도 이렇게 젊고 아름다운 여자가 한집에서 유키토모를 시중들며 살아갈 긴 세월의 앞날을 생각하니, 토모의 무거운 마음이 더 깊게 느껴졌다.

"인간이라는 건 아무리 발버둥을 쳐도 생각대로는 살 수 없는 거야. 너도 그 점을 잘 이해하고 어떤 일이라도 무리하지 말고, 아미타님께 맡기는 마음을 잊지 말아라."

어머니는 그렇게 말하고 정토종으로 마음의 안정을 얻을 수 있도록 도쿄에 돌아가서도 본원사에 다닐 것을 몇 번이고 다짐 받았다. 그러나 토모가 그것을 실행한 것은 어머니가 죽은 후였다. 어머니가 살아있는 동안에는 약속은 지키지 않았어도 집안일에 매달려 그럴 만한 마음의 여유가 없다고 스스로 위로할 수 있었지만, 에츠코도 시집을 가고 항상 장가를 갈 수나 있을까하고 걱정하던 미치마사에게도 그럭저럭 아내가 생기고 아이까지 태어나고 보니, 죽은 어머니가 남긴 말만큼은 지키지 않으면 안 되는 의무로 느껴졌다. 처음에는 어머니에 대한 의무와 같은 기분으로 갔었다. 절을 하고 법화를 듣는 것만으로 유키토모의 방탕을 감싸고 집안의 기강을 흐트러트리지 않으려고 항상 긴장하고 사는 고통이 아미타의 말씀이라는 추상적인 말로 쉽게 치유 받을 수 있으리라고는 생각지도 않았다. 토모의 마음에 작은 신앙의 싹이 움트기 시작한 것은 며느리인 미야와 유키토모가 불륜의 관계라는 것을 알고 나서부터였다. 토모는 미치마사의 정신박약에 가까운 극단적으로 이기적인 성격을 이제까지 얼마나 한탄스러워하고 증오했는지 모른다. 유키토모는 아무리 폭군이라고 해도 사회가 있고 타인의 눈이 있기에 자신의 생활을 유지할 수 있는 상식만큼은 충분히 갖추고 있었다. 그런 의미에 있어서는 훌륭한 한 사람의 남자라고도 할 수 있다. 하지만 미치마사의 마음에는 토모가 신조로 삼아온 도리라던가, 애정이라던가가 눈곱만큼도 없었다. 미치마사는 다른 사람과 함께 있으면 반드시 상대방을 화나게 해 버렸다. 마찬가지로 자신의 처에 대해서도 육욕을 채우기에만 급급하고 조금의 애정도 갖고 있질 않았다. 미야로서는 유키토모에게 회유되어 의외의 행복이 이 집에 있던 것을 몰랐더라면, 필시 지금까지 미치마사와 함께 살고 있지도 않았을 것이다. 타고난 무사기질의 담백한 성격인 토모는 미야의 일을 처음에 들었을 때, 시아버지와 희롱거리고 있는 미야를 썩은 한심한 여자라고 규탄했다. 스가와 유미 외에도 끊임없이 계속되는 여자관계로 어둡고 비참한 생각에 빠져있던 토모였지만, 미야 문제에 있어서만은 당황하지 않을 수 없었다. 만약 미치마사가 이 일을 알아 더욱 흉폭해 진다면 지금까지 목숨처럼 여겨온 시라카와가의 체면은 땅에 떨어져 버릴지도 몰랐다. 토모는 그 아래에 억눌려 망가져 가는 자신보다도, 자기의 날개 아래에 꼭 껴안고 키워온 타카오가 상처를 받게 될 것이 지금에 와서는 가장 두려웠다. 이 손자에게 이 정도의 애정이 쏟아지리라고는 토모 자신도 전혀 예상하지 못했다. 태어나자마자 바로 엄마를 잃은 어린아이에 대한 측은함이 애정으로 바뀐 것이다. 그 바보 같은, 마음이 맞지 않는 미치마사의 아들이라는 것은 조금도 문제가 되지 않았다. 미치마사의 자식이라는 점이 오히려 귀엽고 애처로웠다. 이 아이에 대해 맹목적이고 무제한적으로 솟아나는 애정에 비하면 미치마사와 에츠코를 키웠을 때의 자신은 얼마나 냉혹하고 완고했던가?

토모는 타카오에게 열중하고 있는 애정의 깊이를 느끼며, 미치마사를 비롯해 미야, 스가에게도 새로운 마음의 빛을 느꼈다. 스가가 아직 피지도 못한 봉오리일 때 유키토모에게 꺾인 것도, 미야의 멍청한 남편에게 만족하지 못하는 마음의 틈새가 유키토모에게 유혹당한 것도, 모두 미움보다는 오히려 안쓰럽게 느껴졌다. 그리고 그녀들의 상대가 모두 자신과는 끊을래야 끊을 수 없는 남편이고 자식인 것을 생각하니, 토모는 괴로운 윤회의 업보에 눌려있는 무력한 자신 속에서 이다이케 부인이 떨어진 지옥을 생생하게 보게 됐다. 그때마다 자연스럽게 나무아미타불이라고 중얼거리게 된 것이다. 타카오에 대한 사랑의 깊이도, 남편, 자식, 첩, 며느리의 네 명의 남녀와 함께 자신도 어울려 범하고 있는 원망과 증오도 모두, 토모에게는 너무나 무거운 짐처럼 여겨졌다. 그러나 그 어느 하나의 관계도 토모 자신의 의도로 이루어진 것이 아니고, 또한 그 속에서 도망칠 수도 없었다. 최근 토모에게는 또 하나 걱정이 늘었다. 츠나마치에 들렀을 때, 요즘 눈에 뜨이게 살이 붙은 미야가 갓 태어난 다섯째 미나코에게 윤기 흐르는 젖꼭지를 물리면서 들뜬 표정으로 이런 말을 하는 것을 들었다.

"어머니, 스가 씨가 결혼할 생각인가 봐요. 아세요?"

"그럴 리 없어. 누구에게 들었어?"

토모는 대수롭지 않은 듯 말하고 짧은 담뱃대를 화로에 두드렸지만, 마음속에 철썩 와 닿았다.

"아버님이 말씀하셨어요. 스가는 집에 있는 콘노가 마음에 있는 듯하니 나이차는 조금 있지만, 약학교를 마치면 그때 약국이라도 차려줄까……하고 생각하고 계시다고……."

"정말 그런 말씀을 하셨어? 농담이겠지? 설마…… 아무래도 콘노는 스가와 열 살이나 나이차가 나는걸…… 호호호."

토모가 무리하게 입언저리로 웃자 미야는 재미있어 죽겠다는 듯이 눈을 실처럼 가늘게 뜨고 웃어댔다.

"하지만 남녀사이에 나이는 별개의 문제예요. 서로 좋아하면 상관없죠. 아버님 쪽이 스가가 없으면 곤란하시겠지만……."

미야는 자신의 일은 천연덕스럽게 웃어넘기며 전혀 아무렇지 않은 척 했다.

"곤란해. 아버님은 괜찮을지 몰라도 내가 곤란해. 이제와서 새 여자를 들일 수도 없고……. 아니, 스가도 콘노를 예뻐야 하지만…… 콘노와 그런 관계가 된다니…… 있을 수 없는 일이야."

토모는 억지로 우기고 돌아갔지만, 그 이후로 스가가 콘노와 사이좋게 지내는 것을 안절부절 못하고 바라보았다. 유키토모의 여자관계로 오랜시간 고통 받아 온 토모에게는 자연스럽게 남녀의 육체관계의 유무를 간파하는 직관력이 생겨났다. 많은 사람이 섞여 있을 때에도 불특정의 남녀사이에 주고받는 비밀스러운 눈짓으로 바로 그것이라고 알아차렸다. 그 감으로 판단하면 스가와 콘노의 사이에는 아직 그런 비밀은 생기지 않았음을 토모는 알 수 있었다. 하지만 근래에 들어서 변한 것은 스가가 콘노를 돌봄에 있어, 조금도 유키토모의 눈치를 보지 않고 유키토모도 또 스가와 콘노가 사이좋게 지내는 것을 내심 바라고 있는 듯도 했다. 최근에도 콘노의 양친이 도쿄에 구경차 오고 싶다는 편지가 콘노에게서 스가에게로, 스가에서 유키토모에게로 전해져, 그 양친을 집에서 머무르게 했다.

"시골 사람들이라 하녀들에게 놀림을 당하면 제가 창피하니……"라며 콘노는 몇 번이고 거절하는 것을 유키토모는 나무라듯이 권해서 초대했다.

"도쿄 구경을 한다면 스가도 따라가거라. 학생인 콘노 한 사람으로는 부모님도 부담이 되실테니……"라며 문갑에서 돈을 꺼내어 건넸다. 스가도 평소와 다르게 생기 넘치는 모습으로 "그렇겠군요. 모처럼 오셨으니 아사쿠사의 12계단이나 이중교 근처도 가게가 적지 않을 거예요. 벌써 불꽃놀이도 멀지 않았으니, 그날 쿠스미 씨

댁에 모시고 가서 불꽃놀이라도 보여 드릴까요?"라고 했다. 일개의 서생의 부모에게 그만큼이나 대접할 일도 없다고 토모는 못마땅해 했지만, 그런 때에 뭔가 말을 꺼내 이의를 달면 자신이 얼마나 촌스럽고 말 많은 사람인 양 남편에게 힐난 받을 것을 알기에, 토모는 아무 말 않고 있었다. 스가는 불꽃놀이만이 아니라 연극, 에노시마, 가마쿠라까지 안내를 했다. 그런 때의 스가는 정말로 콘노의 아내라도 된 듯, 머리모양을 동그랗게 부풀린 올림머리로 얇은 비단의 굵은 체크무늬의 겉옷에 자랑거리인 하얀 피부를 한층 뽐내며 외출했다. 유키토모도 그것을 보고 기분 나빠하는 것이 아니라, 돌아오면 이것저것 그날의 일들을 듣고 시골에서 온 양친이 놀라는 모습 등을 재미있게 듣고 있었다. 스가가 어렸을 때, 스가가 잠깐 다른 남자와 얘기만 해도 화를 내던 것과는 전혀 딴판이었다. 유키토모는 스가가 젊은 남자와 사이좋게 지내는 것을 보고 즐길 수 있을 만큼 나이를 먹은 것일까? 아니면 미야가 있는 지금은 오히려 허울 좋게 콘노에게 스가를 넘겨버리고 싶은 것일까? 토모는 스가의 마음도 유키토모의 마음도 떠보았지만 양쪽 다 전혀 알 수 없었다. 넌지시 스가에게 주의를 줄까도 생각했지만 요즘 스가가 묘하게 기분이 들떠있어, 그렇지 않아도 콘노의 이야기만 나오면 눈빛이 달라졌다. 토모는 긁어 부스럼을 만들지 않도록 지켜봐야 했다.

스가에게도 서른 중반 넘어서 늦은 사랑의 싹이 움튼 것일까? 그렇다고 해도 스가가 콘노와 같이 잔머리만 굴리는 경박하고 배짱 없는 남자에게 반해버린 거라면 결국은 불행해질 것이 틀림없었다. 그 점을 스가의 어리석음이라고 한마디로 단정지을 수 없는 것이 토모를 괴롭게 했다. 스가를 데려왔을 때, 스가의 엄마에게 스가의 마지막까지를 부탁받았다. 그럴 때마다 토모는 그 일을 떠올리지 않을 수 없었다.

어느 날 토모는 스가가 외출한 후, 콘노를 불러 넌지시 스가와 결혼할 생각이냐고 물어 보았다.

"당치도 않습니다. 스가 씨는 저보다 열 살이나 많고, 우선 그 사람은 몸이 약해서 보통의 아내가 될 수 없어요. 저는 결혼하면 자식을 염두에 두고 있으니 석녀石女는 안 됩니다."

콘노는 경박하게 웃으고 입술을 씰룩거리며 말했다. 스가에게 손이라도 댄 것처럼 오해받는 것을 무엇보다도 두려워하는 어조였다.

"그래, 그렇다면 됐네. 자네도 앞날이 있는 몸이고, 스가와 어떻게 된다면 서로를 위해서라도 안타까운 결말을 보지 않으면 안되니…… 주인어른도 아무렇지도 않은 척 있으시지만, 만일 그렇게 된다면 또 어떻게 나오실지도 모르니……."

토모는 미야에게 들은 유키토모의 속셈 같은 것은 내색도 하지 않고 콘노의 눈을 응시하며 말했다. 콘노가 스가를 사랑하지 않고 있음을 알고 고자세로 나가 본 것이었는데, 생각대로 콘노의 수척한

은테안경의 얼굴은 토모의 시선에 허둥대며 추하게 위축되어 갔다.

콘노는 그 이후로 눈에 띠게 스가를 서먹서먹하게 대했다. 토모에게 주의를 받은 것을 가장 먼저 스가에게 고자질 했을 법한데, 한 마디도 하지 않았다. 스가와의 사이가 조금 더 깊어져 있었다면 콘노도 다른 생각을 했을지도 모른다. 다른 사람들의 눈에는 이상할 정도로 가까워 보이면서도 콘노와 두 사람이 되었을 때, 스가는 스스로 그 간격을 항상 유지해 조금도 가까워질 틈을 보이지 않았다. 하숙집에서 연상의 여자와도 관계를 가진 적 있는 콘노에게는 스가의 그런 적극적이지 않은 부분이 이해가 가지 않아, 손을 내밀면 차갑게 내밀쳐져 곁에 다가갈 수 없었던 것이다. 연하인 콘노는 스가 안에 내재된 인형역을 알아채지 못한 채, 스가가 애지중지 귀여워할수록 한층 더 이해할 수 없었던 것이다.

가을이 되어 스가는 지병인 치질로 드러누웠으나, 콘노는 들여다 보려고도 하지 않았다. 큐슈 사족의 남존여비 사상이 골수까지 녹아있는 유키토모는 스가가 병에 걸려 누워있을 때 곁에 와서 자상하게 돌봐주는 애정표현 법은 어렸을 때부터 한 적이 없었다. 오히려 자신을 돌봐줄 사람이 없다는 이유로 화를 내며 토모와 다른 하녀들에게 고함치는 소리가 누워 있는 스가의 방까지 들려왔다. 스가는 이럴 때 만큼 죽은 엄마가 그리워지고 자신의 고독을 절실히 느낄 때가 없었다. 화장실에 갈 때마다 음산한 피가 다량으로 흘러내려 서 있지도 못할 정도로 빈혈을 일으켰다.

"얼굴빛이 너무 안 좋아. 의사 선생님을 부르는 게 좋겠어."

토모가 하루에 몇 번이고 침상에 와 베개에 묻고 있는 스가의 종이 같은 얼굴을 들여다보며 말했다.

"괜찮습니다. 늘 그런걸요. 일주일만 있으면 괜찮아질 거예요."

스가는 평소의 고양이 같은 그늘을 걷고 부드러운 눈으로 토모를 올려다보며 말했다. 허약해진 몸의 눈으로 보니 가까이 다가온 토모의 얼굴에 여느 때의 경계하는 빛이 사라지고, 엄마와 같은 애정이 듬뿍 담겨져 있었다.

"씻으러 가는 거야? 혼자서는 못 걸어. 나를 붙잡아……."

통증으로 눈썹을 찡그린 험악한 얼굴로 스가가 몸을 일으키려 하자 토모는 얼른 팔을 붙잡아 주었다.

"죄송합니다, 사모님. 누군가에게 부탁할게요……."

"신경 안 써도 돼."

토모는 비틀비틀하는 스가의 어깨에 손을 둘러 안아 주었다. 두 여자는 비틀거리듯이 복도를 걸어갔고, 스가를 화장실에 넣은 후 토모는 문득 복도에도 자기의 기모노에도 붉은 피가 묻어 있는 것을 알았다. 토모는 얼굴을 찡그리고 그 피를 보았다. 스가의 몸에서 흐른 피다. 비참하고 더럽게 느껴졌다. 또 그것을 감싸는 듯한, 말로 표현할 수 없는 안쓰러움이 토모를 휘감았다. 토모는 가슴에서 휴지를 꺼내어 그 피를 닦았다. 피는 몇 송이의 작고 붉은 꽃처럼 복도에 흩어져 있었다. 토모는 쭈그리고 앉아 차례로 그 핏방울들을 닦았다. 화장실 안에서 희미하게 스가의 신음소리가 들려왔다.
"무슨 일이야? 괜찮아? 내가 들어갈까?"
신음소리만 계속되고 대답이 없기에 토모는 문을 열고 안으로 들어갔다.

여·자·언·덕

제
3
장

이복 여동생

시라카와 타카오는 저택의 별채 이층의 뒷마루에 등의자를 내어 놓고 그 위에서 자고 있다. 거기는 동남향의 방으로 시나카와 해에서 불어오는 해풍이 방 가득이 펴져, 넓은 저택 중에서도 가장 시원한 방이었다. 할머니 토모가 여름방학이 되면 학교 기숙사에서 돌아오는 손자인 타카오를 위해 비워 두는 것도, 대학입학을 내년으로 앞두고 있는 타카오에게 조금이라도 쾌적하게 공부를 시키고 싶다는 배려였다. 그러나 처마에 발을 내린 고급목재로 만든 아취형의 일본풍의 방은 타카오의 방이 되자, 책장에 다 꽂지 못한 국내외의 책들이 방바닥에 가득히 어지럽게 쌓여지고 자단의 책상에도 잉크얼룩이 번져 너무나도 살벌한 풍경으로 변해버렸다. 그것도 장손자가 학문을 좋아하는 때문이라고 생각하는 토모에게 큰 기쁨이었다. 토모 자신은 겨우 글씨를 읽을 수 있을 정도의 교육밖에 받지 못했으나, 타카오가 원하는 책이라면 조부인 유키토모와 의논할 것까지도 없이 자기 수중의 돈으로 아낌없이 사 주었다. 그 책들이 이 방으로 옮겨져 타카오가 만족스럽게 새 페이지를 넘기고 있는 얼굴을 보면, 젊은 처녀들이 아름다운 의상을 기뻐하며 바라보듯이 토모에게는 만족스러운 모습이었다.

타카오의 아버지 미치마사가 남편과도, 그리고 자신과도 닮지 않은 금치산자로 일생을 부적응자로 살고 있는 것이 자존심 강한 토모에게는 체념할 수 없는 무념의 고통이었다. 그 미치마사의 장남 타카오는 어릴 때부터 이해가 빠르고 영리해 부속중학교에서 제1고로, 입학시험의 어려운 관문을 한 번의 실패도 없이 통과했다. 조부인 유키토모에게도, 토모에게도 거의 절망적이던 직계자손에 대한 기대를 되살려 놓은 것이다. 미치마사의 전처가 타카오를 낳고 바로 죽어버렸고, 그의 아버지는 따로 살고 있기 때문에 타카오는 아버지와 떨어져 조부모의 아래에서 자라났다. 그 점도 유키토모와 토모를 더욱 흐뭇하게 했다. 그러나 어머니와의 생활을 전혀 알지 못하고 봉건군주와 같은 절대 권력자인 조부의 집에서 조모와 첩인 스가, 유모 등의 손으로 자란 타카오에게는 비사교적인 음울함이 깃들어 있었다. 높은 도수의 근시 안경을 걸치고, 콧대가 오똑히 선, 그리고 볼 살이 홀쭉한 얼굴에는 젊은이다운 자연스러운 생기는 어디에도 찾을 수가 없었다.

"도련님은 사람보다 책이 더 좋으신가 봐요."

"저렇게 매일매일 책만 읽으시니…… 뭐가 재미있나 몰라…… 영감 같아"라며 어린 하녀들은 수군거렸으나, 타카오는 그런 어린 하녀들의 얼굴을 쳐다보지도 않고 집에 있을 때는 책만 읽으며 음울하게 침묵했다. 하지만 공부에만 몰두하는 공부벌레도 아니었다. 두뇌가 명석하기에 강의는 노트에 적어 한번 암기하면 시험 전에 당황하는 경우는 거의 없었다. 공부를 많이 한다고 정평이 나있음에도 불구하고 타카오는 대개의 경우 소설, 희곡, 철학서, 종교서 등을 닥치는 대로 남독했다. 지금도 등의자에 누워있는 타카오의 가슴 위에는 표지에 금문박을 새긴 작은 그리스비극의 영웅책이 놓여있었다. 타카오는 그 중의 소포클레스의 '오이디푸스 왕'을 막 끝낸 참이었다. 엄마의 태내에 있을 때 '이 아이 자라면 아버지를 죽이고 어미를 범할지리라'라는 예언 받고 태어나서 바로 살해당할 운명이었던 오이디푸스가 어렵게 살아나, 적국의 왕이 되어 아버지의 나라를 멸하고 아버지를 죽이고 또 어머니를 왕후로 삼게 된다. 그 후 시간이 흘러 자신에게 주어진 배덕의 운명을 알게 된다. 오이디푸스는 자신도 모르게 범해온 죄악을 수치스럽게 여겨 스스로 눈을 파서 장님이 되어 속죄의 여행을 떠난다. 예정된 운명을 거역할 수 없음과 그 무자각의 업을 설파하는 점에서 이 희극은 불교의 아자세 태자 이야기와 기독교의 중세 전설과 축을 같이한다. 타카오는 실제로 아들이 어머니를 범하는 일이 일어난다면, 그것은 기성도덕과 종교의 모든 교리를 무시하고서라도 가장 추한 범죄임에 틀림없으리라 생각했다. 그것과 동시에 타카오는 그런 불륜의 대상으로서의 육친인 엄마를 전혀 알지 못하는 자신에게 일종의 황량한 쓸쓸함을 느꼈다. 철들었을 무렵에 엄마라는 이름으로 부르라고 일러주었던 젊고 아름다운 미야는 곧 따로 떨어져 살게 되었고, 원래 아버지인 미치마사에게는 한 치의 애정도 존경도 없이 자라왔던 타카오에게 있어, 아버지 어머니라고 부르는 사람은 있어도, 실감으로서는 먼 친척뻘 되는 숙부나 그 아내 정도로 밖에 여겨지지 않았다. 아버지에 대한 조부모의 냉랭한 태도와, 타카오에게 아버지다운 애정을 눈꼽만큼도 보여주지 않았던 미치마사가 타카오를 향한 조부모의 애정에 대해 드러낸 노골적인 증오, 이 두 요소는 소년 시절의 타카오의 마음을 돌처럼 딱딱하게 만들었다. 타카오의 계모인 미야는 지금 여덟 번째의 아이를 임신한 채 인후 결핵이 급속히 나빠져 병원에서 죽어 가고 있었다. 그 일을 어제 기숙사에서 돌아와 조부와 조모에게 들었을 때도, 아무런 마음의 동요를 느낄 수 없었다. 녹을 것처럼 부드럽고 흰 살집으로 콧소리 나는 밝은 어조로 말을 하며, 언제나 환하게 웃으며 농담을 하곤 하는 미야에게서 타카오는 계모라는 말이 가지는 음울한 심술스러움을 느낀 적은 한 번도 없었지만, 그 사람이 갑자기 이 세상에서 사라진다고 해도 자신의 생활에 조금의 변화가 일어나리라고는 생각되지 않았다. 만약에 미야의 죽음이 타카오의 마음에 작은 가시에 찔린 만큼의 느낌을 준다고 한다면, 그것은 미야 자신의 죽음을 슬퍼하는 것이 아니고, 이복동생인 루리코가 얼마나 엄마의 죽음을 슬퍼할까……라고 상상했기 때문이다.

"나는 루리코를 사랑하고 있는 것일까? 이것은 순수한 오빠로서의 애정일까?"

타카오는 오이디푸스왕의 모자상간 불륜에서 갑자기 루리코에게 생각이 미치자, 앞에 벽이 막혀있는 듯한 느낌을 받았다. 아버지와 계모와 함께 산 적도 없고 애정도 느끼지 않는데, 왜 그 어미가 낳은 딴 집에서 떨어져 자란 동생들에게는 혈육의 애정을 느끼게 되는 것일까? 사실 바로 밑의 동생인 케이오에 다니고 있는 카즈야와 그 아래인 토모야, 요시히코에게는 고모인 에츠코 집 사촌형제와 그다지 다르지 않은 정도로 밖에 마음이 쓰이지 않는데, 토라노몬 여자학교 5학년인 루리코 만큼은 웬일인지 이쪽에서 다가가, 더 친해지고 싶었던 것도 심상치 않은 마음의 움직임이었다.

타카오는 루리코가 눈에 띄는 미소녀라는 점이 자신의 마음을 끌었다는 것을 알고 있었다. 단지 그 아름다운 이복동생이 아름다운 꽃이나 음악에 이끌리듯이 자신을 매혹시키고 있는 것인지, 인간의 여자로서 첫사랑의 싹을 자신의 고독한 가슴에 틔우고 있는 것인지, 타카오 자신도 알 수 없었다. 뭐라 말할 수 없는 초조함에 휩싸여 타카오는 거칠게 가슴 위의 책을 의자 옆으로 밀었다. 그리고 보이지 않는 것을 응시하려는 듯 뜨거운 태양빛이 약해지기 시작한 푸른 하늘을 올려다보았다. 타카오는 문득 본채가 있는 언덕의 잔디로 눈을 향했을 때, 놀라서 "아아!!" 하는 작은 소리를 외치며 의자에서 일어섰다.

"루리코가 와 있었나?"

의외였다. 병원에 있으리라 여겼던 루리코가 잔디위에 서 있는 것이다. 루리코는 타카오가 여기에 와 있던 것을 전혀 모르고 있는 듯했다. 풍성한 머리를 늘어뜨린 채 앞머리를 부풀린 머거릿트 형으로 묶어 매미날개 같은 파란색 리본을 묶고 있다. 흰 바탕에 백합꽃 모양의 얇은 기모노에다 빨간 띠를 매고, 싹이 돋기 시작한 큰 억새풀나무의 옆에 혼자 서 있는 것이 아무래도 울고 있는 듯 수척해 보였다. 루리코의 근심 어린 감정을 나타내듯이 검고 큰 호랑나비 두 마리가 빨간 이삭 근처를 펄럭펄럭 날고 있었다. 이 소녀는 머지않아 엄마를 잃게 될 것이다. 그 슬픔이 연약한 몸을 얼마나 참혹하게 짓밟을 것인가를 생각하니 애처로움이 타카오의 마음을 적셨다.

"루리쨩!!"

타카오는 마루난간에 손을 얹고 큰 소리로 불렀다. 평소의 타카오라고 생각할 수 없는 생기 있는 목소리였다.

루리코는 자신을 부르는 소리가 어디에서 나는지 모르는 듯 촉촉한 검은 눈동자를 들어 여기저기를 둘러보다가, 이쪽에서 한 번 더 부르자 드디어 경사면 중턱의 2층에서 자신을 보고 있는 타카오를 알아차리고, "어머, 큰 오빠!!"라며 들뜬 목소리를 질렀다. 눈에 눈물을 글썽인 채 환하게 웃던 그때, 루리코의 어린 육체를 덮고 있던 근심은 겉옷이 미끄러져 떨어지듯이 사라진 듯했다.

"엄마, 심하다며? 언제 병원에서 왔어?"

"조금 전에, 엄마가 할아버지께 와 달라고 하셔서…… 전화로도 연락했지만 꼭 루리코가 직접 갔다 오라고…… 그래서 심부름 온 거야."

"그래서 할아버지는 바로 간다고 말씀하셨어?"

"저녁 드시고 아키야마 선생님께 신경통 주사 맞고 가신다고 하셨어…… 나는 오늘 밤 여기에서 자래."

"나도 그때 같게. 오늘 낮 동안에 가려고 생각했는데…… 내일 고향에 돌아가는 친구에게 노트를 빌려서……."

타카오는 가는 목의 좌우로 검은 머리를 풍성하게 늘어뜨려도 조금도 더워 보이지 않는 루리코의 투명한 얼굴을 내려 보며 능숙하게 거짓말을 했다.

"지금 거기로 갈게."

"아니 내가 갈게요. 거기가 더 시원하죠?"

루리코는 싱긋 웃더니 제비처럼 빠르게 몸을 돌려 사라졌다. 타카오는 움푹 들어간 볼에 쓴웃음을 띠우며 다시 마루의 등의자에 앉았다. 곧 바로 콩콩 가볍게 계단을 올라오는 발소리가 나고 루리코의 모습이 보였다.

"시원해, 역시. 상쾌한 바람이야"라며 루리코는 걸어와 타카오가 앉아 있는 의자 옆에 앉았다. 루리코의 엄마인 미야가 어딘가 게이샤다운 세련된 모습인 것을 닮아, 루리코도 미간이 좁은 아름다운 눈동자와 통통한 살집과 부드럽게 조여진 턱이 조화를 이루고 있었다. 조금은 치켜 올라간 가는 어깨와 작은 키, 잘록한 허리까지, 고상한 영양令嬢풍의 모습이라기보다 어린 게이샤가 부잣집 따님을 흉내 내어 머리를 묶은 듯한 시원하고 서글서글한 느낌이었다. 타카오에게는 루리코의 그 청초한 요염함이 다른 친척집의 아이들과 친구들의 동생들과 비교했을 때, 왠지 얇은 꽃잎을 보듯이 약하고 애절하게 느껴져 좋았다.

"큰 오빠, 엄마는 언제 만났어?"

"글쎄…… 4월 방학 때 와 있을 때였으니, 벌써 4개월 정도 되네. 그때는 건강하셨는데……."

"그래요. 그때부터 바로 입덧하셨어요. 엄만 항상 입덧이 심하잖아요. 그래서 모두 진짜 병에 걸린 줄도 모르고……."

거기까지 말하고 루리코는 갑자기 슬퍼진 듯 콧소리를 내었다.

"오늘 가 보세요. 놀랄 거예요. 그렇게 살찐 사람이 완전히 말라 버려서 새 하얘졌어요. 예쁘기는 하지만 너무 안됐어요. 게다가 목소리가 전혀 나오질 않아요. 너무 가까이에 가면 전염된다고 할아버지와 모두가 나무라시니 얼굴도 가까이 볼 수가 없고……."

"병이 병이니……"라고 말하며 타카오는 눈썹을 찡그려 노골적으로 싫은 얼굴을 했다.

"그렇게 말랐어?"

"네, 정말 반쪽이예요."

미야는 20대에는 너무 말랐다 싶을 정도로 가는 몸에 뼈까지 부드럽게 보일만큼 섬세했다. 시아버지인 유키토모는 그것을 자주 은어 같다고 칭찬해 미야를 기쁘게 했다. 하지만 술을 좋아해 남편인 미치마사와 매일 밤 정종과 소주를 섞어 마셔대는 사이에, 네 번째 아이인 요시히코를 낳을 무렵부터는 살이 찌기 시작했고 최근에는 몸의 어디에 뼈가 숨어 있는지 모를 정도로 살이 붙어 있었다. 원래도 희었던 피부가 눈처럼 흰 광택을 띤 미끈미끈하고 부드러운 두부처럼, 지금이라도 부서질 것 같은 것을 미치마사는 흰 돼지, 오리라 놀려대어 미야를 화나게 했다. 그런 미야의 풍만한 육체를, 너 같이 지방이 많고 부드러운 몸을 응지凝脂라 하여 중국에서는 최상의 미인이라 여긴다더라 든가, 너를 안고 있으면 선녀의 나라에

와 있는 듯해 나이를 잊는다라고 하며 미야의 음탕성을 최대한 발휘시켜 준 것은 유키토모였다.

타카오도 루리코도 물론 조부와 엄마 사이의 미묘한 관계에 대해서는 전혀 몰랐다. 모르고 있으니 루리코도 화를 잘 내고 제멋대로인 아버지 보다는 엄마와 자기를 자주 극장이나 백화점에 대려가 원하는 것을 뭐라도 사 주는 할아버지 쪽이 훨씬 좋기도 하거니와 훌륭한 사람이라고 믿고 있었다. 할아버지 다음으로 훌륭한 사람은 왠지 장손인 타카오라고 여겼다. 아버지도 엄마도 타카오를 '이상한 사람', '벽창호'라며 경멸하고 있었으나, 루리코에게는 친형제인 사람 좋은 카즈야보다도 타카오의 말없이 까다로워 보이는 얼굴 쪽이 훨씬 신뢰감이 들고 친근했다. 단지 타카오는 입이 무겁고 웃는 모습을 잘 보이지 않기에 루리코는 이 오빠가 자기를 싫어하는 것만 같아 어려웠다.

"엄마 이젠 안 낫는데요. 의사 선생님과 모두들 그렇게 말하지만 난 믿을 수 없어요. 큰 오빠는 진짜 엄마 얼굴 모르시죠?"

"응, 몰라. 나를 낳고 바로 죽은 걸……."

"그럼, 더 행복할 거예요. 나처럼 다 자라서 엄마가 죽는 것 보다……."

"글쎄…… 어느 쪽이 더 행복한지 몰라."

"하지만……"이라며 항의하듯이 루리코가 타카오를 올려보았을 때, 검은 그림자가 휙 타카오 앞을 스쳤다.

"아, 또 조금 전의 호랑나비……!"

루리코는 새된 소리로 말하고 손에 들고 있던 병동의 부채로 쓱 공중을 가로 질렀다.

나비는 역시 두 마리. 윤기 나는 검정색 두 마리가 쌍처럼 얽혀 방 모서리의 기둥주위를 펄럭펄럭 날고 있었다.

"아까 집 쪽에서 네 옆에서 날고 있던 것과 같은 거네."

"그러게요. 내가 정원에 있을 때부터 쭉 내 주위를 빙빙 날아요. 큰 오빠. 나 왠지 이 나비가 무슨 요괴 같아 싫어요. 나에게 불행을 가져다 줄 검은색 요괴 같아요."

"하하하" 하고 타카오는 메마른 웃음을 지었다.

"어머머, 왔네. 큰 오빠 이것 잡아줘요."

"못 잡아. 나비 쪽이 나보다 더 빨라서……"라며 타카오는 루리코의 손에서 부채를 받아 크게 흔들어 훨훨 날고 있는 나비를 쫓았으나 나비는 낮게 피해 날더니 다시 루리코의 볼 근처로 날아올랐다.

"아아! 큰 오빠 싫어요."

루리코는 소녀다운 높은 소리를 지르며 타카오의 가슴에 얼굴을 묻었다. 등 위로 흘러내리는 머리카락이 출렁거리며 어깨가 작은 새처럼 떨고 있었다. 한없는 달콤한 냄새가 루리코의 안긴 몸쪽에서 흘러나와, 타카오는 자신도 모르게 세게 안으면 으스러질 것같이 가냘픈 루리코의 어깨를 부드럽게 어루만졌다.

서있는 오빠의 가슴에 안긴 루리코의 머리위에 파란색 리본이 흩날리고 있는 것을, 그때마침 언덕길을 올라오던 인력거 안에서 조모인 토모가 보았다. 토모는 중태인 미야를 병문안 갔다가, 오늘은 그럭저럭 소강상태를 유지하고 있다고 듣고 돌아온 참이었다. 미야가 유키토모에게 병문안을 와 달라고 하는 것은 무언가 비밀스러운 유언이라도 남기고 싶은 것인지도 몰랐다. 그런 곳에 어슬렁거리고 있는 것도 눈치 없는 일이라 생각하고, 나머지 일은 미야의 근친에게 부탁하고 자리를 뜬 것이다. 오나리몬에 있는 병원에서 뜨거운 한낮의 빛 아래를 흔들리며 온 탓에 꾸벅꾸벅하고 있던 귀에, 요염함이 깃들여진 젊은 여자의 비명소리를 듣고는 토모는 놀라서 눈을 떴다. 그런 목소리를 여자가 언제 내는가를 토모는 유키토모와의 오랜 부부생활로 알고 있었다. 정신을 차리고 보니 이미 집 문을 들어선 언덕길로 단엽송이 큰 삿갓처럼 벌어진 정원수들이 길 양옆을 덮고 있었다. 유키토모가 이제 더 이상 여자에게 그런 소리를 내게 할 수 없는 나이가 되었다는 것을 생각하고는 토모는 쓴웃음을 지었다. 꿈을 꾼걸까?…… 꿈속에서 조차 남녀의 그런 장면을 상상하는가라고 생각하니 토모는 언제까지고 애욕의 진흙탕 속에서 벗어나지 못하는 자신이 한심스러웠다. 눈을 꼭 감았다가 다시 한 번 눈을 크게 뜨고 별채의 2층 쪽을 올려보았다. 거기에는 타카오가 있어야 했다. 여느 때처럼 무뚝뚝한 피곤한 듯한 얼굴로 책에 얼굴을 묻고 있던가, 아니면 낮잠을 자고 있었던가……. 그 방에는 모기는 없을 터였지만 혹시 타카오가 잠든 사이에 물리지는 않을까? 토모는 마치 어린아이를 보듯이 걱정했다. 토모의 눈에 가장 먼저 들어온 것은 마루에 서서 흰 기모노를 시원하게 입고 까만 머리를 한 타카오의 둥근 얼굴이었다. 그 음울하게 앞으로 조금 숙인 얼굴 바로 아래에 파란색 리본이 귀처럼 삐죽이 서 있다. 그 리본은 조금 전까지 병실과 복도에서 봤던 루리코의 머리에서 팔랑거리고 있던 것임에 틀림없었다. 루리코의 빗어 내린 풍성한 머리카락이 타카오의 가슴을 한 면 가득 덮고 있었다. 타카오의 마디가 긴 손가락이 피아노라도 치듯이 한가닥 한가닥 움직이며 루리코의 어깨를 두드리고 있다. 토모는 그것을 본 순간 인력거위에서 자기도 모르게 벌떡 일어설 참 이었다. 더위에 몸을 적시고 있던 땀이 순간 얼음처럼 차가워져 온몸이 덜덜 떨리기 시작했다.

"당치도 않아, 당치도 않아."

토모는 헛소리처럼 중얼거렸다.

"하지만 그럴 리 없다고 단정 지을 수도 없어. 루리코는 미야의 딸이니……. 그 수치도 뭐도 모르는 미야가 낳은 딸이야."

토모는 미야의 병이 죽을병이라는 것을 알고 나서 미야에 대해 느껴왔던 증오와 모멸과 같은 지우기 어려운 감정을 지우려고 애썼다. 아무리 바보 같은 남편과 마음이 맞지 않는다고 해도, 시아버지의 유혹에 응해 그의 첩과 같은 생활을 당당히 해오면서도 한 치의 부끄러움도 느끼지 않은 미야였다. 색을 파는 직업이라면 그렇다고 치더라도, 처녀인 채 시집온 여자로서 여자의 정조를 무시하고 살아온 미야는 토모의 입장에서 보면 개와 고양이와 그다지 다르지 않은 한심한 암컷이었다. 한심하다고 하면 유키토모도 마찬가지지만 토모가 가지는 낡은 윤리의식으로 보자면, 남자의 도덕은 항상 외관적인 삶의 영위방식만의 문제이고 여자의 도덕만이 남자를 위해 지켜져야 하는 것이었다. 이 불공평한 기준으로 보자면 미야는 유키토모보다 더 한심함 인간이었다. 미야가 미치마사와의 사이에 카즈야를 시작으로 루리코, 타츠야, 요시히코, 나미코, 토요코, 카츠키를 낳았다. 그 중 네 번째인 요시히코는 유키토모의 씨라는 뒷말들이 나돌 정도로 유키토모가 총애하는 것을 토모는 차가운 시선으로 지켜보았다. 유키토모에게 자식을 만들 씨가 끊어져 버린 것을 토모는 이미 몇십 년 전부터 알고 있었다. 그래서 그나마 다행으로 이 집안에서는 이제까지 소란스러운 집안소동 같은 것이 일어나지 않았는데, 육십이 지날 무렵이 되어 미야에게서 자신의 아이가 태어나리라고 유키토모는 정말로 믿고 있는 것일까? 그렇다고 한다면 남자는 여자에 대해 한없이 어리석다고도 할 수 있고, 또 한편으로는 지금은 미야가 스가보다 훨씬 매력적이고, 그 미야와 자기와의 사이에 아이까지 생겼다는 것은 유키토모에게 있어 미야와의 비밀스러운 관계가 한층 깊어져, 또 쾌감을 느끼게 하는 것인지도 몰랐다. 그런 숨겨진 의미도 포함되어, 초등학생인 요시히코는 타카오가 기숙사 생활을 해 집안이 적적하다는 이유로 이번 봄부터 본가에서 생활했다. 요시히코가 장래 집안소동의 불씨가 되는 것은 아닌가…… 하고 토모는 요즘 새로운 고민거리로 머리를 앓았으나 이것저것을 생각해 보니, 미야의 생명이 길지 않은 것이 타카오의 장래를 위해서도 오히려 잘 된 일이었다. 제 아무리 태양이라도 뒤집을 것처럼 제멋대로인 유키토모라도 죽어가는 미야의 생명을 살릴 수는 없다. 의사를 바꾸고 병원을 바꿔 할 수 있는 모든 방법을 다 써도 소용이 없자, 토모는 미야의 박명이 하늘의 벌이라고도 여겨졌다. 유키토모의 총애를 믿고 토모를 업신여기기도 했던 미야지만, 토모는 한 사람의 죽음을 고소하다며 웃고 있을 수 있는 냉혹한 성격과는 거리가 멀었다. 생명이 다해 간다고 생각될수록, 토모에게는 미야의 무지가 안쓰럽게 느껴져 친딸과 같은 마음으로 간호해 준적도 몇 번이나 있었다. 그 때문인가 요즘 하얗게 말라버려 소녀처럼 약해보이는 미야는 자주 토모의 손을 잡고서는 "어머니, 정말 미안해요. 고생만 시켜드렸어요"라고 몇 번이고 말했다. 그 말 속에는 차마 입으로는 표현 할 수 없는 많은 사죄가 들어있는 듯해, 토모는 그때마다 크게 고개를 끄덕여 보였다.

그런데 죽어가는 미야의 딸 루리코가 제2의 음탕녀가 되어 타카오의 앞에 서 있는 게 아닌가? 그럴 리가 없다고 머리를 흔들면서도 조금 전에 들은 루리코의 요염한 외침소리와 타카오의 가슴에 출렁이던 검은 머리는 범해서는 안 될 영역을 가볍게 범해 버리고도 수치스러워 하지 않는 시라카와가의 피와 음탕한 미야의 피를 통해 만들어진, 극도의 위험한 존재로 느껴졌다.

"아까 루리코는 큰 오빠 방에 있었니?"

유키토모, 타카오, 루리코, 요시히코, 스가가 나란히 앉은 저녁 식탁에서 토모는 아무렇지 않은 듯 루리코에게 물었다.

"예, 무서웠어요."

루리코는 밥그릇을 든 채 타카오 쪽을 보았다.

"뭐가 무서웠어?"라며 상좌의 유키토모가 물었다.

"까만 나비가 있잖아요. 나한테 붙어서 떨어지지 않는 거예요. 그것도 두 마리나……."

"그래? 검은 나비가……"라며 괴담을 좋아하는 스가가 큰 눈을 동그랗게 뜨고 눈썹을 찌푸렸다.

"처음에는 별채 아래의 억새풀 쪽에서 펄럭펄럭 날고 있더니 내가 아무리 쫓아도 멀리 도망가지 않는 거예요. 큰 오빠가 별채 2층에 있기에 그쪽으로 도망갔어요. 그러자 그 두 마리가 따라와서……."

"어머, 별채 2층까지……. 거기는 상당히 거리가 있는데…….."

"루리코가 '캬아!!' 하고 비명을 질러서…… 내가 더 놀랬어"라고 타카오가 말했다.

"정말 무서웠단 말예요. 큰 오빠가 부채로 쫓으려 하자 이번에는 두 마리가 내 얼굴로 휙 날아왔어요."

"나비가 반한 건지도 모르겠네. 루리코 너무 예쁘니까."

스가는 진지하게 말하고 요시히코가 내민 그릇에 다시 밥을 폈다.

"아뇨, 나는 그것보다 그 나비가 엄마의 죽음을 알리기 위해 온 것 같아서…… 바로 전화 해 봤더니 별다른 이상은 없었지만……."

루리코는 어린 아이와 같이 신비에 이끌리는 눈동자가 되었다. 토모는 그 황홀하게 멈춰 선 루리코의 눈동자를 바라보며 조금 전 자신을 덮쳐온 공포가 조금씩 녹아갔다.

병원 복도의 흰 천정에 매달린 전등 주위로 큰 나방이 노란 날개를 휘저으며 몇 마리나 날고 있었다. 날다가 지쳐 날개를 활짝 편 채 유리문에 붙어 움직이지 않는 것도 있었다. 바람 한 점 없는 무더운 한 여름 밤의 병동은 코를 찌르는 소독약마저도 무겁게 가라앉았다. 옅은 검정색 안경을 끼고 면직 외투를 걸친 유키토모는 약간 굽어진 등을 쭉 펴고 힘 있게 복도를 걸어갔다. 왼쪽 허리 부위에 묵직한 신경통이 느껴졌으나, 그것보다도 미야를 이 세상에서 잃게 되는 아픔이 이기적인 유키토모의 발걸음을 오히려 빈사상태의 미야에게로 재촉했다. 아직 희망이 조금이라도 남아있었을 때는 어떤 의료적 방법을 써서라도 미야의 음탕한 육체를 다시 한 번 건강하게 되살릴 수 있으리라 굳게 믿고 있었으나, 그 모든 소망이 허무하게 된 지금에는 미야와의 두 사람 사이의 비밀들이 건조한 조소가 되어 끊임없이 귀에 울려왔다. 여자에게는 자신을 낳아준 모친 이외에 이제껏 경건한 감정을 느껴본 적이 없던 유키토모였으나, 젊은 시절 유교도덕을 신조로 배워 온 그로서도 피를 나눈 아들의 처와 육체적으로 맺어진 일이 도저히 용서될 수 없는 일이었다. 미치마사가 금치산자로 세상을 살아갈 힘이 없는 무위도식하는 인간인데도 불구하고, 충분한 의식주를 제공받아, 게다가 미야와 같은 매력적인 여자를 아내로 맞을 수 있었던 것은 모두 자신을 부모로 만난 과분한 혜택이라고 생각했다. 멍청한 아들은 자기 아내의 가치를 조금도 알지 못하고 미야를 사랑하지도 않았다. 단지 안고 자서 아이를 갖게 할 뿐이었다. 만일 자신이 미야를 사랑해 주지 않았더라면 미야는 필시 미치마사의 아내로서 20년 가까운 세월을 이 집에 머무르지 않았을 것이다. 그리고 미치마사도 미야와 이혼한 후, 미야가 되돌아오기만을 기다리는 불행한 운명이 되었을 것이다. 미야는 남편에게 만족할 수 없었던 정욕과 애정을 유키토모가 충분히 채워 주어, 창부로서도 드물 정도의 농염한 육체의 여성으로 길러졌다. 이제 와서 죽어가는 미야의 입으로 참회의 말들을 듣는 것은 유키토모로서도 거북한 일이었다. 미야는 밤의 어둠 속에서 방자한 촉감과 냄새를 녹여대는 창부로서 죽어 주는 게 가장 바람직했다. 유키토모는 막연히 죽음을 앞둔 미야가 자신을 보는 눈길이 두려워서, 요 근래 매일 병원에 들렀지만 미야와 단둘이 되는 것을 피해 왔다.

미야의 병실 앞에는 친척들이 웅크리고 있거나 의자에 앉아 있거나 했다. 모두의 손에는 부채가 타성처럼 움직여지고 있었으나, 더위와 피로에 기진맥진해 대화를 나누는 사람은 한 사람도 보이지 않았다. 밤이라 아이들은 모두 돌아가고 아무도 없었다.
"미치마사는?"
유키토모는 인사차 일어선 미야의 어머니와 형제를 둘러보며 말했다.
"서방님은 오늘 밤엔 안 오셨어요."
계속 병원에 나와 있던 토모나나라는 유키토모의 심복이 말했다. 유키토모는 내심 안도했으나, 겉으로는 못마땅한 얼굴을 했다. 토모나나는 변명하듯이 "매일 간호하시느라 지치셔서 조금은 쉬시는 것도 좋을 듯……"이라고 했지만, 사실 미치마사는 집에서 쉬는 것이 아니라 매주 계속 보는 미국 연속영화를 보러 간 것이었다. 오십이나 된 지금도 미치마사에게는 영화나 연극을 보는 것이 아내인 미야의 죽음과도 바꿀 수 없는 즐거움이었다. 아침 무렵의 상태로는 오늘을 넘기기가 어려울 거라 했지만, 조금 전 원장 회진 때의 얘기로는 하루 이틀 사이에 급변은 없을 거라고, 미야의 엄마와 형제가 번갈아 얘기한다. 미야의 엄마는 그때도, 유키토모의 뒤에 굵은 면직물의 제복차림으로 말없이 서 있는 타카오를 보고 "어이구 큰 오빠는 키가 많이 커서 몰라보겠어요"라고 생긋거리며 말했다. 슬퍼하지 않으면 안 된다. 걱정스러운 얼굴을 하지 않으면 안 된다고 생각하고 일부러 눈썹을 찡그리기도 하고 눈물을 흘리기도 하고 있는 듯해, 거기에 모여 있는 미야의 친척들 모두의 얼굴이 타카오에게는 서툰 배우처럼 천연덕스럽게 여겨졌다.

"지금은 자고 있습니까?"라고 유키토모가 물었다.

"아니요, 일어났습니다. 타카오의 얼굴도 한참 못 봤으니 필시 기뻐하고 있을 거예요."

미야의 엄마는 그렇게 말하며 두 사람을 병실로 인도했다. 창이 두 개인 흰 벽의 방이었다. 키 높은 철제 침대에 인간의 몸이라고는 생각되지 않을 정도로 여윈 미야가 누워있다. 흰 가운을 입은 간호사가 더블베드의 머리맡과 가운데 부분에 앉아 조용히 부채를 부치고 있었다.

"미야, 타카오가 왔어."

유키토모가 침대 옆에 걸터앉아 부채로 가슴을 부치며 말했다. 젊고 탄력 있는 목소리였다. 미야는 감고 있던 눈을 졸린 듯이 떠 유키토모를 올려보았다. 시선을 옮기는 것도 나른해 보였다.

"타카오?"

전혀 여운이 남지 않는 목소리였다. 타카오는 조부의 뒤에서 얼굴을 내밀고 "어떠세요?"라고 물었다.

"목이 쉬어서 전혀 소리가 나지 않아······."

미야는 가는 손목을 움직이며 자신의 목을 어루만졌다. 평소에는 실처럼 가늘어지는 눈이 크고 선명해져, 살이 빠진 미야의 얼굴은 루리코를 닮아 젊고 아름다웠다.

"벌써 학교는 방학이에요?"

"응, 어제 기숙사에서 왔어."

유키토모는 검고 큰 중국부채로 가슴에 펄럭펄럭 바람을 부치며 타카오의 대답을 가로채어 말했다. 타카오가 거기에 서 있자, 조부의 부채가 자신을 향해 문 쪽을 가리켰기에 틈을 보아 문 밖으로 나왔다. 유키토모가 간호사에게도 눈짓을 하자, 두 사람은 고개를 끄덕이며 조용히 복도로 나갔다. 미야는 간호사의 흰 가운이 문 쪽으로 나가는 것을 경계하듯이 바라보았다.

"모두 나갔어"라고 유키토모가 말했다. 그리고 얼굴을 침대 가까이에 대고 한쪽 손으로 부채를 부치며, 다른 한 쪽 손으로는 미야의 볼에 흘러내린 머리카락을 올려주었다.

"할 얘기가 있다며……."

"특별히 할 얘기는……."

미야는 살이 빠져 홀쭉해진 뺨에 미소를 담으려고 했다. 아름다운 암컷의 관능이 미야의 납처럼 하얀 볼에 일순 되살아나려다가 다시 희미하게 흐려져 순식간에 사라져 가는 것을, 유키토모는 죽어가는 하루살이의 엷은 날개를 바라보듯이 보았다.

미야는 목이 아픈 듯 눈썹을 크게 찡그렸다.

"한 번도 안 와주시고……."

"와도 둘이서 있을 수 없잖아."

유키토모는 일부러 매몰차게 말했다.

"게다가 자네는 이제 이, 삼주만 있으면 퇴원할 수 있다고 의사선생님이 장담하셨어. 빨리 이런 어두침침한 곳을 나와 하코네에 온천이라도 가자."

"그렇게 되면 좋겠지만, 저 왠지 마음이 약해져요. 아버님 제가 죽으면 어떠실까? 슬퍼해 주실까?"

"바보 같은 소리. 죽는 것은 내가 당연히 먼저야."

"그럴 리 없어요."

미야는 갈라진 목소리로 진지하게 말했다. 항상 밝게 떠들거나, 토라져 응석을 부리던 미야에게 익숙하던 유키토모에게는 미야의 눈동자가 움직이지 않는 단정한 얼굴은 으스스하게 불안했다. 유키토모는 이런 얼굴을 보고 싶지 않아서 자신이 여기에 오기 싫었던 것이라고 다시 한 번 생각했다.

"아버님, 저는 아무래도 요시히코가 걱정이에요. 웬일인지 루리코나 카즈야, 토모야 그리고 다른 아이들은 그다지 걱정이 되지 않는데 요시히코만은 걱정이 돼서 견딜 수 없어요. 왜인지는 저도 잘 모르겠어요."

"요시히코는 다른 아이들보다 훨씬 나아. 그 녀석은 작아도 머리가 좋고 영리해. 네가 걱정이 된다면 그 녀석에게는 다른 형제와는 별도로 재산을 지금이라도 좀 나눠줘도 괜찮아."

그렇게 말하고 유키토모는 미야의 베개 속에 파묻힌 귀에 입을 갖다 대고 "안심해라……. 요시히코는 너하고 나의 아이가 아닌가……"라고 속삭였다. 미야는 그 소리를 어떻게 들은 것인지, 가볍게 몸을 떨며 작은 신음소리를 냈다. 얼굴 가득 슬픔인지 고통인지 알 수 없는 일그러짐이 퍼져갔다. 요시히코가 미치마사의 아들인지 유키토모의 아들인지 미야 자신도 알지 못했다. 그것을 무리하게 유키토모의 아들이라 여기게 한 것은 유키토모의 사랑을 스가보다도 훨씬 깊게 자신의 쪽으로 끌어들이려는 미야 나름의 책략이었던 것이다. 미야는 아직도 자신이 죽는다는 것을 자각하고 있지 못했다. 그리고 물욕과 성욕을 완전히 잃어버린 빈사상태의 미야의 육체에는 무의식적이지만 정신이 너무나 분명하게 움직이고 있었다. 요시히코를 유키토모의 아이라고 밀어붙인 것이, 어떤 이물질이 피부를 강하게 찌르듯이 미야를 자극했다. 미야는 가능하면 그 일을 얘기하고 싶어 유키토모를 불렀지만, 막상 둘이 되고 보니 이것은 결코 고백할 수 없는 것임을 알았다. 미야의 얼굴을 덮고 있는 번뇌는 그 비밀을 자기 안에 영원히 접어두지 않으면 안 되는 고통인 것이었다.

그로부터 오일 째의 저녁, 미야는 병원에서 숨을 거두었다. 미야의 사체는 고텐야마의 본가로 옮겨졌고 넓은 집 전체를 다 사용한 화려한 장례식이 행해진 후, 다시 아사후의 절에서 성례한 장례의식이 거행되었다.
"사모님이나 장손이 죽은 것도 아니고, 며느리 장례식으로는 너무 화려해. 그건 필시 시라카와 주인님이 자신의 분신을 묻은 셈 일거야"라고 가까운 친척과 식솔들은 수근거렸다.
미치마사는 일곱이나 자식을 낳아준 미야가 죽어도 그다지 슬퍼하는 기색도 없이, 변함없이 연극이다, 영화다 하며 돌아다녔다. 후처 얘기가 나오니, "미야는 말대꾸를 해서 못 썼어. 이번에는 얌전하고 순종적인 여자가 좋아"라고 말했다. 아무리 유모와 하녀가 있다고 해도 미치마사와 같은 주인아래에서는 도저히 그 많은 아이를 기를 수 없었다. 토모는 미야가 죽고 반년도 지나지 않아 다시 미치마사의 세 번째 아내를 걱정해야 했다. 아직 미치마사가 첫 번째 처를 맞기 전, 토모는 어느 점쟁이에게 두 사람의 궁합 등을 물어보았을 때, '이 아드님에게는 여자로 말미암은 재앙의 상이 있어요'라고 얘기를 듣고 그렇게 주변머리 있는 아들이 아니라고 씁쓸하게 웃은 적이 있었으나, 이렇게 미치마사가 두 아내를 먼저 보내는 것을 보니, 과연 이것도 여난女難의 일종일 거라고 생각했다.

　미야의 죽음으로, 토모가 안절부절 못하고 지켜보았던 시아버지와 머느리의 파렴치한 관계가 자연스럽게 소멸되었고 이것은 토모의 마음의 짐을 어느 정도 가볍게 해 주었으나, 그런 만큼 세 번째의 머느리는 미야와 같은 창부성이 없는 정숙한 여자를 고르지 않으면 안 되었다. 미치마사 같은 남자에게도 시라카와가의 재산을 노리고 혼인을 청해오는 중매쟁이들은 많았다. 토모는 그 중에서 여학교의 가정교사를 하고 있던 독신의 중년부인을 골랐다. 토모에라는 이름의 어깨가 넓고 이마에 주름이 파인, 피부색이 흰 여자였다. 미치마사는 토모에라는 이름이 마음에 들지 않는다며, 집에 들이자마자 바로 후지에라는 우아한 이름으로 바꾸었다. 후지에는 아이들 교육에 엄하고 미치마사에게는 남편을 공경으로 받들었다. 후지에가 혼례 후, 처음으로 고텐야마의 본가로 인사를 왔을 때, 유키토모는 비위를 맞추려는 듯 깍듯이 대접해서 돌려보냈으나 후지에가 미야를 대신할 여자가 아님은 토모는 물론 스가도 한눈에 알 수 있었다.

"이번 사모님은 착실하신 분이겠네요"라며 스가는 거실의 화로 앞에서 토모와 마주 앉아 얘기했다. 한쪽 뺨에 자신도 모르게 미소가 번졌다.

"글쎄……."

토모도 긴 담뱃대를 천천히 빨아당기며 대답했다. 스가의 말에 무심히 동조했다가, 자기의 말이 전혀 예상치 않은 의미로 와전되어 유키토모에게 호된 꼴을 당한 경험을 토모는 너무나 많이 겪어 온 것이다.

"하지만 가정교사였다니 집안의 경제를 장악하는 것도 능숙할테니…… 이제부터는 그 집도 꽤 시끄럽겠어요."

스가도 긴 담뱃대를 화로 모서리에 두드리며 말했다. 스가가 빙 둘러 말한 의미가 유키토모로부터 미야에게 비밀리에 들어간 적지 않은 금액의 돈이라는 것을 토모는 알 수 있었다. 미치마사는 처였던 미야의 몸값으로 정식의 가계비 이외의 막대한 지출이 이루어지고 있었다는 것을 전혀 알지 못했으나, 미야의 자리에 후지에가 들어앉게 된 이제부터는 그런 방대한 돈이 유키토모로부터 나올 리가 없었다.

유키토모는 요시히코 외에 루리코도 본가에서 거두기로 정했다.

루리코가 날마다 아름다워지며 처녀다워지는 모습을 가까이에서 바라보며 미야가 살았을 때를 추억하려고 하는 것일까? 그러나 루리코에게는 조부에게 응석을 부려 물건을 조르거나 하는 천진스러움이 없고, 또 사람의 눈을 끄는 자신의 미모도 전혀 의식을 하지 않았다.

스가는 시라카와가에서 익힌 큐슈말투로 "루리코 씨는 아직 미약微弱해요"라고 미성숙이란 의미의 말을 했다. 그것은 루리코가 엄마인 미야를 닮지 않은 것을 토모에게 넌지시 칭찬하고 있는 것이었다. 토모는 유키토모가 아무리 루리코를 귀여워한다고는 해도, 유키토모가 루리코에게 손을 대는 일은 없을 거라 여겼기 때문에 그 일은 불안하지 않았다. 하지만 타카오를 생각하면, 루리코가 미야를 닮지 않아 천성적으로 애교가 없는 무뚝뚝한 성격인 것이 너무나도 안심되었다.

그 해 여름, 순조롭게 도쿄대 사학과에 입학한 타카오는 고텐야마의 본가로 돌아와 별채 2층을 서재 삼아 거기에서 매일 학교에 다녔다. 루리코도 여학교를 마치고 차도, 꽃꽂이, 피아노 등을 배우러 다녀, 때때로 학교를 마치고 돌아오는 타카오와 만날 때가 있었다. 어느 저녁 타카오는 마디가 많은 두꺼운 견직물의 기모노에 겉과 안을 다른 천으로 만든 허리띠를 두른 루리코가 꽃을 싼 두꺼운 봉지를 한 손에 들고 전차의 뒷문으로 내리는 것을 발견했다. 말을 걷지 않은 채 조금 거리를 두고 뒤에서 따라 걸었다.

집 근처에 이르자 소매에 '시라카와'라고 문양을 새긴 토모나나가 "아가씨…… 큰 도련님이 뒤에 걸어오시지 않습니까?"라고 외치는 것을 듣고, "어머! 그래요?"라고 하며 돌아보았다. 거기엔, 눈부신 듯이 눈을 찡그리고 있는 타카오가 서 있었다.

"헤헤헤헤, 큰 도련님도 장난꾸러기이시네요. 아가씨가 아니셨음 화낼 거예요. 아름다운 아가씨를 아무 말 없이 따라 오시다니…….”

토모나나는 시라카와가에서 새 옷을 한 벌 얻어 입고 온 듯 기분 좋은 얼굴로 눈 주위가 조금 붉어져 있다. 타카오가 농담으로 받아주면 좋을 텐데, 화난 얼굴로 인사조차 건네지 않으니, 토모나나는 머쓱해져 빠른 걸음으로 지나쳐 갔다.

"저 사람 너무 싫어. 할아버지는 좋아하시는 것 같지만 나는 왠지 너무 싫어. 자주 부엌에서 하녀들을 희롱하곤 해요"라며 루리코는 불쾌한 듯 중얼거렸다. 루리코는 이렇게 집에 드나드는 사람들에 대한 응대도, 애교 많았던 미야와 전혀 달랐다. 타카오는 그것에 대해서는 아무 말도 하지 않고, 루리코와 어깨를 나란히 하며 빠른 걸음으로 언덕길을 올라갔다.

여자언덕

　카구라 언덕의 위에서, 긴 소매의 화려한 기모노를 입은 게이샤가 오이바네[22]를 치고 있다. 그것을 옆에서 보고 있는 언니 게이샤는 아직 낮인데도 특이한 색감의 연회복의 소맷자락을 쥐고 화려한 염색무늬의 긴 속옷자락을 보란 듯이 들어 내놓고 있었다. 이 게이샤들로서는 기모노도 허리띠도 품위가 있고, 특히 손에 들고 있는 키츠우에몬의 오이바네의 판은 시장에서도 이십엔 이상에 팔릴 고급품이었다. 3, 4년 계속된 유럽전쟁으로 군수품이나 선박회사의 주가는 놀랄 만큼 앙등했다. 조선사로 벼락부자가 된 어떤 이가 오사카에 있는 게이샤의 기모노에 다이아몬드를 박아 주었다는 소문까지 나돌 정도로 화류계는 전쟁 경기로 어디든 번창했다. 유랑극단 게이샤라고 싸게 팔리던 야마노테의 이, 삼류들도 이 정도로 치장을 할 정도이니, 일류 게이샤들은 말할 필요도 없었다. 토모는 보기좋게 속 머리가 자란 게이샤의 옆얼굴을 보면서 걸으며, 이십년 정도 가까이하지 않고 살아 온 옛날 신바시의 게이샤들의 얼굴을 떠올려 보았다. 남편인 유키토모가 경시청의 고급관료였던 시절에는 관저에서의 연회라고 하면 항상 신바시의 게이샤가 술 시

---

[22] 여자아이들의 설 놀이의 하나. 배드민턴과 비슷하다.

중꾼으로 불려 왔다. 그 중에는 유키토모와 막역한 사이도 몇인가 있어, 그런 여자들이 유흥업의 여주인이나 종업원들과 같이 단정한 기모노에 곱게 포장한 작은 선물을 들고 찾아오는 일들도 있었다. 지금 생각해 보면 나이 들어 보이려고 한껏 노력한 수수한 복장들이었지만, 그 게이샤들도 대략 갓 스물을 넘긴 젊은 처녀들이었을 것이다. 그러고 보니 그 무렵 아직 앳되게 한 겹 올림머리와 세 갈래 땋아 올림머리를 했던 스가와 유미도 이미 사십을 넘겨버렸고, 아직 이 세상에 태어나지도 않았던 타카오와 카즈야가 도쿄대와 케이오대에 다닐 정도로 커 버렸다. 이와모토에게 시집 간 유미의 아들 나오이치도 지금은 히토츠바시의 상고에 다니고 있다. 이와모토가 아이들이 다 자리기도 전에 갑자기 장티푸스로 죽게 되어, 그 후로는 유미가 꼿꼿이 사범이 되어 생활하고 있었다. 나오이치는 유키토모와 토모의 조력으로 학교에 다니고 있었다. 지금 토모가 찾아가려고 하는 것은 그 유미가 살고 있는, 카구라 언덕 길 뒤의 작은 집이었다. 정월도 7일을 지났기에 유미도 강습하러 나갔을 터이나, 토모가 찾아가는 것은 유미가 아니라 유미집 이층의 작은 방 하나를 빌려 사는 카요라는 아이였다. 허슬하고 낡은 격자문을 열고 사람을 부르자, 설거지를 하고 있던 백발의 눈이 시원시원한 노파가 손을 닦으며 어두운 곳에서 나왔다. 살피듯 밖을 내다보더니 토모를 보고 바로 무릎을 꿇고 머리를 숙였다.

"큰 사모님…… 연말부터 아이들이 차례로 감기에 걸려서…… 유미도 아직 새해인사도 드리지 못 했습니다. 새해 복 많이 받으십시오"라며 인사를 마치고 "어서 들어오십시오"라며 토모를 안으로 이끌었다. 이 사람은 유미의 언니로, 일찍 남편과 사별한 불쌍한 미망인이었다. 그래도 지금은 이 싱이 이 집에 있어 주어 유미는 아직 초등학생인 어린 딸을 두고 일하러 나갈 수 있었던 것이다.

"죄송해요. 일전에는 번거로운 일을 부탁드려서…… 하지만, 덕분에 출산은 순조로웠다고 하더군요."

"아닙니다. 유미도 아이를 낳은 지가 오래되어 다 잊어버려 크게 걱정을 했었는데, 다행히 출산이 순조로워서…… 포동포동하고 잘생긴 남자아이 였다더군요. 저는 아직 잘 모릅니다만, 피는 못 속인다더니, 카즈야를 많이 닮았다고 유미가 말하더군요."

"학생신분으로 이런 일…… 부끄럽습니다만, 아무래도 카즈야도 엄마가 달라…… 여러 가지 고민이 많겠죠."

"아닙니다. 젊은 분에게는 흔히 있을 수 있는 일입니다. 카요도 자식만 없으면 스스로 돈 벌이를 할 수 있으니…… 아이만 어떻게 해 주시면……."

"예, 그것도 키시마마치의 땅 관리인이 알아봐 주어서, 아이를 원하는 건실한 회사원 집으로 보낼 약속이 되어있습니다. 그쪽에서도 카즈야라고 까지는 모르지만 대강은 알고서 납득한 일이니

한 달 정도 있으면 그 쪽에서 데리러 올 겁니다."

"참으로 할머니께서 처음부터 끝까지 다 신경을 써 주시니……
참 행복하시겠어요. 차남이지만 소중한 손자님 이시니까요……."

싱은 차를 따르고 토모를 바라보며 말했다.

유미와 나오이치는 그렇게 생각하고 있지 않은 듯했으나, 유미
가 결혼을 한 후 유미 모자를 음으로 양으로 보살핀 것은 유키토모
가 아니라 토모였다. 아무리 죽은 이와모토가 조카라고 해도 유키
토모의 첩이었던 유미에게 그렇게까지 할 수 있는 것은 원망이라
던가 어리석음에서 나온 것이 아니었다. 시라카와가가 번성하는
것은 유키토모의 능력이라기보다도 그늘에서의 토모의 힘 덕분인
것을 싱은 잘 알고 있었다. 그리고 싱은 유미를 비롯한 사람들이 토
모에 대해 박정한 것에 한숨을 지었다. 이층에 있는 미치마사 집의
하녀 카요는 아직 열여덟의 아이지만, 케이오의 경제과에 다니고
있는 카즈야의 아이를 가진 것을 토모가 소개하여 이층에서 분만
하게 한 것이다. 싱의 안내를 받아 토모는 거실 구석에 걸쳐진 좁은
급경사의 사다리를 매달리듯이 올라갔다.

"시라카와의 큰 사모님이 오셨어."

문틀이 코에 걸릴 듯이 서 있는 문에 손을 대며 싱이 말하자, "어
머!" 하는 젊은 목소리가 들리고 카요가 아기의 곁에 누워있던 이불
에서 몸을 일으키는 것이 보였다.

"괜찮다, 누워 있어라."

토모는 싱의 뒤에서 말을 하며 안으로 들어갔지만, 카요는 이미 퉁퉁 불어 살이 붙은 흰 가슴이 드러난 옷깃을 모으고, 요코마치에 있을 때와 마찬가지로 단정히 앉아 있었다.

"우선 순산을 축하한다. 좀 더 일찍 오려 했지만 정월이어서……."

"예, 모두 한창 바쁘실 텐데요"라며 말을 받은 카요는 요코마치와 고텐야마의 집을 생각하고 그리워하듯이 말했다. 작은 어깨가 둥글고 하얀 뺨이 항상 살구 빛으로 밝았었는데, 지금은 그 살집이 한 겹 벗겨져 나간 듯이 여윈 눈꺼풀에 수척해 보이는 것이 여성스러운 몸매에 일종의 요염함과 안쓰러움을 더하고 있었다.

"덕분에 안심하고 출산할 수 있었습니다."

"다행이었어요."

싱이 말을 받았다.

"카요도 친엄마가 아니라고 하니 이런 얘기는 도움을 요청하기도 어려울 거고, 요코마치의 새 어머님도 카즈야와는 좋은 사이가 아니니…… 모두 큰 사모님의 덕분이라고 아세요."

"아이는 자고 있니?"라며, 토모는 체크무늬 침구 옆에 누워있는 갓난아기 쪽으로 다가갔다.

"예, 지금 젖을 잔뜩 먹였어요."

카요는 변명하듯이 말하고 아이의 턱을 덮고 있던 면 거즈를 치워 작은 얼굴 전체를 토모에게 보여주려 했다.

"깨우면 안 돼. 살짝, 살—짝—."

토모는 카요를 타이르며 옆에서 살짝 들여다보았다. 태어나서 이십 일이 되지 않은 갓난아이의 얼굴은 눈썹도 아직 자라지 않아 누르면 터질 것처럼 여리고 말랑말랑했다. 이마에도 뺨에도 머지 않아 없어질 희미한 주름이 동물 같은 육감을 띠고 있었다. 그래도 그 작고 애매한 고기덩어리에는 이마에서 코에 걸쳐 숨길 수 없는 카즈야의 얼굴이 스며 나와 있었다. 눈을 뜨면 필시 동그랗게 쌍꺼풀진 눈일거라 상상되는 눈꺼풀의 깊은 절개선에는 타카오의 어릴 적의 모습도 선명히 들어 있었다. 이 아이는 분명히 시라카와가의 피를 잇고 있었다. 그렇게 생각한 순간, 토모의 등줄기에는 오싹한 한기가 스쳤다. 이 아이가 만약 카즈야의 아이가 아니라 타카오가 카요에게 낳게 한 아이였다면 자신은 결코 이 핏덩이를 남에게 주거나 하지는 않았을 것이다. 같은 손자라고 해도 내 손으로 기른 타카오와 미야의 배에서 나온 카즈야와는 마음 가는 것뿐만이 아니라, 현저한 애정의 차가 있다는 것을 너무나 잘 알게 되었다.

"닮았죠?"

싱이 일부러 카즈야의 이름을 넣지 않은 채 토모의 얼굴을 보았다. 대답을 않은 채 토모는 고개를 끄덕였다. "피부가 하얀 귀여운 아이다"라고 말하며, 양자로 보낸다는 것은 카요에게는 가여운 애기지만 아무래도 자신이 거둘 수는 없는 것이란 걸 알기에, 일절의 감정을 배제한 채 짧게 얘기를 꺼냈다. 카요도 아직 어린 탓인지 그다지 아이에게 집착하는 것 같지는 않았다.

"젖이 많이 나와서 아이가 없어지면 어떡하죠?"라고 슬퍼하지도 않은 듯이 말하는 것이 오히려 측은하게 여겨졌다. 토모가 자리를 뜰 때까지 아이는 눈을 뜨지 않았다. 어둡고 좁은 그 사다리를 더듬듯이 내려와 문 앞에 서려고 했을 때, 거기까지 싱과 함께 배웅을 나온 카요가 "큰 사모님 어디 건강이 나쁘신 게 아니세요?"라고 코트를 입히며 물었다.

"왜……? 그렇게 보이는가?"라고 묻자, "아뇨, 왠지 조금 여위신 것 같아서요. 내가 잘못 본건가?"라고 처녀처럼 웃었다.

"연말에 감기에 걸렸어. 아무래도 그것이 아직 완전히 낫질 않아서……."

토모는 잠시 간격을 두고 "이제 곧 낫겠지. 추운 것도 이제 한 달 정도로 끝날테니……"라고 말하며 문을 나섰다. 싱은 문에 손을 짚은 채 좁은 추녀사이로 보이는 어둡게 구름낀 하늘을 올려다보며 "구름이 잔뜩 꼈네. 집에 가실 때까지 비가 내리지 않으면 좋으련만……"이라고 중얼거렸다.

토모는 긴 시간 인력거를 타는 것이 싫었다. 전차가 없을 때는 천

부적으로 다리가 튼튼하다고 자부해 왔으나, 이제 한 살 한 살 나이를 더 먹자 젊었을 때 했던 일을 지금 할 수 없다는 생각에 그런 자신이 싫었다. 전답과 토지 일체를 관리하여 한 달의 절반은 집을 비우는 토모에게 있어 다리가 건강하다는 것이 나타내는 의미는, 남편인 유키토모와 첩인 스가와의 관계에 있어서도, 자기의 내심을 견고하게 긴장시키기 위해서도 의외로 중요한 부분이었다. 유키토모와 손자인 타카오, 요시히코, 스가, 게다가 세 명의 하녀라고 하는 대가족 속에 있는 토모는 항상 자신이 다른 사람을 돌보는 입장이었다. 토모 자신의 건강에 대해서는 모두들 토모를 불사신처럼 믿고 있어 걱정하는 사람은 한 사람도 없었다.

"할멈은 병에 걸리지 않는 여자다"라고 유키토모는 믿고 있고, 어린 손자들은 물론 가장 가까이서 신경을 쓸 것 같은 스가도 자기의 몸이 약한 것에만 신경을 써, "사모님은 건강해서 부러워요"라며 조금은 얄미운 듯이 말하곤 했다. 건강한 토모는 사실상 약한 체질이 아니라 긴 세월동안 이렇다 할 병을 앓은 적이 없었다. 아프다 해도 그 절반은 정신의 문제라고 무리하게 억누르며 아프지 않은 것처럼 행동하는 강한 정신력의 소유자였던 것이다. 말하자면 생리통인 경우도 있고 신경성인 경우도 있는 것이다. 근래 오, 육년간 여름더위가 심할 때는 항상 무릎에서 종아리까지 물기가 차고 숨이 차는 느낌이 들긴 했지만, 찬바람이 불 무렵이면 어느새 붓기도 빠지고 나른함도 없어지기에 시집간 에츠코가 믿을 수 있는 의사에게 한번 가보자고 아무리 충고해도 듣질 않았다. 사람들에게 약하게 보이거나 지병이 있다고 여겨지는 것이 싫었던 것이다. 남들이 그렇게 말하기 시작하면, 이제까지 긴장하고 살아온 부분에 금이 생기기 시작해 심신을 굳어지게 하는 것이 무서웠다. 몸을 움직일 수 없는 병에 걸려 그 크고 조용한 집의 한 구석방에 꼼짝 않고 누워있는 자신의 모습을 생각하는 것만으로 토모는 참을 수 없이 분노했다. 매일 하루 종일 의자에 앉아 체온을 재고 양치를 하고 안약을 넣으며 자신의 몸을 최대한으로 아껴 일초라도 수명을 늘이려고 하는, 마치 불로초를 구하러 보낸 중국의 진시황처럼 생명에 대해 끝없는 욕망을 가진 유키토모를 보면서, 토모는 때때로 남편이 자신과 열두 살이나 차이가 나는 것을 기억했다. 유키토모가 팔십까지 산다고 해도 자신은 아직 그때 칠십이 되지 않는다. 그때까지 참으면 된다. 그때까지 유키토모에게 지면 안 된다. 자신의 생명이 유키토모를 이기지 않으면 안 된다고 생각하며, 동시에 그 생각이 부부로 엮어진 세상일반의 통념과 너무나 다른 냉정함으로 가득 차있는 것을 생각하니, 자신의 몸마저도 얼어버릴 것 같이 쓸쓸했다.

"큰 사모님 건강이 나쁜 것 아니세요?"라고 조금 전 문 앞에서 카요가 다정하게 물었던 말이 토모의 가슴을 강하게 울렸다. 사실 연말에 걸린 감기가 깨끗하게 낫지 않은 채 정월 인사로 북적거리는 집안일을 처리해 왔지만, 겨울동안에는 한 번도 아픈 적이 없던 다리의 붓기와 무거움이 요즘에는 가슴부위까지 올라왔던 것이다. 새해상을 받았을 때, 평소에 좋아하는 떡국도 올해는 그다지 생각이 없었다.

"어머, 사모님 더 드시지 않으세요?"라고 하녀가 말했다.

"아무래도 이 상태가 안 좋아서……"라며 토모는 얼버무렸다. 아무도 그런 일에는 관심도 없다는 듯이 자신들의 수저를 열심히 움직이고 있었다. 토모는 자기가 그다지 먹지 않는 것을 괜스레 누군가가 알아차리고 유키토모까지 그것을 알게 된다면 곤란하다고 여겨서 모두의 무관심을 안도했으나, 동시에 늘어앉은 가족의 어느 한사람도 애정 어린 눈으로 보아주지 않는다는 것이 너무나 익숙한 일이면서도 귀머거리의 세계와 같은 격리감을 느꼈다.

토모는 어릴 적부터 안아서 자신의 애정을 모두 쏟아 부어 기른 타카오가 이 이삼 년 사이에 눈에 뜨이게 자신으로부터 멀어져 가는 것이 쓸쓸했다. 그것은 아마도 토모가, 타카오의 첫사랑이었던 이복동생인 루리코를 여학교를 졸업하자마자 바로 관서지방의 은행에 근무하는 남자에게 시집보낸 것이 타카오의 마음에 말로는 표현할 수 없는 상처를 준 것일 터였다. 맺어질 수 없는 사랑인줄 알지만, 조모가 필요 이상으로 빨리 루리코를 결혼시킨 것은 자신의 심중의 비밀을 간파해 버린 조모의 예리함에 있다는 것을 타카오는 알았다. 그것이 타카오를 토모에게서 뒷걸음질 치게 만들었고, 또 거짓말을 들켜버린 충격이 토모를 향했던 종래의 응석의 껍질을 벗겨 버렸다. 무슨 이유에서인지 토모의 예리함이 싫어졌다. 타카오는 이제까지처럼 토모에게 응석을 부리는 일도 없어졌고 토모가 들려주는 애정표현도 듣기 싫어해 밀쳐냈다. 토모가 루리코를 타카오의 마음에서 매몰차게 내몰아낸 대가로 얻은 것은, 이제까지 타카오가 자신에게 펼쳐보이던 속마음을 감춰버린 차가움이었다. 슬픈 일이지만 달리 방법이 없었다. 아무리 타카오를 사랑하지만 루리코만은 타카오와 맺어져서는 안 되는 상대였다. 불륜, 파렴치의 생활을 유키토모와의 생활에서 너무나 충분하게 보아온 토모였기에, 아무리 타카오에게 미움을 받는다 해도 그런 불륜을 다시 한 번 사랑하는 손자가 저지르게 둘 수는 없었다.

그렇다 하더라도, 나라는 여자는 도대체 왜 이렇게도 순탄하지 않은 사정에 얽혀 살아가지 않으면 안 되는가……? 왜 자신이 의도하지도 않은 일이, 자신과 가장 가까운 그리고 자신이 가장 사랑하는 사람들 사이에서 현실로 일어나고 있는 것일까? 자신이 생각할 수 있는 상식으로는 도저히 해결할 수 없는 것들이었다. 어떠한 우주의 힘이 자신을 낳아 이렇게 인생을 힘들게 살아가게 하고 있는 것일까? 그런 힘들이 인연이라는 것일까? 라고, 토모는 요즘 들어

느끼기 시작했다. 이제까지 강하게 지켜온 인생에 대한 윤리보다도 강해 끊어지지 않는 끈 같은 것을 여실히 느꼈다. '나무아미타불 나무아미타불'이라는 염불소리가 토모의 입속에서 자연스럽게 웅얼거려져, 때로는 그것이 입술이 뜨거워질 정도로 격한 어조가 되어 무심히 외쳐졌다.

집에서 가까운 정류장에 다다라 전차에서 내렸을 때, 이미 회색으로 어두워진 하늘의 막은 찢어져 은색가루 같은 가는 비가 내리기 시작했다.

"아아, 드디어 내리기 시작했구나"라고 토모는 혼잣말을 하고 선로를 넘었으나, 한발 한발 도로에 나막신의 굽이 끌려 들어가는 것처럼 다리가 무겁고 가파른 호흡이 몸에서 빠져 나갔다. 너무 지친 거라고 토모는 생각했다. 평소에는 인력거에 타는 것을 싫어하는 토모였지만, 오늘 만큼은 집까지의 이 언덕길은 이 다리로는 도저히 무리였다. 토모는 전차 길에서 언덕으로 굽어지는 모서리에서 항상 손님을 기다리는 인력거가 몇 대 늘어선 것을 찾아 걸어갔지만, 눈이 내리기 시작해 갑자기 손님이 늘어서인지, 항상 모포를 어깨에 걸치고 불을 쬐고 있을 차부의 그림자도 보이지 않았다. 심술사납다고 생각했지만 불평할 수도 없었다. 토모는 체념하고 한발 한발 지면에 빨려 들어갈 듯, 무거운 발걸음을 흔들흔들 움직이며 완만한 경사의 언덕길을 오르기 시작했다. 수일간 비 소식이 없었던 탓이었기에 내린 가루눈은 눈 깜짝할 사이에 길을 하얗게 덮었고, 언덕 한 쪽을 덮고 있는 돌담위의 나뭇가지와 작은 가게가 늘어선 회색 지붕 위를 하얗게 화장하고 있었다. 불이 들어오기 시작한 가로등이 눈에 비쳐져 살구 색으로 빛나고, 저녁 무렵의 생선을 굽는 냄새가 연기에 어우러져 여기저기의 처마 아래에서 퍼져 나왔다.

토모는 우산을 든 손이 눈에 얼고, 한발 한발 빠지듯이 올라가는 언덕이 너무 힘이 들어 몇 번이고 도중에 발을 멈추고 심호흡을 했다. 주저앉을 때마다 눈에 보이는 각각의 작은 집들은 작은 고물상이거나 야채가게이거나 잡화상이기도 했으나, 내뿜는 전등의 빛은 모두 살구 빛으로 무한히 밝았고 또 반찬냄새는 너무나 향기로운 따뜻함으로 후각에 호소해 와 토모의 마음을 흔들었다. 행복이⋯⋯ 조화로운 작은 행복이 이 집들의 작은 방의 희미한 전등 아래에 있는 것 같았다. 작은 행복, 소박한 조화⋯⋯ 결국은 인간이 힘껏 외치고 미친 듯 울고 소리쳐 구하려는 것은 이것일 것이다.

토모는 회색 숄로 목을 꼭 감싸며 얼음처럼 차가워 진 손으로 무거운 우산을 들고, 눈 내리는 도로에 서서 혼자 괴로워하고 있는 자신에게 무한히 절망했다. 몇십 년 동안 유키토모라고 하는 힘에 부치는 남편에게 생활의 열쇠를 맡긴 채 그 제한된 범위 안에서 괴로워하며 버둥거려 쌓아 낸 것들⋯⋯. 그것은 한마디로 말하자면 집이라고 하는 이름으로 통일되는 비정하고 딱딱한 빈틈없는 벽에 둘러싸인 세계였다. 자신은 그 세계를 버티어 내며 살아온 것이다. 거기에 자신이 살아온 모든 원동력이 녹아있었지만 말하자면 모든 정력과 지혜를 쏟아 부었던 그 만큼, 인공적이고 자연스럽지 못한 이 삶의 방식이 허무하고 쓸쓸하게 느껴졌다. 내가 살아온 이 모든 것은 허무하고 보람 없는 것들 이었을까? 아니! 아니! 그렇지 않다고 토모는 고개를 세차게 흔들었다. 나의 세계는 어두운 암흑을 더듬어 건너듯이 불안했다. 불안하게 물건을 더듬는 손에 잡히는 것들은 모두 무색의 딱딱하고 차가운 것들뿐으로, 언제 끝날지도 모르는 어둠이 계속되고 있었다. 그렇지만 그 끝에는 반드시 터널을 빠져나온 것과 같은 밝은 세계가 기다리고 있다. 기다리고 있지 않으면 이치에 맞지 않는 것이다. 절망해서는 안 된다. 걷지 않으면 안 된다. 올라가지 않으면…… 계속해서 올라가지 않으면 결코 언덕 위로는 갈 수 없는 것이다……. 토모는 안도의 깊은 숨을 들이 마시며 무거운 우산을 고쳐 잡았다. 한 쪽 손으로는 서류가 든 헝겊가방을 꽉 쥐었다. 올려다보니 완만한 경사의 언덕길은 아직 한참이나 남아 있었다. 칠 할 정도의 거리는 왔다고 생각했으나 아직 겨우 반 정도 올라왔을 뿐이었다. 토모는 우산을 접어 지팡이로 짚으며 풀어진 회색 숄로 다시 머리를 감싸며 또 터벅터벅 걷기 시작했다.

그 다음날 토요일에 에츠코가 막내딸인 쿠니코를 데리고 새해인사 겸 다니러 왔다. 토모는 그날도 일어나 있었으나, 아침부터 가슴이 아파서 제대로 식사를 하지 못했다. 눈 내리던 그날 저녁, 거의 한발 한발 기다시피해서 집에 도착했다. 현관문을 열고 마루귀틀에 엉덩이를 내려놓을 때는 멍해서 말도 나오지 않았다.

"다녀오십니까?"라며 마중을 나온 스가에게 토모는 얼굴도 들지 못하고 단지 손짓으로 "뜨거운 물을……"이라고 했다. 눈이 소복이 쌓인 숄을 두른 토모의 모습에 깜짝 놀란 스가는 찻잔을 들고 와, 웅크리고 있는 토모의 얼굴을 들여다보았다. 노래진 얼굴에 기름 땀이 범벅이 되어있다.

"무슨 일이세요, 사모님?"

"아니야. 아무렇지도 않아. 그냥 조금 지친 것 뿐이야. 주인어른께는 말하지 말아줘."

토모는 눈을 감은 채 말했다.

그날은 빨리 잠자리에 들었고, 다음날은 역시 평소처럼 일어났다. 토요일에 에츠코가 오는 것을 알고 있기에 그때까지는 어떻게 해서든 버텨보리라 애쓰는 것이었다. 몸져누우면 다시는 일어나지 못할 것 같은 불안감이 토모의 나른한 손발을 무리하게 부추겼다. 에츠코의 남편인 시노하라는 지금은 법조계에서 일류급 변호사가 되어있었다. 에츠코와는 부부사이도 좋고 시라카와 부부에게도 더

할 나위 없는 사윗감이기에, 아들인 미치마사를 규탄하는 유키토모도 시노하라를 좋아했다. 남자끼리의 체면도 있어서인지 시노하라의 이야기에는 대체로 수긍했다. 토모는 혼자 해결하기 어려운 일은 에츠코를 통해 시노하라에게 얘기를 건네, 시노하라 쪽에서 유키토모에게 말을 건네도록 하고 있었다.

에츠코는 처녀 때부터 조용하고 고상해 애교가 많지 않은 아가씨였으나, 결혼을 하고 나서도 토모처럼 험난한 인생을 살지 않아서인지 중년이 되어서도 규중처녀와 같이 표리 없는 순수함을 간직하고 있었다. 토모에게는 그것이 자신의 불행의 보상으로 얻은 행복의 상징처럼 여겨질 때도 있었으나, 유키토모나 스가를 둘러싼 집안 문제에 대해 하소연을 할 때, 에츠코의 응대가 너무나 단순하고 냉담해서 맥이 풀릴 때가 있었다. 토모는 애당초부터 자신이 짊어진 어깨의 짐을 딸에게 나누려고 생각한 적이 없었다. 그러나 오늘만큼은 토모는 에츠코의 친정나들이를 손꼽아 기다렸다. 문양이 새겨진 두 겹의 기모노에 금색 바탕에 대나무와 참새를 수놓은 훌륭한 띠를 풍성하게 두르고, 화려한 유우젠염색[23]의 외출용 기모노를 입힌 쿠니코의 손을 잡은 에츠코가 의자에 기대 있는 유키

---

23 날염법의 한 가지. 방염풀을 사용하여, 비단 등에 꽃, 새, 산수 등의 무늬를 화려하게 염색하는 방법.

토모의 방에 들어갔을 때, 토모는 스스로도 당황할 정도로 가슴이 요동쳤다.

"잘 왔다. 새해 복 많이 받아라. 쿠니코는 몇 살이 되었지? 하하하. 손자도 많아지니 하나 하나 나이를 기억할 수가 없네. 나도 이제 많이 늙어버렸어. 올해는 이 세상을 하직하겠지……. 시노하라는? 오늘은 같이 안 왔네. 바둑판을 준비 해뒀는데……. 변호사 협회의 신년회라…… 아…… 그런가? 회장이니 안 갈 수도 없겠군."

유키토모는 학처럼 긴 목을 세우고 차분히 앉아 있는 에츠코의 자신을 닮은 예쁜 얼굴형을 바라보는 게 즐거운 듯, 수다스러울 정도로 말을 많이 하고 있었다. 스가도 하녀들도 늙은 주인의 비위를 맞추려고 번갈아가며 에츠코의 세련된 머리형태와 쿠니코의 기모노 문양 등을 칭찬해댔다. 점심 무렵이 지나, 쿠니코가 요코마치에서 불러온 같은 나이의 나미코와 하녀들과 바네[24]치기를 하러 밖으로 나간 후 토모는, "오늘은 이층에서 후지산이 잘 보여. 잠깐 와 볼래?"라며 에츠코를 데리고 이층으로 올라갔다. 마루에서 서쪽으로 후지산의 모습이 희미하게 보였으나, 에츠코는 그것을 힐끗 보았을 뿐, "어머니, 뭔가 하실 말씀이라도……"라며 마루 근처에 다가와 앉았다. 엄마가 뭔가 비밀이야기를 할 때, 항상 아무일 아닌

[24] 베드민턴과 비슷한 놀이.

듯 자신을 부르는 것을 에츠코는 긴 세월을 통해 알고 있었다.

"아무래도 몸 상태가 안 좋아."

"그렇죠? 저도 아까부터 계속 피곤해 보이셔서 걱정이 되었어요. 몸이 어떻게 안 좋으신 거예요? 의사선생님은 보셨어요?"

"아니"라며 토모는 강하게 머리를 흔들었다.

"아버지에게는 삼일에 한 번씩 스즈키 씨가 진찰을 오지만, 나는 그런 아첨꾼 같은 의사는 전혀 신용할 수가 없어서……. 그래서 네가 오기를 기다렸어. 이번에는 꼭 좋은 의사선생님께 한번 진찰을 받아 보고 싶어서……."

"기다리고 있었다니…… 어머니, 병인데 기다리셨다니요? 왜 빨리 전화하지 않으셨어요?"

"괜찮아."

토모는 에츠코가 화를 내는 것을 나무라듯이 낮게 웃었다.

토모는 그런 일을 전화로 얘기하는 것도 허풍스럽게 들렸고, 일부러 편지를 쓰는 것도 사람을 놀라게 하는 일처럼 느껴졌다. 어차피 오늘 에츠코가 오기로 되어 있었으니 기다리고 있었던 거라 말하고, 작년 말부터 지금까지 없었던 신체의 변화에 대해 천천히 이야기를 시작했다.

"봐라, 이렇게 다리가 부었어"라며 토모는 다리를 앞으로 뻗어 옷자락을 펼쳐서 장딴지를 자신의 손으로 눌러 보였다. 노래진 다리의 피부는 눌려져 두부처럼 찌그러졌고 토모가 손가락을 떼어도 파리한 함몰부분이 원래대로 돌아오지 않았다.

"그렇지?"라며 토모는 조금 충혈된 눈으로 강하게 에츠코를 보았다.

"부어 있어요"라고, 에츠코는 눈썹을 찡그리며 말했고 그 희미한 옴팍 눈의 흰자위를 보았다. 분명 간장이 나쁜 거야 라고 생각하며, 이제까지 딸인 자신에게도 다리를 쭉 펼쳐 보인 적이 없던 토모의 처음 보는 동작에, 에츠코는 섬뜩해졌다. 이제까지 무겁게 둘렀던 철갑을 벗어 내던진 어머니가 거기에 있었다.

"빨리 의사 선생님을 부릅시다…… 아버지께는 제가 말씀드릴까요?"

"글쎄, 네가 말해도 괜찮지만……."

토모는 주의 깊게 눈을 감으며 말했다.

"하지만 내가 너에게 뭐라고 한 것처럼 비춰지면 곤란해."

"왜 그런 걸 신경 쓰세요?"

"아냐, 그렇지 않아. 너는 항상 뭐든지 이론적으로 말하지만, 이 집안에서는 이론적이란 것은 통하지 않으니……."

"하지만 그건 사항에 따라 다를 거예요. 아무리 아버지라도 그렇게 이치를 모르시진 않을 거예요. 아니면 그이에게 말해 달라 할까요?"

"그렇게 된다면 가장 좋을 거야. 하지만 시노하라는 바쁘잖아. 언제쯤 올 수 있을까?"

"내일이라도 올 거예요. 그래서 어머니의 상태가 아무래도 좋지 않다면 그이의 친구인 대학병원의 내과의를 부릅시다."

"아니, 일부러 여기까지 부르지 말고 내 쪽에서 가면 돼."

"안돼요, 어머니. 그렇게 사양하실 것 없으세요. 전부터 제가 말씀드렸죠. 자주 다리가 무겁고 나른하다고 하셨으니 이제는 좋은 의사선생님에게 진찰을 받아 확실하게 낫게 하지 않으면 안돼요."

"그리 심한 편도 아닌데……."

토모는 대수롭지 않은 듯 에츠코의 말을 부정하며, 깊은 어둠 속을 들여다보는 것만 같은 표정을 지었다.

"그리고 에츠코, 또 하나 부탁하고 싶은 게 있어. 이것만은 네가 이해해 줘야해."

"뭔데요?"

에츠코는 엄마의 침통한 얼굴에 눌리어 어깨를 움츠렸다.

"있잖아. 이상한 이야기지만, 그 의사가 본 후에 만약에 내 병이 낫지 못하는 병이라면……."

"그럴 리가…… 그럴 리가 없어요, 어머니."

"아냐, 이건 만약의 이야기야. 인간은 누구라도 한번은 죽는 거니…… 그걸 생각하면 도리가 없는 거지. 내가 만약에 병으로 죽게 된다면, 설마 그 의사는 나에게 그걸 말하지 않을 것이고, 주위 사람들도 못들은 척 하겠지. 하지만 난 그러고 싶지 않아. 죽을병이란 걸 알게 되면 그걸 나에게 꼭 알려주길 바래. 죽는 게 정해지면 꼭 해야 할 일이 많아. 네가 나에게 죽는다고 알리기가 안쓰럽다고 적당히 듣기 좋은 말로 둘러대었다가 그 사이에 내가 죽기라도 한다면, 그거야말로 돌이킬 수 없는 실수인거야. 에츠코!! 너도 내 자식이니 내 성격을 가장 잘 알 거다. 나도 너와 시노하라에게만은 무슨 일이든지 안심하고 얘기할 수 있으니…… 부탁한다."

토모의 목소리는 낮게 대수롭지 않은 잡담을 나누고 있는 것 같았으나, 듣고 있는 에츠코에게는 말로 표현할 수 없는 압력이 있었다. 에츠코는 엄마의 죽음을 예지하고 있는 예리함에 두려워졌다.

"알겠어요. 하지만 그럴 리가 없어요"라고 에츠코는 일부러 밝게 웃어 보였다. 토모는 딸의 그 위장한 웃음에 맞추어 자신도 두꺼운 눈썹을 찡그리며 웃어보였다.

"자, 이야기가 끝났으면 밑으로 내려가자. 너무 오래있으면 스가가 또 무슨 억측을 할지 몰라"라며, 토모는 무릎에 손을 얹고 천천히 일어섰다. 그리고 걸으면서 에츠코를 바라보며 "역시 나는 졌어. 너의 아버지에게는 졌어"라고 중얼거리듯이 말했다. 에츠코는 그 말의 의미를 바로 알 수는 없었다.

에츠코가 돌아간 밤에 토모는 한기가 난다면 누웠는데, 그 다음 날부터는 자리에 눕고야 말았다. 그날 에츠코의 남편인 시노하라가 새해인사 겸 찾아와 토모를 들여다보았다.

"아버님, 어머님의 상태가 많이 안 좋으신 것 같아요. 제 친구인 이네자와를 불러 진찰을 받게 하시는 게 어떨런지요? 너무 늦으면 손 쓸 방법이 없으니까요."

바둑을 마치고 잠시 담배를 피우던 때에 시노하라가 시원시원한 어조로 말했다. 유키토모도 고개를 끄덕이며 "토모는 건강한 것을 자랑스럽게 여겨 의사를 벌레 보듯이 하니, 시노하라 자네가 좀 설득해 보게. 꼭 이네자와 박사님이 와주시면 좋겠네"라며 의외의 반응을 보였고, 시노하라의 생각대로 일이 진척되었다. 유키토모 자신도 스가로부터 토모가 이, 삼일이나 몸져누웠다는 이야기와 눈 내리는 저녁 눈을 뒤집어쓰고 현관에 웅크리고 있었던 이야기를 듣고, 토모의 그 모습이 가슴에 사무쳤던 것이다.

이네자와 박사라면 시노하라와 클라스메이트로 절친한 사이이기도 하지만, 의학계에서는 일, 이인자로 손꼽히는 내과의 대가이기도 했다. 그 사람이 토모를 진찰하러 오게 된다니, 화려한 것을 좋아하는 유키토모는 토모의 잠자리를 큰 방으로 옮기고 침구까지 일부러 니혼바시에서 주문해 새로 깔게 했다.

"왠지 너무 격식을 차려서 미신을 믿는 사람은 오히려 싫어하겠어요"라며 하녀와 집사인 토모나 등은 몰래 험담을 했고, 그 예언대로 이네자와 박사의 진단은 토모의 병은 위축신이 높고 당뇨도 있어서…… 지금의 의학으로는 목숨을 구하기가 불가능하다며, 우선 길어도 한 달 정도의 수명이라고 했다.

시노하라에게 그 얘기를 들었을 때 에츠코는 신음하듯이 "역시 그랬구나. 엄마는 자신의 병을 알고 계셨어"라고 말했다. 지금까지 한 번도 몸져누운 적이 없는 건강한 어머니에 익숙해져 있던 만큼 에츠코는 일전의 엄마의 말을 거짓말인 것처럼 놀라워했으나, 설마 그럴 리가 없다고 믿고 있던 것이 틀림없는 사실이 되어 눈앞에서 벌어졌다.

"아버지께 말씀드릴 때, 일전에 엄마가 말씀하신 것도 전해야 할까요?"

"그건 그때에 말씀 드리는 게 가장 적당하지. 아버님도 때가 때이니 만큼 듣고 잊어버리시지는 않으실테니……."

"엄마가 아버지보다 열 살이나 젊으셔서 나중에 돌아가셔야 하는데……"라며 에츠코는 눈물을 뚝뚝 흘렸다. 일생동안 힘겹게 자신을 갑옷으로 무장해 딸에게도 엄격하셨던 엄마였지만, 토모가 살아 있다는 것은 그것 자체가 건실한 건물 속에 있는 듯한 안도감을 주었다. 지금 갑자기 엄마가 돌아가신다고 생각하자 참을 수 없는 슬픔이 에츠코를 감쌌다.

에츠코 부부로부터 토모가 재기의 가망성이 없다는 것과 함께 토모가 자신의 병에 대해 알고 싶어 한다는 소리를 듣고 유키토모는 고개를 끄덕이며, "알겠다, 그 일은 내가 얘기하지"라며 자신을 설득하듯이 말했다.

에츠코는 아래를 보며 울고 있었다. 시노하라는 아내를 손으로 이끌어 복도로 나왔다. 그 뒤 스가가 조용히 들어왔다.

"저⋯⋯따님께서 소리 없이 울고 계셨습니다. 사모님 용태는 어떠하신지요?"

"나쁘단다."

"어머, 왜요?"

어두침침한 방안에서 스가는 무릎을 가까이 대며 유키토모의 옆얼굴을 바라보았다. 유키토모는 스가의 얼굴로 눈길을 돌렸고, 스가는 놀란 듯이 다시 얼굴을 돌렸다.

"그럴 리가 없어요. 그렇게 건강하신 분이⋯⋯ 그럴 리가⋯⋯."

유키토모는 더 이상 대답하지 않고 고개를 흔들 뿐이었다.

겨울치고는 밝은 빛이 정원의 복숭아나무의 봉오리를 부풀게 했다. 남향의 방에 누운 토모의 베개에 비친 눈부신 창 너머의 빛이 매화나무를 수묵화처럼 투영시키고 있었다. 우유도 스프도 넘기기만 하면 토해낸다. 요즘은 냄새도 싫어졌다. 게다가 아무것도 먹지 않고 있는데도 가슴이 항상 답답했다. 오늘은 무슨 일인지 드르륵 문을 열고 유키토모가 혼자 들어왔다.

"어떤가? 오늘은 기분이 좀 나은가?"

토모는 무거운 눈꺼풀을 올리며 신기한 물건이라도 보듯이 남편을 바라보았다.

"아무래도 이상해요. 그 이네자와 선생님은 뭐라고 하시던가요?"

"간장이 많이 나쁘다고 하시더군. 노력하면 고칠 수 있데. 자네는 원래 건강한 체질이니……."

"아니에요"라고 말하며, 토모는 베개위의 머리를 올리려고 했다. 일어나 앉아 남편에게 뭔가 얘기를 하려는 것이었다. 유키토모는 그 어깨를 다시 누르며, 거의 몇 십년간 닿은 적도 없는 아내의 여윈 어깨에 손을 대니, 잠옷 아래의 앙상한 어깨뼈가 덜컥 하고 울렸다.

"일어나지 않아도 돼. 자네가 에츠코에게 부탁한 얘기를 들었다. 자네의 병은 고칠 수 있지만, 인간에게는 만일이라는 게 있으니 말해두고 싶은 게 있으면 뭐든지 말해두게. 내가 들어 두겠네."

"예, 알겠습니다. 잘 말씀해 주셨어요. 뜻밖의 일도 있을 수 있으니 유언은 미리 남기겠습니다. 안쪽 불단의 내 서랍장의 아래 서랍에 유언서라고 적힌 것이 그것입니다. 그것을 읽어 주세요. 내가 죽기 전에 꼭 당신이 읽어 주기 바랍니다."

토모는 베개 아래에 있는 열쇠꾸러미를 손을 더듬어 찾아내 유키토모에게 건네고, 그것을 받아드는 남편에게 시선을 고정시켰다. 이렇게 주저하지 않는 당당한 눈으로 남편을 본 것은 토모에게는 몇 십년간 일찍이 없었던 일이다. 가까이 와 있는 죽음이 토모를 해방시켰다.

　유키토모는 토모의 병실을 나오자 혼자서 불단으로 갔다. 서랍장의 열쇠 따위를 만져본 적이 몇 십년간 한 번도 없었다. 작은 열쇠 구멍에 열쇠를 넣고 좌우로 돌려 겨우 열었다. 안은 반듯이 정리되어 은행통장과 서류가 쌓여 있는 맨 위에 '유언서'라고 서툰 붓놀림으로 적힌 한통의 봉투가 들어 있었다. 유키토모는 그것을 들고 채광창의 아래로 가 뜯었다. 봉투와 마찬가지로 서툰 예스러운 문장이 적혀 있었다. '한줄 남겨 두고 싶은 게 있으니……'와 같은 여성스럽고 서툰 문장으로, 유키토모 몰래 모아 온 자신의 재산에 대해 적고 있었다. 그것은 상당한 예금액이었으나, 그 재원이 된 것이 30년 전의 옛날, 토모가 유키토모의 명을 받아 소녀인 스가를 도쿄에서 데리고 왔을 때의 잔액이었던 것이다. 유키토모는 이천 엔이라는 대금을 그때 토모에게 건네 재량껏 쓰도록 했다. 그것은 스가의 준비금과 체재비를 충당하고도 천 엔 이상의 잔액을 토모의 손에 남겨 주었다. 토모는 그 돈을 집에 돌아온 후에 정산해서 남편에게 돌려줄 생각이었으나 유키토모가 어린 스가를 총애하는 것을 보니, 이후의 자신의 신상마저도 불안하게 여겨지고, 또 만일의 경우 자신보다도 미치마사나 에츠코를 위해 자신만의 재산을 갖기로 했다. 그런 의미에서 남편에게 비밀을 가지는 괴로움을 자기 혼자서 인내하며, 긴 세월동안 이 돈을 밑천 삼아 저축을 했던 것이다. 그러나 이것은 결코 자신의 사치용으로 사용한 적은 없으며 자신이 죽은 후, 손자 한 사람, 한 사람, 스가, 유미, 그리고 그 외에 이 집과 연관 있는 사람들에게 나누어 주길 바란다고 적혀 있었다.

유키토모는 읽고 있는 동안에 몇 번이나 알 수 없는 강한 힘에 내동댕이쳐졌다. 아내에게 가한 자신의 어이없는 압박에 대해 토모는 한마디 항의도 하고 있지 않았다. 단지 남편에게 털어놓지 못하고 비밀을 가져온 괴로움을 사죄하고 있을 뿐이었다. 그러나 그 사죄의 말은 어떤 강한 항의보다도 유키토모의 마음을 무겁게 짓눌러왔다. 유키토모는 그것을 떨쳐버리려는 듯 획 일어서서 큰 걸음으로 복도를 걸어 다시 토모의 침실로 들어갔다. 토모는 이부자리에서 조금 전의 그 자세로 눈을 뜬 채 있었다.

"토모, 안심해라. 여기에 적힌 것은 모두 잘 알았다."

유키토모의 목소리는 청년처럼 탄력 있게 울렸다. 큐슈의 무사로 자란 유키토모는 아내에게 사죄하는 말을 알지 못했다. 그렇게 말한 것이 최선의 사죄였다. 토모는 시험하듯이 유키토모의 얼굴을 보며 "용서해 주시는 겁니까? 고맙습니다"라고 말했다.

그 날 밤부터 토모는 혼수상태에 들어섰다. 눈을 떠 있을 때도 멍하니 있을 뿐 거의 입을 움직이지 않는다. 힘이 없어진 환자를 유키토모는 그야말로 일생동안 사랑한 아내였던 것처럼 극진히 구완했다. 노주인의 의지가 법령과도 같은 일가친척들도 비로소 토모를 정부인으로 정중히 간호했다.

임종이 가까워진 2월 말의 밤이었다. 그날 밤은 미치마사의 아내인 후지에와 유키토모의 조카인 토요코가 병구완을 와, 간호사도 돌아가게 하고 두 사람만이 병실에 있었다. 화로에 불이 붙었다고 생각될 틈도 없이 흰 재가 되어버리는 차갑게 얼어붙은 밤이었다.

"토요코 씨……."

지금까지 꾸벅꾸벅 졸고 있었던 토모가 크게 눈을 뜨고 베개 위의 얼굴을 돌려 토요코를 불렀다. 토요코가 대답을 하면서 다가가자, 후지에는 놀라서 시어머니의 머리를 눌렀다. 너무 급하고 강한 움직임이어서 또 토할까 두려웠던 것일까? 토모는 성가신 듯이 고개를 흔들어 후지에가 바치고 있는 손을 밀쳤다. 감정을 노골적으로 표현한 적이 거의 없는 토모의 그러한 난폭한 동작에 두 사람은 깜짝 놀라 토모의 관자놀이에 살짝 떨어진 백발 섞인 헝클어진 머리카락을 불길하게 바라보았다.

"토요코 씨, 삼촌에게 가서 이렇게 말씀해 주세요. 내가 죽더라도 결코 장례식 따위는 하지 말아 주세요. 사체를 시나가와 앞바다로 가져가 바다에 첨벙 던져 주시면 충분하다고……."

토모의 눈은 흥분으로 빛나고 있었다. 그것은 평소에 무겁게 늘어진 눈꺼풀 아래에 회색으로 가라앉은 눈빛과는 전혀 다른 강렬함으로 노골적인 감정을 띠고 있었다.

"토모 아주머니, 당치도 않은 말씀이세요."

"왜 그런 말씀을 하세요?"

토요코와 후지에는 필사적으로 말렸지만 꿈속에 있는 듯한 토모의 귀에는 들리지 않았다.

"그럼 빨리 갔다 와 주세요. 그렇지 않으면 시간이 없어요. 꼭 그렇게 말해주세요. 내 몸을 바다에 첨벙 버려달라고…… 첨벙……"

토모는 '첨벙'이라는 말을 리듬을 타듯이 유쾌하게 말했다. 환자의 재촉을 받아 후지에와 토요코는 복도를 달려 나갔다. 서로 마주본 두 여인의 눈은 남편을 모시고 각자 고생하며 살아온 여자들만의 복잡한 이해력으로 토모를 이해하고 있는 것이었다.

"어떻게 할까요? 말씀 드려야 할까요?"

"말씀 드립시다, 저렇게 말해 달라고 하는데……."

두 사람은 토모가 감내해 온 모든 감정의 울분들을 자신들의 가슴에만 담아 놓는 것이 불안하고 두려웠다.

"아버님, 주무십니까?"

후지에가 그렇게 부르고, 토요코가 유키토모의 방으로 들어갔다. 유키토모는 여느 때와 마찬가지로 의자에 기대어 붕산수로 눈을 씻고 있었다. 스가도 손자들도 옆에 없었다. 유키토모는 며느리와 조카의 간호의 노고를 치하하듯이 날카롭게 빛나는 눈을 부드럽게 뜨고, "수고 많네"라고 말했다.

토요코는 앉자마자 빠른 말로 유키토모의 말을 받았다. 환자의 허튼소리라고 얘기 할 참이었으나, 말을 꺼내고 보니 토모의 신이 옮겨 붙은 듯 목소리가 진지하게 상기되었다. 유키토모의 눈을 덮고 있던 눈꺼풀이 일순 치켜 올라갔다. 노인은 입을 벌린 채 넋을 잃은 얼굴이 되었다. 막 씻어 낸 촉촉한 눈동자에는 유령을 본 듯한 공포의 빛이 감돌았다. 그리고는 바로 평소의 얼굴로 돌이키려는 부자연스러운 근육의 움직임이 그의 단정한 얼굴을 추하게 일그러뜨렸다.

"그런 바보 같은 짓은 절대로 시키지 않아. 이 집에서 훌륭하게 장례식을 치를 거야. 그렇게 전해 줘"라고 질책하듯이 빨리 말을 끝내고, 유키토모는 얼굴을 옆으로 돌리고 강하게 코를 풀었다. 40년 동안 누르고 눌러온 아내의 진심의 외침을 유키토모는 온 몸으로 들은 것이었다. 그것은 오만한 그의 자아가 깨어지는 강한 울림을 남겼다.

옮긴이의 글

비가 촉촉이 내리는 조용한 여름 아침입니다.

일본 유학시절에 엔치후미코의 『여자언덕』을 읽고 여자 주인공인 토모와 함께 아파하고 분노해 했던 기억에 가슴이 먹먹해 옵니다. 시골에서 힘들게 인내하고 참으며 저희를 길러주신 엄마와 그리고 지금도 많은 어려움을 이겨내고 묵묵히 걸어가는 많은 여성들의 삶의 무게가 무겁게 느껴지기 때문이겠지요.

일본의 신사와 절을 오르는 길에는 가파르게 높게 올라가는 남자언덕과 완만하게 끝없이 올라가는 여자언덕이 있습니다. 여자와 남자 모두 힘들게 언덕을 올라야하는 것이 인생이겠지만, 『여자언덕』의 토모와 스가, 유미, 미야가 힘들게 올라간 언덕이 번역을 하면서 너무 생생하게 느껴져 큰 감동을 주었습니다. 어릴 때 읽었던 기드 모파상의 『여자의 일생』의 충격을 훨씬 능가하는 감동과 재미가 있어 마치 물 흐르듯이 번역을 마칠 수 있었습니다.

저만의 감동에서 끝나지 않고, 기회가 된다면 번역을 하여 보다 많은 한국의 독자와 함께 이 감동을 나눌 수 있기를 기원했었던 바, 이번에 이렇게 '케포이북스'의 도움으로 출간하게 되어 무척 기쁘고 감사하게 생각합니다.

  이제까지 제 주위에서 많은 도움을 주셨던 사랑하는 가족, 선생님 그리고 많은 친구들께 진심으로 감사드리며 앞으로도 열심히 하는 모습 보여드리겠습니다.

2012년 6월 19일 권미경